U0143776

盧建榮主編
歷史與文化叢書19

歷史學與社會理論

History and Social Theory

著／彼得・柏克
Peter Burke

譯／江政寬

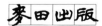

歷史與文化叢書 19

歷史學與社會理論
History and Social Theory

作　　　者：彼得・柏克（Peter Burke）
譯　　　者：江政寬
主　　　編：盧建榮
責 任 編 輯：陳毓婷
發 　行　 人：涂玉雲
出　　　版：麥田出版
　　　　　　台北市信義路二段213號11樓
　　　　　　電話：02-23517776　傳眞：02-23519179
發 　　　行：城邦文化事業股份有限公司
　　　　　　台北市愛國東路100號1樓
　　　　　　電話：02-23965698　傳眞：02-23570954
郵 撥 帳 號：18966004　城邦文化事業股份有限公司
　　　　　　網址：www.cite.com.tw　E-mail：service@cite.com.tw
香 港 發 行 所：城邦（香港）出版集團
　　　　　　香港北角英皇道310號雲華大廈4字樓504室
　　　　　　電話：25086231　傳眞：25789337
馬 新 發 行 所：城邦（馬、新）出版集團　Cite(M) Sdn. Bhd. (458372 U)
　　　　　　11, Jalan 30D/146, Desa Tasik, Sungai Besi,
　　　　　　57000 Kuala Lumpur, Malaysia
　　　　　　電話：603-9056 3833　傳眞：603-9056 2833
　　　　　　E-mail: citekl@cite.com.tw.
印　　　刷：凌晨企業有限公司
登 　記　 證：行政院新聞局局版北市業字第405號
初 版 一 刷：2002年8月30日

ISBN：986-7895-88-6　　　　　　　　售價：420元
版權代理◎姚氏顧問社　　　　　　　　有著作權・翻印必究
Printed in Taiwan

▌作者簡介▌

彼得・柏克（Peter Burke）

英國歷史學家。1937年生，牛津大學聖約翰學院（St John's College）學士、聖安東尼學院（St Antony's College）碩士。曾任莎賽斯大學（Sussex University）高級講師、劍橋大學文化史高級講師，現任劍橋大學文化史教授及伊曼紐學院（Emmanuel College）研究員。

柏克的研究專長在歷史思想領域、1450至1750年的歐洲文化史，以及歷史學與社會科學的互動。著作包括：《1420至1540年間義大利文藝復興的文化與社會》（*Culture and Society in Renaissance Italy, 1420-1540*）、《近代歐洲的通俗文化》（*Popular Culture in Early Modern Europe*）、《社會學與歷史學》（*Sociology and History*）、《法國史學革命：年鑑學派，1929-89》（*The French Historical Revolution: the Annales School, 1929-89*）、《製作路易十四》（*The Fabrication of Louis XIV*）、《大眾傳播媒體的社會史：從古騰堡到網際網路》（*A Social History of the Media: from Gutenberg to the Internet*）等書。

▌譯者簡介▌

江政寬

　　國立成功大學歷史所博士班，美國紐約大學歷史系博士班，現任玄奘大學通識教育中心專任講師；專長領域為歐美當代史學史。譯作計有：《法國史學革命：年鑑學派1929-89》（臺北：麥田出版，1997）、《解釋過去／了解現在：歷史社會學》（合譯；臺北：麥田出版，1997）、《後現代歷史學》（臺北：麥田出版，2000）、《馬丹・蓋赫返鄉記》（臺北：聯經，2000），以及《新文化史》（臺北：麥田出版，2002）等書。

目　錄

梁啓超，您安息吧

——新歷史研究法讀本的出爐

一、柏克治學特色

　　柏克這位史家，除了作自己研究之外，又常常留意歷史學的發展動向，是一位實證作手兼擅歷史理論的學者。這種既專注於自己專長領域、又探首學界動向的學者，必定是位精力過人、而且產量驚人的作家型學者。上次，他引領中文世界讀者進入法國年鑑史學的殿堂，讓我們見識到法國當代史學的百官之富。這次的導覽範圍更大，不僅歷史學不限法國史家成果，還擴及歐美各先進史學王國的業績。抑有進者，他這次的主題展是歷史學和社會理論之間的滙流（convergence）關係。社會理論指的是各人文、社會科學，以及尚屬副學門的宗教研究和文化研究等學科的理論創獲。柏克的博學令人歎爲觀止。

二、十九世紀以來歷史學與社會理論的輻合關係

　　大多數的歷史家多半守著祖師家法，不思不想地度過一生，而且沒有要增長見聞的焦慮。歷史家處理的是人類過去的各種社會，過去的人類社會又因時空的不同被割裂成每位史家所自行定義的種種社會。他們努力要找出各別社會變遷的原因。而社會理論家著眼的是當代活人的這個社會，他們根本不理會變遷的問題。以上，使得歷史家與社會理論家之間漸行漸遠，以致老死不相往來。

　　但當代社會是個變遷劇烈、變遷密度無與倫比的一個社會，這點使得一些社會理論家改變不處理變遷的一貫態度。社會理論家一旦要處理變遷，其學科本質就自然往歷史學傾斜。這在強勢的社會學和人類學這兩個學門，都可以看到他們的行道大師「變節」去處理歷史面向的問題。像社會學大師查爾斯・提利（Charles Tilly）、人類學大師馬歇爾・沙林斯（Marshall Sahlins），他們的作品提問的對象是當代社會，但當代社會中不管是法國文明人，還是夏威夷群島的土著，他們現行的文化邏輯是歷史過程的結果，這逼迫兩位大師非處理歷史問題不可。亦即，他們的作品除了田野調查之外，還得閱讀大量歷史文獻。而他們的工作結晶讓歷史家耳目一新，甚至還為之汗顏不已。

　　柏克指出，十九世紀社會學科各學門紛紛興起之際，都有濃厚的歷史味道，反而古老的歷史學受科學洗禮脫胎換骨之後，反因過度強調所處理各自社會的獨特性，而理論化的傾向愈來愈淡。一直到二十世紀，社會理論傾向濃厚的歷史家反居少數，依時序發展前後不過托克維爾（Alex de Tocqueville）、韋伯（Max Weber）、湯普森（E. P. Thompson）、以及霍布斯邦（E. J. Hobsbawm）等寥寥數人而已。托克維爾和韋伯代表的是二十世紀二次大戰前西方史學典範，其他兩位學者的作品則入列當代史學典律（canon）之林。

三、中國百年史學的摸石過河

　　不僅中國第一代現代史家於百年前將西方史學移植進來之時，看不到托克維爾和韋伯所代表的歷史學典範，而且中國第三代史家於二次大戰後前往西方取經，帶回國內（當時中國是封閉的，此處指的是臺灣留學生）的仍然是看走眼的東西，漏掉很重要的由湯普森和霍布斯邦所共構的學統。二十一世紀伊始，中文世界的史學從業員總算眼界大開，獲知以上西方現代史學的典範和典律之所在。

　　這雖然使中國史學迎頭趕上西方史學慢了一百年，但總算弄清楚奮鬥的方向所在，未始不是「亡羊補牢，時猶未

晚」。否則，天知道中國／臺灣摸著石頭過河，要到哪一天才到得了彼岸渡口啊。

四、臺灣史界對社會理論的迎拒

臺灣從60到80年代，先後由許倬雲和陶晉生藉著兩處公共論壇園地，即《思與言》和《食貨》（復刊號），不斷爲文鼓吹與社會科學結盟以治史。然而，民初以還移植了的西方史學早已土著化，變成離理論愈來愈遠，只見益趨枝節化和瑣碎化，最後只剩抄史料這樣一副軀殼，卻美其名爲「科學史學」。臺灣戰後史學四十年即是在建構反解釋的史學，在這種情形下，史學要有理論創獲何啻奢談！陶晉生只是表態支持史學與社會科學結盟，他的研究仍是不脫自己所詬病的「史料學派」窠臼。許倬雲作品則是其理念的實踐。惟他心目中理想的史學是援引社會理論中之概念以入史這種，諸如官僚體系、社會勢力、政治菁英、市場網絡，以及核心／邊陲等概念都是。即是如此，這在今天保守派看來，已夠驚世駭俗了，遑論上一世紀的60、70年代了。要之，由許、陶所發起的史學改革方案未見成功。臺灣的史學仍是保守派的天下。

由今視昔，由許氏所領航的史學改革列車之所以一直在月台升火待發、而開不出去，究其原因固多，主要是策略的

不當。在反理論濃渲的時代，說要援引西方社會理論以治中國史，就如同遭遇到中古時代想要援佛入儒一樣的困難。許氏不舉西方史學陣營中的同道，諸如湯普森和霍布斯邦，反而要依仗別的學科以濟史學之不足。這容易滋生學科本位主義的抵拒。

即使史學高懸的目標為理論創獲這點，一直無法形成臺灣戰後史學社群的內部共識，但許氏所示範的援引理論和概念以治史這點，多少獲得回應。最親近許氏史學的一支是社會史。但就許氏揭櫫的借助術語這點而言，內部仍有分化。許多史家在此慎重有餘而顯得保守，像有人堅持用古代術語如「編戶齊民」者即是著例，有些史家又過於大膽套用理論導致濫用理論之弊，像有人逕自引用現代化理念作為究詰近代社會變遷的一把鎖匙，最後證明徒勞一場。

五、紫青雙劍合璧

這幾年來我不論在研究所開方法／理論的課，還是在大學部開斷代史的課，基本上教的是西方現代史學典範和典律，加上一點後現代史學的津梁。學生們總是要我開列操作手冊、或是辭語大全之類的書。我總是要他們耐心等待。等什麼呢？等的就是柏克這本書！

臺灣歷史系所都規定史學方法和理論的課為必修，但長

期以來一直拿上一世紀過時的教材：梁啓超著《中國歷史研究法》，來充數。這是當一位歷史系學生多悲哀的一件事。梁著是透過日本人對百年前西方史學膚淺的認識，將它傳進中國，勉強湊和著教學，或許還說得過去。今天資訊時代來臨，西方當代史學傳承和風貌早已一覽無遺之下，梁著的過渡功能可說蕩然無存。一些在梁著基礎上添枝加葉的史學方法論之類的著作，固可因柏克此書之出版而壽終正寢，一些同類的譯著亦可休矣。如果說麥田出的《歷史的再思考》是把「紫劍」，那柏克的《歷史學與社會理論》就是一把「青劍」了。初學者有了紫青雙劍，異日產生合璧的效果是指日可待了。

六、迎接理論史學的時代

歷史學既是標榜其研究主題爲變遷，那提出簡單的因果律算是達成了治學目標了嗎？柏克的答案是「No」。柏克告訴我們，迄今人類研究變遷的學術遺產有四，即斯賓塞模式、馬克思模式、折衷兩者之間的第三條路、以及難以歸類的六本重要著作等。其中，難以歸類的六書是當代作品，包括諾伯特・艾里亞斯（Norbert Elias）《文明化的過程》（*The Civilizing Process*, 1939年德文本；1994年英譯本）、米歇・傅柯（Michel Foucault）《規訓與懲罰》（*Discipline and Punish*,

1975年英譯本）、費爾南・布勞岱（Fernand Braudel）《地中海及菲利普二世時代的地中海世界》（*The Mediterranean and the Mediterranean World in the Age of Philip II*, 1949年英譯本）、埃曼紐・勒華拉杜里（Emmanuel Le Roy Ladurie）《朗格多克的農民》（*The Peasants of Languedoc*, 1969年法文本；1974年英譯本）、納坦・瓦克泰爾（Nathan Wachtel）《被征服者的視野》（*The Vision of the Vanquished*, 1977年英譯本）、以及馬歇爾・沙林斯《歷史的島嶼》（*The Islands of History*, 1988）等六本。

以上三變遷模式和六本書的形形色色涉及變遷，可以說構成了史家探討變遷的重要參照系統。對臺灣讀者來說，可能只有接觸過傅柯和布勞岱的作品，其他四部作品就陌生得很。即使如此，有了柏克的指引，等於是提升不少探究變遷課題的能力。

晚近新文化史崛起，揭露特定時空的文化奧秘取代了傳統史家處理變遷的興趣。此處史家的著力點是文化本身，而不是文化轉變的因果關係。同一文化體系中，不同地域的文化固然有所差異，而同一地域的文化也會與時消長，更何況不同文化體系之間其發展遲速有別。因而，異時或異地的文化可能因文化製作「心同理同」的機制，而產生許多可資比較的類同文化模式，這類文化模式常見的有城市聚落文明、城邦政治、以及階級／地位團體等都是。

　　以上歷史主題重心因是否涉及變遷，而有兩種歷史書寫產生。但不論如何都需要理論指引則一。柏克期盼史家無論從事哪一種歷史書寫，要讓自己的發現饒富洞見，都非深具理論傾向不為功。

七、陳寅恪：中國現代理論史學的鼻祖

　　史學理論或方法的課在訓練學生的重心上，不應只是技術操作，諸如查資料、作考證、排書目、以及論文書寫格式等，而應是史學素養的提升。而史學素養的提升，理當著重底下幾方面的學習：(1)當代史學的傳承、(2)與此一傳承有關的認知論和本體論、以及(3)當代核心課題及其相關的核心觀念。柏克的書聚焦在以上(1)、(3)兩項。像說霍布斯邦提出「傳統的發明」、湯普森提出的「道德經濟學」、葛蘭西（Antonio Gramsci）提出的「文化霸權」、以及韋伯提出的「政權合法性」等等逐漸耳熟能詳之概念，先是說其產生的學術背景，繼而對概念內容有所說明等都是。

　　還有，想想臺灣的史家會研究「意識形態」和「心態」，都不過是近十年的事，這兩個外來語在不久前才變成中文語彙呢。又如，我這幾年連寫兩篇有關「恩庇─扈從體制」的課題，史學界一時覺得難以接受。但我相信，再過一段時日，這個外來學術用語從陌生而熟悉，大家對它的接受

度會更大。更重要地，「意識形態」、「心態」、以及「恩庇一扈從體制」等概念都在柏克列舉的核心概念名單中。這類核心概念在柏克書中列之唯恐不詳，有如辭典般功能，不遑遍舉，讀者可以覆按。

　　大家不要以爲中國沒有理論史學，有的！六、七十年前，陳寅恪爲了解釋西魏至隋唐期間統治集團的特性，發明了「關中本位政策」此一用語，令史學後輩歎未曾有。更早之前九世紀的杜佑爲了指稱魏晉時代官僚甄選制度（按：施行上有制度，卻無定名），乃發明了「九品中正制」這一名辭，中國現代中古史家從陳寅恪、嚴耕望以降相沿不替。直到有些留學生帶回留學國乃師之說：「九品官人法」，主張廢棄使用約定成俗逾千年的杜佑模式。以上陳寅恪的兩個例子，無論是他發明術語，或是他尊重前輩所發明的術語，都是不出理論史學的矩矱。

　　讀畢柏克提倡理論史學的此刻，讓我更加懷念七十年前中國版的理論史學發起者——陳寅恪——所遺留給我們的史學遺產，迥非講究技術操作面的梁啓超《中國歷史研究法》可比。有了柏克此書的中譯本，梁書更是可以休矣。梁大師，您安息吧！

盧建榮寫於7/2/2002

汐止君士坦丁堡

盧建榮

美國西雅圖華盛頓大學歷史博士，現爲中央研究院歷史語言研究所副研究員、國立臺灣師範大學歷史系所暨國立臺北大學歷史系兼任教授，是國內理論史學的倡議者兼實踐者，著有《分裂的國族認同，1975-1997》（臺北：麥田出版，1999，2000三刷）等七本專書，論文六十餘篇，《中國歷史》、《中國文化史》、以及《世界文化史》等三本（均建宏版）高中歷史教科書。

譯序

　　本書是一部帶有教科書性質的著作。作者圍繞著各個子題，以提綱挈領的方式，從學術史的角度列舉實際例證作說明，可說相當適合當作概論性質之課程的教材。目前，國內已有部分歷史所的課程採用原書作爲指定閱讀的書籍。

　　一如柏克的其他概論性作品，本書充分展現了作者博學的特色。由於書中主要涉及的領域有歷史學、社會學、人類學等學科，且提及的學者、著作、時空、主題亦極爲廣泛，加上預設的閱讀對象是西方讀者，因此，某些篇幅對本地讀者而言不免覺得陌生。爲了讓本書更切合中文讀者的需求，譯者在能力所及的範圍內作了某些補充的說明。

　　首先，凡書中提及的人名、名詞、術語等，譯者竭盡所能地作了簡要的譯註。至於文中提及的書名，部分已有中譯本，但未羅列於參考書目者，則在頁下註中予以註明。

　　再者，爲了不讓本書的參考書目只是聊備一格，凡有中譯本者，皆一一註明。譯者也對參考書目作了校正，例如，

柏克誤將何炳棣（Ho Ping-Ti）的名字當成姓氏而列入P字母列，今改隸H字母列。

　　另外，原書的正文有幾處打字上的錯誤，附誌於此，提供給有原書的讀者作訂正之用。頁18第7行的Shmuel，應爲Samuel；頁39第2行的but，應爲by；頁53倒數第7行的asociated，應爲associated；頁142倒數第7行的unlinear，應爲unilinear。

　　但願讀者只將譯本當成輔助，在閱讀過程中對於拙譯有任何疑義之處，應回到原書作確認。

　　以下的附錄，是譯者所整理的彼得・柏克著作目錄，提供給讀者作進一步檢索，其中包括了合著和編著，讀者應當可以輕易分辨出來。

附錄：彼得・柏克著作目錄

1. Peter Burke, *The Renaissance*, London: Longmans, 1964.

2. Peter Burke, *The Renaissance Sense of the Past*, London: Edward Arnold, 1969.

3. Peter Burke ed., *Economy and Society in Early Modern Europe; Essays from Annales*, New York: Harper & Row, 1972.

4. Peter Burke, *Culture and Society in Renaissance Italy, 1420-1540*, London: Batsford, 1972; later ed.: published as *The*

Italian Renaissance: Culture and Society in Italy, Princeton University Press, 1986; rev. 2nd ed., Princeton, N.J.: Princeton University Press, 1999.

5. Peter Burke ed., *A New Kind of History: from the Writings of Febvre*, London: Routledge and Kegan Paul, 1973.

6. Peter Burke, *Venice and Amsterdam: a Study of Seventeenth-Century Elites*, London: Temple Smith, 1974.

7. Peter Burke, *Popular Culture in Early Modern Europe*, London: Temple Smith, 1978.

8. Peter Burke, *Sociology and History*, London; Boston: G. Allen & Unwin, 1980.

9. Peter Burke, *Montaigne*, Oxford; New York: Oxford University Press, 1981；林啓藩譯，《蒙田》，臺北：聯經，1983；高凌霞譯著，《蒙田：法蘭西的文星》，臺北：時報文化，1983，頁25－148。

10. Antoni Maczak, Henryk Samsonowicz, and Peter Burke eds., *East-Central Europe in Transition: from the Fourteenth to the Seventeenth Century*, Cambridge [Cambridgeshire]; New York : Cambridge University Press, 1985.

11. Peter Burke, *Vico*, Oxford; New York: Oxford University Press, 1985.

12. Peter Burke and Roy Porter eds., *The Social History of*

Language, Cambridge [Cambridgeshire]; New York: Cambridge University Press, 1987.

13. Peter Burke, *The Historical Anthropology of Early Modern Italy: Essays on Perception and Communication*, Cambridge [Cambridgeshire]; New York: Cambridge University Press, 1987.

14. Peter Burke, *The French Historical Revolution: the Annales School, 1929-89*, Cambridge: Polity, 1990；江政寬譯，《法國史學革命：年鑑學派，1929-89》，臺北：麥田，1997。

15. Peter Burke and Roy Porter eds., *Language, Self and Society: A Social History of Language*, Cambridge: Polity Press, 1991.

16. Peter Burke ed., *New Perspectives on Historical Writing*, University Park, Pa.: Pennsylvania State University Press, 1992.

17. Peter Burke, *History and Social Theory*, Cambridge: Polity Press, 1992；姚朋、周玉鵬等譯，《歷史學與社會理論》，上海：上海人民出版社，2001；江政寬譯，《歷史學與社會理論》，臺北：麥田，2002。

18. Peter Burke, *The Art of Conversation*, Ithaca, N.Y.: Cornell University Press, 1993.

19. Peter Burke, *The Fabrication of Louis XIV*, New Haven: Yale University Press, 1994；許綬南譯，《製作路易十四》，臺

北：麥田，1997。

20. Peter Burke, *The Fortunes of the Courtier: the European Reception of Castiglione's Cortegiano*, University Park, Pa.: Pennsylvania State University Press, 1996.

21. Peter Burke, *Varieties of Cultural History*, Ithaca, N.Y.: Cornell University Press, 1997.

22. Peter Burke, *The European Renaissance: Centres and Peripheries*, Oxford, UK; Malden, Mass.: Blackwell Publishers, 1998.

23. Peter Burke, Brian Harrison, and Paul Slack eds., *Civil Histories: Essays Presented to Sir Keith Thomas*, Oxford; New York: Oxford University Press, 2000.

24. Peter Burke, *A Social History of Knowledge: from Gutenberg to Diderot*, Cambridge, UK: Polity; Malden, Mass.: Blackwell, 2000.

25. Peter Burke, *Eyewitnessing: the Uses of Images as Historical Evidence*, Ithaca, N.Y.: Cornell University Press, 2001.

26. Asa Briggs and Peter Burke, *A Social History of the Media: from Gutenberg to the Internet*, Cambridge, UK: Polity; Malden, Mass.: Blackwell, 2002.

前言

1960年代早期，我在莎賽斯（Sussex）大學開始我的學術生涯時，我認為這麼做是個不錯的想法，亦即在撰寫「社會」的歷史之前最好先了解它是什麼，還有學習某一主題的最好方式便是講授它，於是我便自願開授一門討論「社會結構與社會變遷」的課程。由於這門課的緣故，湯姆‧巴托摩爾（Tom Bottomore）乃邀我撰寫一本討論「社會學與歷史學」（Sociology and History）的書籍——該書於1980年由Allen and Unwin出版——試著向這兩門學科的學者介紹在對方學科裡可以找到的相當有價值的東西。大約十年後，Polity出版社給了我修訂、詳述、以及重寫本書的機會。

本書第二版以一個更能精確傳達書中內容的新書名問世。第一版的前言曾解釋說，「在書中社會人類學扮演著比書名所提示的還要重要的角色，」雖說該書對政治學和經濟學也作了若干的討論。然而，在1990年代，有關社會理論的討論，理應含括更多，意即理應含括諸如傳播學、地理

學、國際關係學、法學、語言學（尤其是社會語言學）、心理學（尤其是社會心理學）以及宗教研究這類的學科或附屬學科，而要排除諸如批判理論、文化理論、以及女性主義理論，或者（可界定為理論中之理論的）哲學，實際上也是不可能的。

以這種方式來擴展本書的範圍，會引發許多問題，意即領域太大非單一個人所能精通。儘管過去30年來，我一直適度而又廣泛地涉獵社會理論，而且不斷思考社會理論在歷史書寫中的可能用途，然而，我自身的歷史知識顯然是有局限的。我一直在研究16和17世紀歐洲社會史與文化史；關於其他洲、其他時期、以及其他學科，我充其量只擁有零零散散的知識。因此，我便留意選取種種因研究和教學而熟悉的具體範例，甚至還付出了選材不均的代價。

想要綜覽這所有領域狀況的作家，皆無法避免個人立場的存在。而撰寫本書所根據的視角乃是已故的費爾南·布勞岱（Fernand Braudel）❶習稱的「整體歷史」（total history）──不是對過去做鉅細靡遺的敘述，而是強調人類的努力在不同領域之間的關聯的敘述。

還有一個語言學上的問題。既然討論已經擴大，那麼應該用什麼術語來取代「社會學」呢？寫成「社會學、人類學

---

❶ 譯註：1902-1985，法國年鑑學派歷史學家。

等等」是難以處理的。提說「社會科學」，就像往常那樣，對於任何不相信自然科學模式（即使有這麼一種統一的模式）是研究社會的學者可追隨之模式的人而言，也會令其尷尬的。「歷史學與理論」（History and Theory）是一個引人的書名，不過，卻容易引起錯誤的期待，以爲是一本相當哲學性的著作，而本書碰巧不是那麼有哲學性。

因此，我決定使用（應當被理解爲包括「文化理論」在內的）「社會理論」（social theory）這個術語。就像讀者稍後會發現的那般，這一抉擇並非暗示著下述假設，意即歷史學家在社會學和其他學科裡感到興趣的，只可能是一般性的理論（general theories）。這些學科裡所使用的若干概念、模式和方法，在有關過去的研究中也有其用處，不過，有關當代社會的個案研究也應該跟稍早的世紀進行有益的比較和對照。

決定要以這種方式增充本書，就像決定要擴建一棟房子那樣，牽涉到大量的重建工作。誠然，這麼說可能更準確，意即第一版的一些片斷被整合進基本上是新穎的結構裡了。本書雖提到很多1980年代發表的研究，但我仍然竭盡所能不追逐新風尚。我還是相信，卡爾‧馬克思（Karl Marx）❷和愛彌爾‧涂爾幹（Emile Durkheim）❸，馬克斯‧韋伯

---

❷ 譯註：1818-1883，德國哲學家、經濟學家和革命家。
❸ 譯註：1858-1917，法國社會學家。

（Max Weber）❹和布洛尼斯拉夫・馬林諾夫斯基（Bronislaw Malinowski）❺——不再多提人名了——依舊對我們富有教益。

　　本書的第一版在莎賽斯大學的科際整合的氣氛中撰成。新的版本則是在劍橋大學十多年的成果，而它也頗受惠於諸位同僚：厄尼斯特・蓋爾納（Ernest Gellner）❻、亞倫・麥克法蘭（Alan Macfarlane）❼、葛溫・普林斯（Gwyn Prins）、以及我在伊曼紐（Emmanuel）學院所加入的歷史地理學群；他們都會看出我從他們的鼓勵、他們的批評、以及他們的建議而作的進一步閱讀裡所學得之處。英國以外的許多同僚亦然，他們是安東尼奧・奧古斯多・阿蘭特斯（Antonio Augusto Arantes）、安敦・布羅克（Anton Blok）、尤爾夫・漢納爾茲（Ulf Hannerz）、塔瑪斯・霍費爾（Tamás Hofer）、維托里奧・蘭特納里（Vittorio Lanternari）❽、以及奧瓦爾・勒夫格倫（Orvar Löfgren）。改寫的工作始於柏林的科學講座（Wissenschaftskolleg），而本書頗受惠於那裡的歷史學家和人

---

❹ 譯註：1864-1920，德國經濟學家、歷史學家和重要的古典社會學家。他跟馬克思和涂爾幹三人常被認爲是古典社會學的三巨頭。

❺ 譯註：1884-1942，波（蘭）裔英國功能學派人類學家。

❻ 譯註：英國哲學家和人類學家。

❼ 譯註：英國人類學家。

❽ 譯註：義大利社會學家。

類學家，尤其是安德烈・貝特里（André Béteille）對草稿提出了建設性意見。過去幾年來在社會學方面不斷啓發我的約翰・湯普森（John Thompson），還有我的妻子瑪麗亞・露契亞（Maria Lúcia），都仔細地閱讀了本書的最後一校。沒有他們的協助，我或許還是能傳達我的看法，但大概不總是能夠說出我的意思。

彼得・柏克

歷史學與社會理論

History and Social Theory

1

理論家和歷史學家

　　本書嘗試回覆兩個易使人誤以為簡單的問題：社會理論對歷史學家有什麼用處，還有歷史學對社會理論家又有什麼用處呢？我之所以說這些問題是「易使人誤以為簡單」，乃因此一提法掩飾了某些重要的差別。不同的歷史學家或不同類型的歷史學家，以不同的方式感受到了不同理論的用處；有些理論被當成是一種包羅萬象的架構，有些則被當成解決某一特定問題的手段。也有一些歷史學家對理論抱持強烈抵拒的態度。[1] 將理論跟模式和概念區分開來可能也是有用處的。相對來說，很少歷史學家會在「理論」這一術語的最嚴格意義上運用它，但有更多的歷史學家使用了模式，而且概念實際上也是不可或缺的。[2]

---

[1] Man (1986).

[2] Leys (1959).

　　實作和理論之間的差別，並不等同於歷史學與社會學
──或者，諸如社會人類學、地理學、政治學或經濟學等其
他學科──之間的差別。這些學科的一些學者在從事個案研
究時，理論只扮演著無足輕重的角色。另一方面，一些歷史
學家，尤其是馬克思主義者，即使他們抱怨──就像愛德
華‧湯普森（Edward P. Thompson）❶那樣，在一篇著名而又
具爭議的論文裡抱怨他所謂的「理論的貧乏」（the poverty of
theory）──的時候，仍然帶著熱情在討論理論性的議題。³

　　畢竟，過去幾年已在社會學、人類學和政治學中產生極
大影響的兩個概念，最初是由英國馬克思主義歷史學家所提
出的，意即愛德華‧湯普森的「道德經濟」（moral economy）
和艾瑞克‧霍布斯邦（Eric Hobsbawm）❷的「傳統的發明」
（invention of tradition）。⁴ 然而，一般來說，別的學科的工作
者比歷史學家更經常、更直接了當、更認真而又更自豪地運
用概念和理論。正是這些對理論的不同態度，成為歷史學家
和其他學者之間衝突與誤解的主要原因。

---

❶ 譯註：1924-1993，英國歷史學家。

³ Thompson (1978b).

❷ 譯註：1917-，英國歷史學家。

⁴ Thompson (1971); Hobsbawm and Ranger (1983).

聾子之間的對話

歷史學家和社會學家（尤然）未必是最佳的鄰居。這兩個學科的實踐者（一如社會人類學家那般）都關切被視爲整體的社會，也關切全部的人類行爲，就此而言，他們當然是智識上的鄰居。在這些方面，他們不同於經濟學家、地理學家，或者，政治或宗教研究的專家。

由於強調結構和發展的概括論斷，社會學或可定義爲有關人類社會（society）的研究；而歷史學則不妨定義爲有關各式各樣人類社會（societies）的研究，因其強調各社會之間的差異，也強調每一社會裡隨著時間發生的變遷。這兩種研究取向有時被視之爲相互矛盾的，不過，將其視之爲互補的，則更有用處。唯有藉由相互比較，我們才能夠發現某一特定社會在哪些方面是獨特的。變遷具有結構，而結構也會變遷。的確，一些社會學家所謂的「結構化」（structuration）❸的過程，近年來已成爲一個受注目的焦點（詳後，頁309）。5

歷史學家和社會理論家都有機會使對方擺脫不同類型的

---

❸ 譯註：意指貫穿時空之社會關係的建構過程，而其乃原有結構與個人能動性互動的結果。不過，這些結構或個人能動性都不是完全獨立的存在。

5 Giddens (1979, 1984).

本位主義（parochialism）❹。就該詞的字面意義而言，歷史學家幾乎冒著地方觀念的風險；他們經常專精於某一特定區域，終至於將他們的「地盤」（parish）看成是獨一無二的，而非看成是在其他地方也有類似的事物且只是透過種種要素作成了獨特組合。就某一更隱喻的意義而言，社會理論家則表現出一種時間上而非地點上的狹小眼界；他們只在當代經驗的基礎上對「社會」進行概括，不然便是在討論社會變遷時不考慮到長時期的過程。

　　社會學家和歷史學家皆看見對方的小錯而忽略了自己的大錯。不幸的是，雙方都傾向於從相當粗糙而刻板的角度來看待對方。至少在英國，許多歷史學家仍然認為社會學家是一群用野蠻又抽象的專門術語來陳述明白易懂之事的人，他們毫無時空感，毫不留情地將個人擠入僵硬的範疇，以為這樣的作法就是「科學的」。而就社會學家方面而言，他們長久以來都視歷史學家為沒有體系或方法，業餘而又短視的事實收集者，其「資料庫」（data base）不精確，就跟他們分析上的無能相符。質言之，儘管能夠運用歷史學和社會學語言的人數不斷增長——他們的作品下文會予以討論——不過，歷史學家和社會學家依舊沒有運用相同的語言。他們之間的對話，就像法國歷史學家費爾南・布勞岱往昔所言，通常是

---

❹ 譯註：該詞亦有「地方觀念」、「狹小眼界」的意思。

一種「聾子之間的對話」。[6]

　　爲了解這種情況，這麼做可能是有幫助的，意即視不同的學科爲獨特的專業、甚至是次文化，有其自身的語言、價值、心態、以及思維方式，且因各自的訓練或「薰陶」（socialization）的過程而得到強化。舉例來說，社會學家被訓練成注意一般法則或把一般法則當作公式，因而經常掩飾例外的事例。歷史學家則學習專注於具體細節而犧牲了一般模式。[7]

　　從歷史的觀點來看，兩造皆明顯地犯了時代錯置（anachronism）的毛病。還不算太久以前，很多社會理論家還以爲歷史學家幾乎就只關切政治事件的敘述，也以爲跟偉大的19世紀歷史學家里奧波德・馮・蘭克（Leopold von Ranke）❺有關連的那種研究取向仍然佔支配地位。類似地，若干歷史學家也以爲，社會學仍停留在奧古斯都・孔德（Auguste Comte）❻的時代，仍停留在19世紀中期沒有系統性經驗研究支持的概括通則。歷史學和社會學──或更一般地說，歷史學和理論──之間究竟何以逐漸形成此一對立呢？如何且爲何要克服此一對立呢？還有要克服到何樣的程

---

[6] Braudel (1958).

[7] Cohn (1962); K. Erikson (1970); Dening (1971-3).

❺ 譯註：1795-1886，德國歷史學家。

❻ 譯註：1798-1857，最早造出「社會學」一詞的法國社會思想家。

度呢？這些問題是歷史的問題，我會試著把焦點放在西方社會思想史上的三個時段，意即18世紀中期、19世紀中期、以及1920年代前後，而在下一節裡給出歷史的回覆。

歷史學與理論的分化

　　歷史學家和社會學家之間在18世紀時之所以沒有爭論，只因一個簡單又明顯的理由：社會學尚未成為一門獨立的學科。後來，社會學家和人類學家一直在爭奪法國法學理論家夏爾・德・孟德斯鳩（Charles de Montesquieu）❼、蘇格蘭道德哲學家亞當・傅古森（Adam Ferguson）❽與約翰・米拉（John Millar）❾。8 的確，他們經常被描述為社會學的「創建之父」。然而，這類的標籤讓人誤以為這些人著手創建了一門新的學科，而這是他們從未表達過的意圖。所謂經濟學的創建者亞當・斯密（Adam Smith）❿的情況亦是類似的，他跟傅古森和米拉皆活躍於相同的圈子。

---

❼ 譯註：1689-1755，法國貴族和早期社會思想家。

❽ 譯註：1723-1816，蘇格蘭道德哲學家，蘇格蘭啟蒙運動的中心人物，在孔德提出社會學前的一位社會學的實踐者。

❾ 譯註：1735-1801，蘇格蘭道德哲學家和歷史學家。

8 Aron (1965), 17-62; Hawthorn (1976); Meek (1976).

❿ 譯註：1723-1790，蘇格蘭政治經濟學家和道德哲學家。

歷史學與理論的分化

　　最好把這四個人都描述爲社會理論家，因他們用從柏拉圖（Plato）到洛克（Locke）等早期思想家討論國家（state）的系統方式來討論所謂的「市民社會」（civil society）。孟德斯鳩的《論法的精神》（*Spirit of the Laws*, 1748）⓫、傅古森的《文明社會史論》（*Essay on the History of Civil Society*, 1767）⓬、米拉的《地位差異的觀察》（*Observations on the Distinction of Ranks*, 1771）以及亞當・斯密的《國富論》（*Wealth of Nations*, 1776）⓭都關切一般性的理論，關切米拉所謂的「社會的哲學」。這些作者討論經濟體系與社會體系，諸如歐洲的中古「封建體系」（以地方分權爲特徵的一種「政府類型」），以及斯密作品中的（與「農業體系」成對照的）「商業體系」。他們根據主要生存方式的基準，通常將社會區分成四種主要的類型：游獵社會、畜牧社會、農業社會、以及商業社會。在湯馬斯・馬爾薩斯（Thomas Malthus）⓮的《人口論》（*Essay*

⓫ 譯註：中譯本參見張燕深譯，《論法的精神》（北京：商務印書館，1961-1963）。

⓬ 譯註：中譯本參見林本椿、王紹祥譯，《文明社會史論》（瀋陽：遼寧教育出版社，1999）。

⓭ 譯註：周憲文、張漢裕譯，《國富論：關於國富（諸國民之富）的性質及原因的研究》（台北：台灣銀行經濟研究室，1964）；中譯本參見郭大力、王亞南譯，《國民財富的性質和原因的研究》（上海：商務印書館，1972）；謝宗林、李華夏譯，《國富論》（臺北：先覺出版社，2000）。

⓮ 譯註：1766-1834，英國經濟學家。

on the Principle of Population, 1798）❶中亦可找到相同的重要概念，該書的著名命題是，人口成長受限於維持生計的基本條件。

　　我們大可將這些社會理論家描述為分析的歷史學家，或借用18世紀的術語，是「哲學的」歷史學家。亞當‧斯密的《國富論》裡討論「財富的生產過程」（process of opulence）的第三篇，實際上就是歐洲經濟簡史。孟德斯鳩撰寫了一部討論羅馬帝國之偉大與衰亡的歷史專著❻；傅古森討論過「羅馬共和的進步和終結」；還有米拉討論過從盎格魯-薩克遜時代至伊麗莎白女王統治期間政府與社會之間的關係；馬爾薩斯就像他之前的孟德斯鳩和休謨（David Hume）❼那樣，關切世界人口的歷史。

　　此時，較不關切理論的學者也從政治和戰爭這類傳統的歷史主題，轉向有關商業發展、藝術、習俗和「風俗」（manners）的社會史研究。舉例來說，伏爾泰（Voltaire）的《風俗論》（*Essay on Manners,* 1756）❽討論查理曼（Charlemagne）

---

❶ 譯註：中譯本參見周憲文譯，《人口論》（台北：台灣銀行經濟研究室，1967）。

❻ 譯註：指 *De La Grandeur des Romains et de leur Decadence* 一書，中譯本參見婉玲譯，《羅馬盛衰原因論》（北京：商務印書館，1962）。

❼ 譯註：1711-1776，蘇格蘭啓蒙運動哲學家。

❽ 譯註：中譯本參見梁守鏘譯，《風俗論：論各民族的精神與風俗以及自查理曼至路易十三的歷史》（北京：商務印書館，1995）。

時代以來的歐洲社會生活。該書不是直接以史料爲基礎，而是一種大膽又原創的綜合，也是對伏爾泰首先稱之爲「歷史哲學」（philosophy of history）所作的一種貢獻。另一方面，尤斯圖斯・默澤爾（Justus Möser）的《奧斯納布魯克史》（*History of Osnabrück*, 1768）⑲則是根據原始文獻撰寫的一部地方史，不過，它也是將社會理論用於歷史分析的早期範例。默澤爾必然閱過孟德斯鳩的著作，而他的解讀刺激他去討論西發利亞（Westphalia）的社會體制與其環境之間的關係。[9]

再者，愛德華・吉朋（Edward Gibbon）⑳著名的《羅馬帝國衰亡史》（*Decline and Fall of the Roman Empire*, 1776-1788）㉑，既是政治史，也是社會史。他討論匈奴和其他蠻族入侵者的章節，強調了「游牧民族」（pastoral nations）的一般風俗特徵，顯示其受惠於傅古森和斯密的理念。[10]對於吉朋而言，這種從特殊中看到一般的能力，是他所謂「哲學

---

⑲ 譯註：奧斯納布魯克，德國北部的一工業城市。

[9] 對照 Knudsen (1986), 94-111。

⑳ 譯註：1737-1794，英國歷史學家。

㉑ 譯註：中譯本參見梅寅生譯，《羅馬帝國衰亡史》（新竹：楓城出版社，1976）；黃宜思、黃雨石譯，《羅馬帝國衰亡史》（北京：商務印書館，1997）。

[10] Pocock (1981).

的」歷史學家之作品的一種特點。

　　一百年後，相較於啓蒙運動時期，歷史學和社會理論之間的關係並不那麼對稱。歷史學家不僅遠離了社會理論，而且也遠離了社會史。19世紀後期，西方最受敬仰的歷史學家乃是里奧波德‧馮‧蘭克。他雖未全然排斥社會史，但他的著作通常把焦點放在國家。在蘭克及其追隨者──就像常見的追隨者那樣，他們比首領還要極端──的時代，政治史又恢復了過去的支配地位。[11]

　　這種從社會理論和社會史的撤退可用幾個方式解釋。首先，歐洲各國的政府正是在這段時期，開始視歷史學爲一種促進國家統一的手段，一種公民教育的手段，或者，就像不太抱同情的觀察家可能會說的，一種國族主義宣傳的手段。此時新興國家像義大利和德國，以及諸如法國和西班牙這類較古老的國家，仍因地區的傳統而有分歧，而學校和大學裡的國史教學則助長了政治上的整合。自然而然，各國政府準備資助的那類歷史學便是國家的歷史。在德國，歷史學家與政府之間的關係尤其明顯。[12]

　　其次，這種向政治的回歸可從思想層面作解釋。與蘭克有關的歷史學革命，最重要的是史料和方法上的革命，意即

---

[11]　Burke (1988).

[12]　Moses (1975).

從運用早先的記事或「編年史」（chronicles），移轉為運用政府的官方記載。歷史學家根據檔案作研究開始成為了慣例，他們也設計了一套漸次精緻的技巧來評估這些文獻的可靠性。他們爭辯說，他們的歷史學從而比其前輩來得客觀、來得「科學」。這種新學術典型的散播，與19世紀歷史學門的專業化有關，因那時最早的研究機構、專業學報和大學科系已經創辦了。[13]

　　相較於蘭克派的國史歷史學家，社會史家的作品就顯得不太專業了。把在實作中仍舊被視為剩餘範疇的事物稱之為「社會史」，倒也恰如其分。崔福林（G. M. Trevelyan）[22] 為社會史所下的聲名狼藉的定義——「排除政治的大眾歷史」——不過是將隱含的假設變成了明確的陳述。[14] 麥考萊（T. B. Macaulay）[23] 在《英國史》（*History of England*, 1848）中討論17世紀後期社會的著名章節，被當時一位書評家殘酷但非全然偏頗地說成是一個「古董店」（old curiosity shop），因為各種不同的主題——道路、婚姻、報紙，諸如此類——無明顯順序地編排在一起。無論如何，（至少在專業圈內）政治史被視為比有關社會或文化的研究還要更真實、更嚴肅。

---

[13] Gilbert (1965).

[22] 譯註：1876-1962，英國歷史學家。

[14] Trevelyan (1942), vii.

[23] 譯註：1800-1859，英國歷史學家。

格林（J. R. Green）㉔的《英國人民簡史》（*Short History of the English People,* 1874）犧牲戰役和條約而專注於日常生活，當該書發表時，據說他以前的老師弗里曼（E. A. Freeman）㉕評論道，倘若格林能完全拋棄那類的「社會材料」（social stuff），那麼他大概已經寫出了一部出色的英國史。[15]

這些偏見不是英國特有的。在德語世界，雅各布‧布克哈特（Jacob Burckhardt）㉖後來公認為經典的《義大利文藝復興時期的文化》（*The Civilization of the Renaissance in Italy,* 1860）㉗，在剛出版時並不成功，這可能是因為它根據文學史料而不是官方記載。法國歷史學家菲斯泰‧德‧古朗士（Numa Denis Fustel de Coulanges）㉘的代表作《古代城邦》（*The Ancient City,* 1860）大部分關切古希臘和羅馬的家庭。他既堅稱歷史學是有關社會事實的科學，即真正的社會學，而又獲得專業同僚的嚴肅看待，這相對而言算是例外。

質言之，蘭克的歷史學革命產生了某種始料未及但又極

<hr />

㉔ 譯註：1837-1883，英國歷史學家。

㉕ 譯註：1823-1892，英國歷史學家。

[15] 比較 Burrow (1981), 179-180。

㉖ 譯註：1818-1897，瑞士歷史學家。

㉗ 譯註：中譯本參見何新譯，《義大利文藝復興時期的文化》（北京：商務印書館，1979）；羅漁譯，《義大利的文藝復興》（臺北：黎明文化事業公司，1979）。

㉘ 譯註：1830-1889，法國歷史學家。

端重要的後果。既然這種新的「文獻」研究取向在研究傳統政治史上較爲好用,那麼它的採用就使得19世紀的歷史學家在題材的選擇上,比18世紀的前輩還要狹隘,甚至就某種意義來說還要過時。他們之中的若干人排斥社會史,因爲它不能「科學地」加以研究;另外一些歷史學家基於相反的理由而排斥社會學,因爲它是抽象而又概括的,而且未能容許個人和事件的獨特性,意即,就這層意義而言,它是太過科學了。

這種對社會學的排斥,在19世紀後期的若干哲學家,尤其是威廉・狄爾泰(Wilhelm Dilthey)❷的作品裡表達得相當清楚。撰寫過文化史(Geistesgeschichte)和哲學作品的狄爾泰爭辯說,孔德和斯賓塞(Herbert Spencer)的社會學(一如赫爾曼・艾賓浩斯[Hermann Ebbinghaus]的實驗心理學)乃是僞科學,因爲它提供了因果關係的解釋。他在科學與包括歷史學在內的人文學科之間作了一個著名的劃分,意即前者的目的是作外部解釋(erklären),而後者則作內部理解(verstehen)。自然科學(Naturwissenschaften)的學者使用因果關係的語彙,不過,人文科學(Geisteswissenschaften)的學者則應該講「經驗」語言。[16]

---

❷ 譯註:1833-1911,德國唯心論哲學家。他主張在自然科學和人文科學之間作方法論的區分。

[16] Dilthey (1883).

　　相當知名的哲學家，但也是他那個時代最傑出的義大利歷史學家之一的貝內德托・克羅齊（Benedetto Croce）❸，也抱持著一種類似的立場。1906年，他拒絕資助那不勒斯（Naples）大學社會學教席。他認為，社會學只是一門偽科學。

　　就社會理論家方面而言，儘管他們繼續研究歷史，不過，卻漸次挑剔歷史學家。亞歷克西・德・托克維爾（Alexis de Tocqueville）❸根據原始文獻寫成的《舊制度與大革命》（*The Old Regime and the French Revolution, 1856*）❸是一部有影響力的歷史作品，也是社會理論和政治理論中的一個里程碑。馬克思的《資本論》（*Capital, 1867*）——就像亞當・斯密的《國富論》那樣——對經濟史和經濟理論有開闢新途徑的貢獻；《資本論》討論了勞工立法、從手工生產向機器生產的轉變、對農民的剝削，諸如此類。[17] 儘管相對來說，馬克思的作品並未引起19世紀的歷史學家多大的注意，然而，對於我們時代的歷史實作卻有巨大的影響力。至

---

❸ 譯註：1866-1952，義大利哲學家和歷史學家。

❸ 譯註：1805-1859，法國政治學家和下議院議員。一般認為，他是比較政治社會學和歷史社會學的創始人之一。

❸ 譯註：中譯本參見馮棠譯，《舊制度與大革命》（香港：牛津大學出版社，1994）。

[17] Cohen (1978).

於政治經濟學中所謂「歷史學派」的主要人物古斯塔夫・施莫勒（Gustav Schmoller）❸❸，主要以歷史學家聞名而非經濟學家。

像托克維爾、馬克思和施莫勒那樣，將理論跟對具體歷史狀況的細節的興趣作結合，相對來說較爲罕見。19世紀後半期在許多新興的學科裡更常見的狀況則是關切長時期的趨勢，尤其關切當時的人所謂的社會「演化」（evolution）。再者，孔德認爲，社會史，或者，他所謂的「沒有個人名字，甚至沒有民族名字的歷史，」對理論作品——他率先稱其爲「社會學」——是不可或缺的。他畢生的工作基本上將過去劃分爲三個時代，意即宗教時代、形上學時代、以及科學時代；就此一意義而言，他畢生的工作或可描述爲「歷史哲學」。而「比較方法」——那個時代的另一個口號——涉及到將每一社會（每一種風俗或人爲現象）置於演化階梯之上；就此一意義而言，它則是歷史方法。❸❸

演化法則的模式連結著不同的學科。經濟學家描述了從「自然經濟」到貨幣經濟的轉變。諸如亨利・梅因（Henry Maine）❸❹ 爵士這類的法學家，在《古代法》（*Ancient Law*,

---

❸❸ 譯註：1838-1917，德國經濟史家。

18 Aron (1965), 63-110; Burrow (1965); Nisbet (1969), ch.6.

❸❹ 譯註：1822-1888，英國社會哲學家和法學家，其最享盛譽的著作爲《古代法》，他在書中通過法律制度的演化來探討社會發展的問題。

1861）[35]中討論從「地位」到「契約」的轉變；民族學家，
諸如愛德華‧泰勒（Edward Tylor）[36] 在《原始文化》
（*Primitive Culture*, 1871）或劉易斯‧亨利‧摩根（Lewis
Henry Morgan）[37] 在《古代社會》（*Ancient Society*, 1872）[38]
中，將社會變遷呈現成從「蠻荒」（或者說，人類的「自然」
或「野性」狀態）向「文明」的演化；社會學家斯賓塞則運
用了從古埃及到彼得大帝時代俄國的歷史事例，闡明他所謂
的從「軍事」向「工業」社會的發展。[19]

再者，地理學家弗里德里希‧拉采爾（Friedrich Ratzel）[39]
和心理學家威廉‧馮特（Wilhelm Wundt）對所謂「自然民
族」（Naturvölker）作了引人注目而又相似的研究。前者關
切他們對自然環境的適應，後者則關切他們的集體心態。就

---

[35] 譯註：中譯本參見方孝嶽、鍾建閎譯，《古代法》（上海：商務印書
　館，1932）。

[36] 譯註：1832-1917，英國早期人類學家。他在《原始文化》一書中，將
　演化論的觀點運用到宗教的發展上，指出宗教的發展經過了三個階段，
　意即泛靈信仰（animism）、多神論（polytheism）以及一神論
　（monotheism）。

[37] 譯註：美國民族學家和人類學家。他對社會學和馬克思主義的主要影響
　可溯源於他在《古代社會》一書中對社會演化所提出的唯物理論。

[38] 譯註：中譯本參見楊東蓴、張栗原譯，《古代社會：從蒙昧、野蠻到文
　明》（上海：商務印書館，1950）。

[19] Peel (1971).

[39] 譯註：1844-1904，德國地理學家。

像呂西安‧李維布魯（Lucien Lévy-Bruhl）⑩的《原始思維》（*Primitive Mentality*, 1922）⑪那樣，從巫術到宗教、從「原始」到文明化的思想演化，是詹姆斯‧弗雷澤（James Frazer）⑫爵士的《金枝》（*Golden Bough*, 1890）⑬的主題。儘管佛洛伊德（Sigmund Freud）強調殘留於文明化的男女心理中的「原始」要素，不過，由《圖騰與禁忌》（*Totem and Taboo*, 1913）⑭和《一個幻覺的未來》（*The Future of an Illusion*, 1927）⑮這類作品看來，他明顯也是這種演化論傳統的一個後期範例，而在這些作品裡（舉例來說）弗雷澤的理念便扮演著一個重要的角色。

　　演化通常被視為朝更好的地方轉變──但也不盡然如此。德國社會學家費迪南‧滕尼斯（Ferdinand Tönnies）⑯的名著《共同體與社會》（*Community and Society*, 1887）⑰帶著

---

⑩ 譯註：1857-1939，法國哲學家和人類學家。

⑪ 譯註：中譯本參見丁由譯，《原始思維》（北京：商務印書館，1981）。

⑫ 譯註：1854-1941，蘇格蘭人類學家。

⑬ 譯註：中譯本參見汪培基譯，《金枝：巫術與宗教之研究》（台北：桂冠圖書公司，1991）。

⑭ 譯註：中譯本參見楊庸一譯，《圖騰與禁忌》（台北：志文出版社，1975）；邵迎生等譯，《圖騰與禁忌》（台北：知書房，2000）。

⑮ 譯註：中譯本參見楊韶剛譯，《一個幻覺的未來：摩西與一神教》（北京：華夏出版社，1999）。

⑯ 譯註：1855-1936，德國社會學家和德國社會學會創始人。

⑰ 譯註：中譯本參見林榮遠譯，《共同體與社會》（北京：商務印書館，1999）。

懷舊的情緒描述從社群（Gemeinschaft）[48]向現代社會
（Gesellschaft）[49]的過渡。該書正是許多表達對舊秩序的懷舊
情緒且分析其消失原因的專論裡最明顯的一部。[20]

　　理論家雖嚴肅地看待過去，但卻經常藐視歷史學家。舉
例來說，孔德輕蔑地提到他所謂的「無用軼事的盲目編纂
者，出自非理性的好奇心而愚蠢地去蒐集枝微末節。」[21]斯
賓塞則聲稱，社會學之於歷史學，「就像大廈從圍繞它的磚
石堆裡矗立，」而且「歷史學家所能履行的最高職務，不過
是敘述不同國家的生活，以便爲比較社會學供給素材。」說
得好聽，歷史學家對社會學家而言，是原始材料的蒐集者；
說得難聽，歷史學家完全無舉足輕重，因爲他們甚至無法爲
建築大師提供有用的素材。再引一次斯賓塞的話，「我們的
小孩除了君王傳記外所學無多，而這些傳記對於社會科學幾
乎毫無啓發。」[22]

　　有幾位歷史學家──尤其是菲斯泰·德·古朗士，前文
已提過他有關古代城邦的專論──未受到這種指摘，而英國
法律史家梅特蘭（F. W. Maitland）[50]──他將社會結構視爲

[48] 譯註：意即禮俗社群。

[49] 譯註：意即法理社會。

[20] Nisbet (l966)；比較 Hawthorn (1976)。

[21] Comte (1864), lecture 52.

[22] Spencer (1904), 26-9；比較 Peel(1971), 158-63。

[50] 譯註：1850-1906，英國歷史學家。

歷史學與理論的分化

受到權利和義務規範的個人之間及團體之間的一套關係——對英國社會人類學則有不可忽視的影響。[23]

　　然而，大多數20世紀早期的社會理論家，既對歷史有興趣，卻又摒棄大多數歷史學家的撰述。他們之中的許多人，舉例來說，法國地理學家保爾·維達布拉什（Paul Vidal de la Blache）[51]、德國社會學家費迪南·滕尼斯、以及蘇格蘭人類學家詹姆斯·弗雷澤，便是作為歷史學家，尤其是古代世界的歷史學家，來開啓其職業生涯的。還有一些人既試圖研究某一特定文化的過去，又試圖研究其現在。人類學家弗朗茨·鮑亞士（Franz Boas）[52]在溫哥華地區夸扣特爾族（Kwakiutl）這一個案中便是如此；而地理學家安德烈·西格弗里德（André Siegfried）[53]在其著名的法國西部「政治圖景」（tableau politique）之專論中亦有類似之舉，他研究當地的環境及其居民的宗教信念、政治信念之間的關係，爭辯說「就像存在著地理或經濟區域那樣，也存在著政治區域，」而且還把投票模式跟宗教信仰、土地所有者身分作了比較。[24]

　　這個時期最著名的三個社會學家——巴烈圖（Vilfredo

---

[23] Pollock and Maitland (1895).

[51] 譯註：1843-1918。

[52] 譯註：1858-1942，德裔美籍人類學家，在創建現代文化人類學方面扮演了先驅者的角色。

[53] 譯註：1875-1959，法國政治地理學家和社會評論家。

[24] Boas (1966); Siegfried (1913), v.

Pareto）❺、涂爾幹和韋伯——皆嫻熟歷史。巴烈圖的《社會學通論》（*Treatise on General Sociology*, 1916）深入討論了古代雅典、斯巴達和羅馬，而且也從義大利中古史裡擷取了範例。愛彌爾・涂爾幹則藉由將社會學跟歷史學、哲學和心理學作區分，致力於為社會學這門新學科開創界域；而他自己曾在菲斯泰・德・古朗士門下研讀歷史，還將一本書獻給他。涂爾幹寫過一部法國教育史的專著。他也讓評論歷史著作——只要它們關切的事物不像事件史那麼「膚淺」的話——成為他的學報《社會學年鑑》（*Année Sociologique*）的方針。25

　　至於馬克斯・韋伯，他的歷史學知識在廣度和深度上確實都是驚人的。在撰寫其名著《新教倫理與資本主義精神》（*The Protestant Ethic and the Spirit of Capitalism*, 1904-1905）❺之前，韋伯寫過討論中世紀貿易公司和古羅馬農業史的書籍。偉大的古典學者西奧多・蒙森（Theodor Mommsen）便視韋伯為可敬可佩的繼承者。當韋伯逐漸把注意力集中在社會理論時，他並未放棄有關過去的研究。他從歷史裡獲取材料，

---

❺ 譯註：1848-1923，出生於法國的義大利籍工程師兼社會科學家，晚年轉攻社會學研究。

25 Bellah (1959); Momigliano (1970); Lukes (1973), ch. 2.

❺ 譯註：中譯本參見于曉等譯，《新教倫理與資本主義精神》（北京：三聯，1987）；黃曉京、彭強譯，《新教倫理與資本主義精神》（臺北：唐山出版社，1987）。

又向歷史學家汲取概念。舉例來說，著名的「卡理斯瑪」（charisma）理念（詳後，頁185-187）得自教會史專家魯道夫·索姆（Rudolf Sohm）關於早期教會「卡理斯瑪式組織」的討論。[26] 而韋伯所做的便是把這一概念世俗化，使其具有更普遍的應用性。20世紀最具歷史感的社會學家來自那時歐洲最具歷史感的文化，倒也適得其所。實際上，韋伯幾乎不把自己看成是社會學家。他在晚年接受慕尼黑大學的一個社會學講座時，他作了公正的評論：「照聘書的說法，如今我倒成了社會學家。」韋伯自視為政治經濟學家或比較歷史學家。[27]

對過去的摒棄

涂爾幹於1917年過世，而韋伯則是1920年。由於各種原因，下一代的社會理論家避開了過去。

經濟學家被吸引到兩個反方向。法國的法蘭索瓦·西米昂（François Simiand）❺⑥、奧地利的約瑟夫·熊彼德（Joseph Schumpeter）❺⑦、以及俄國的尼古拉·康朵鐵夫（Nikolai

---

[26] Weber (1920), 3, 1111-57; Bühler (1965), 150ff.

[27] Bendix (1960); Mommsen (1974); Roth (1976).

❺⑥ 譯註：1873-1935，法國經濟學家。

❺⑦ 譯註：1883-1950，奧地利經濟學家。

Kondratieff）⁵⁸等經濟學家，為了研究經濟發展，尤其是貿易周期，而收集了過去的統計數據。這種對於過去的興趣，有時夾雜著一種斯賓塞式的對歷史學家的輕視。舉例來說，西米昂發表過一篇著名而又有爭議的文章，反對他所謂的歷史學家的三種部落「偶像」──政治偶像、個人偶像、以及編年史偶像──駁斥他所謂「以事件為中心的歷史」（histoire événementielle），而且用亨利四世（Henri IV）統治期間法國工業的研究為例，非難試圖讓經濟研究符合某一政治架構的傾向。²⁸

其他的經濟學家則漸次遠離了過去，而邁向一種純數學模式的「純粹」經濟理論。有關邊際效用與經濟均衡的理論家，愈來愈無暇顧及古斯塔夫・施莫勒及其學派的歷史研究取向。一場廣為人知的「方法之爭」（Methodenstreit）讓歷史同行分化成歷史主義者和理論家。

互異的心理學家，像《兒童的語言和思維》（*The Language and Thought of the Child*, 1923）的作者尚・皮亞傑（Jean Piaget）⁵⁹和《完型心理學》（*Gestalt Psychology*, 1929）的作者沃爾夫岡・克勒（Wolfgang Köhler）⁶⁰，都轉向不能應用

---

⁵⁸ 譯註：1892-1931?，俄國經濟學家。

²⁸ Simiand (1903).

⁵⁹ 譯註：1896-1980，瑞士發展心理學家，特別以認知發展的階段論知名。

⁶⁰ 譯註：1887-1967，德國心理學家。

到過去的實驗方法。他們因實驗室而拋棄了圖書館。類似地，社會人類學家發現在其他文化中進行「田野調查」的價值，乃相對於解讀旅者、傳教士和歷史學家對其他文化的記述。舉例來說，弗朗茨・鮑亞士對加拿大太平洋岸的一個印第安部落夸扣特爾族作了長期的探訪。芮克里夫布朗（A. R. Radcliffe-Brown）❻為了研究當地的社會結構，從1906至1908年住在（孟加拉灣內的）安達曼（Andaman）群島。而布洛尼斯拉夫・馬林諾夫斯基則把1915至1918年這幾年的大部分時間花在（靠近新幾內亞的）初布蘭（Trobriand）群島。相當有力地堅稱田野調查是極佳的人類學方法的正是馬林諾夫斯基。他聲稱：「人類學家必須放棄傳教圍場、政府局所或種植園主木造小屋之走廊上的長椅的舒適位置」。只有深入鄉村，意即「田野調查」，他才能夠「掌握當地人的觀點」。遵照馬林諾夫斯基的範例，田野調查變成每個人類學家訓練過程中的必要階段。[29]

　　社會學家也放棄了書房中的扶手椅（而非走廊上的長椅），開始愈來愈多地從當代社會裡獲取他們的資料。有關朝向現今的移轉——就像諾伯特・艾里亞斯（Norbert Elias）❻

---

❻ 譯註：1881-1955，英國結構功能學派人類學家。

[29] Jarvie (1964)，頁2中的討論；比較 Stocking (1983)。

❻ 譯註：1897-1990，出生於德國的社會學家，在希特勒時代離開德國，先在英國，後在迦納、荷蘭和德國工作。他最重要的著作《文明化的過

所說的，「社會學撤回到現今」──的生動引人注目例子，我們可舉1892年美國芝加哥大學創設了第一個社會學系爲例。[30] 它的首任系主任阿爾比恩‧斯莫爾（Albion Small）⑬原是歷史學家。然而，1920年代，在羅伯特‧帕克（Robert E. Park）⑭的領導下，芝加哥學派的社會學家轉向了當代社會的研究，尤其是他們自己城市的研究，像貧民區、猶太人地區、移民、幫派、流浪漢，諸如此類。帕克寫道：「像鮑亞士和洛威（Lowie）之類的人類學家，用在研究美國印第安人生活和行爲的那種孜孜不倦的觀察方法，在調查芝加哥小義大利區和低北區的慣例、信仰、社會習俗、以及一般的生活概念上，大概更能派上用場。」[31] 另一個可供選擇的策略是問卷調查，加上對抽樣的被調查者的訪談，據此作社會分析。調查研究變成美國社會學的骨幹。社會學家生產自己的資料，而且把過去視爲「大體上跟對於人們爲什麼會那麼做的理解無關。」[32]

程》討論的主題是歐洲國家形成與個人行爲方式和人格變化（包括新的道德形式和個人自我控制）之間的關係。他深受心理學家、歷史學家，以及人類學家的推崇。

[30] Elias (1987).

⑬ 譯註：1854-1926，美國社會學家。

⑭ 譯註：1864-1944，美國社會學家。他最受人稱道的是對都市社會學和種族關係研究的貢獻。

[31] Park (1916), 15；比較 Matthews (1977)。

[32] Hawthorn (1976), 209.

　　對於這種犧牲過去而研究現今的移轉，可提出幾種不同的解釋。社會學本身的重心從歐洲移轉到美國，而美國（尤其是芝加哥）的情況，相較於歐洲，過去不那麼重要，在日常生活中也不那麼明顯。社會學家大概會爭辯說，丟棄過去，跟經濟學、人類學、地理學、心理學、以及社會學漸次獨立和愈來愈專業化有關。就像歷史學家那樣，這些領域的工作者在此時創辦了他們自己的專業學會和專門學報。從歷史學和歷史學家裡頭脫離，對於新學科之認同的形成是有其必要的。

　　另一方面，觀念史家大概會強調一種智識趨勢，即「功能論」（functionalism）的崛起。在18和19世紀，通常從歷史角度提出有關風俗和社會體制的解釋，運用像「擴散」、「模仿」和「演化」這類的概念。而這種歷史著作大多是玄想或「推測的」（conjectural）。然另一個可供選擇的角度是什麼呢？

　　在物理學和生物學的激勵下，另一個可供選擇的角度乃是，以它們現今的社會功能、每一要素對維繫整體結構的作用，解釋這些風俗和體制。在有關自然界或人體的模型上，將社會看成是一個處於均衡（巴烈圖偏好的一個術語）的體系。芮克里夫布朗和馬林諾夫斯基——其將過去摒之為「死亡且該被埋葬的」——在人類學裡所採納的這種功能論立場，與社會的實際運作無關。[33] 很難說是田野調查的傳播導

---

[33] Malinowski (1945), 31.

致功能論的崛起，或者恰恰相反。套一句功能論者的特有用語，我們可能會說，新的解釋和新的研究方法相互「適應」。不幸的是，它們強化了社會理論家失去對過去之興趣的傾向。

我當然不是想要否認諸如功能論人類學、實驗心理學或數理經濟學的令人敬佩成就。在人類行為的研究中，這些發展在它們的時代是不可或缺的；它們是針對先前的理論和方法的真正缺點而發的。舉例來說，相較於先前的玄想的演化歷史學，田野調查在當代部落社會的研究中，提供了更為可靠的事實基礎。

然而，我真正想要提出的是，所有這些的發展——就像與蘭克有關的那種歷史學那樣——也有其代價。在方法上新蘭克派歷史學家和功能論人類學家較其前輩更為嚴格，不過，他們也更為狹隘。他們省略，更確實的說法是從他們的事業裡刻意排除某種程度上與其新專業標準不相容而無法掌握的事物。然而，總有一天會有精神分析家所謂的「壓抑的回歸」（return of the repressed）。

社會史的崛起

夠諷刺的是，正當社會人類學家和社會學家逐漸對過去喪失興趣的時候，歷史學家卻開始提出某些東西，宛如在回

覆斯賓塞「有關社會的自然史」的要求。在19世紀的尾聲，若干專業歷史學家漸次對新蘭克派的歷史學不滿。其中最暢所欲言的批評家之一是卡爾・蘭普萊希特（Karl Lamprecht）❻❺，他抨擊德國史學當權派所強調的政治史和大人物。[34] 他轉而提倡一種從其他學科汲取概念的「集體歷史」（collective history）。而其他的學科則包括威廉・馮特的社會心理學、弗里德里希・拉采爾的「人文地理學」，而這兩位皆為蘭普萊希特的萊比錫大學同僚。蘭普萊希特帶著一貫的魯莽，聲稱說：「歷史學根本上是一門社會─心理學方面的科學。」他在其多卷本的《德國史》（*History of Germany*, 1891-1909）裡，將這種社會─心理研究取向付諸實行，而在涂爾幹的《社會學年鑑》裡獲得好評，不過，不僅因其錯誤（事實上層出不窮），而且因其所謂的「物質主義」和「化約論」，遭到德國正統歷史學家的批評，還不如遭到嘲弄來得多。

　　然而，後來被稱為「蘭普萊希特爭論」的激烈狀況，暗示著他確實不該做的事乃是質疑了蘭克派或新蘭克派的正統性。少數歷史學家視蘭普萊希特所提倡的那種歷史學為「超越蘭克的進步」，超越蘭克對歷史山巔──意即大人物──的關懷；後來成為馬克斯・韋伯之追隨者的奧托・欣澤

---

❻❺ 譯註：1856-1915，德國歷史學家。

[34] Steinberg (1971).

（Otto Hintze）⑥便是這些少數歷史學家之一。欣澤寫道：
「我們想要知道的不只是山脈的範圍和頂峰，而且還有山脈
的基底；不僅是表面的高度和深度，而且還有整個大陸的板
塊。」[35]

　　1900年左右，大部分的德國歷史學家從未想過要超越蘭
克的角度。當馬克斯・韋伯著手於他著名的有關新教與資本
主義之間的關係的專論時，他能夠從少數對類似問題有興趣
之同僚的作品裡獲取心得。不過，意味深長的是，其中的重
要成員維爾納・宋巴特（Werner Sombart）⑥和恩斯特・托洛
爾契（Ernst Troeltsch）⑥分別在經濟學和神學中佔一席之地
而非歷史學。

　　蘭普萊希特想要打破政治史的壟斷地位的企圖失敗了，
不過，尤其在美國和法國，社會史運動獲得了支持的回應。
1890年代，美國歷史學家弗雷德里克・傑克森・透納
（Frederick Jackson Turner）⑥與蘭普萊希特類似，發動了一次
對傳統史學的抨擊。他寫道，「必須考慮人類活動的各領
域。與其他部分孤立開來的任一部分社會生活，是無法被理

---

⑥ 譯註：1861-1940。

[35] 引自 Gilbert (1975)，9。

⑥ 譯註：1863-1941，德國經濟學家和社會學家。

⑥ 譯註：1865-1923，德國神學家和歷史學家。

⑥ 譯註：1861-1932，美國歷史學家。

解的。」就像蘭普萊希特那樣，透納深受拉采爾之歷史地理學的影響。他的論文〈邊境在美國史中的重要性〉（"The Significance of the Frontier in American History"）是一個有爭議但又劃時代的詮釋，它將美國的體制當作對特定地理和社會環境的回應。他在別的論文裡則討論他所謂的「地區」（sections）——換言之，也就是區域，如擁有自身之經濟利益和資源的新英格蘭和中西部——在美國史中的重要性。[36] 透納的同時代人詹姆斯・哈維・魯賓遜（James Harvey Robinson）❿則是另一個提倡所謂「新史學」的雄辯宣傳者；這種新史學關切所有的人類活動，而且從人類學、經濟學、心理學和社會學裡汲取各種理念。[37]

在法國，1920年代是史特拉斯堡大學的兩位教授馬克・布洛克（Marc Bloch）⓫和呂西安・費夫賀（Lucien Febvre）⓬領導一場「新類型歷史學」之運動的年代。他們創辦的《社會經濟史年鑑》（*Annales d'histoire économique et sociale*）學報，毫不留情地批評傳統史家。就像蘭普萊希特、透納和魯賓遜那樣，費夫賀和布洛克反對政治史的支配地位。他們

---

[36] Turner (1893).

❿ 譯註：1863-1936，美國歷史學家。

[37] Robinson (1912).

⓫ 譯註：1886-1944，年鑑學派歷史學家。

⓬ 譯註：1878-1956，年鑑學派歷史學家。

的雄心是用一種他們所謂的「更廣泛、更貼近人的歷史」來取代政治史,而這種歷史學是一種涵蓋全部人類活動、重「結構」分析甚於事件敘事的歷史學;而「結構」一詞後來便成為所謂「年鑑學派」的法國歷史學家的一個嗜好品。[38]

　　儘管費夫賀和布洛克的偏好不同,然而,兩者皆希望歷史學家向鄰近學科學習。兩者都對語言學感興趣,也都研讀過哲學家暨人類學家呂西安・李維布魯有關「原始思維」的種種研究。費夫賀對地理學和心理學尤感興趣;至於心理學理論,他則追隨他的朋友夏爾・布朗岱爾(Charles Blondel)[73]而不認同佛洛伊德;他研讀拉采爾的「人文地理學」(anthropogeography),但不認同其決定論,而更喜好偉大的法國地理學家維達布拉什的「可能論」研究取向,因其強調環境使人能夠做什麼而非對人的限制。布洛克則更接近愛彌爾・涂爾幹的社會學及其學派(尤其是討論社會記憶架構之著名研究的作者莫里斯・阿爾布瓦什[Maurice Halbwachs][74])。他分享了涂爾幹對社會聚合和集體表象的興趣(詳後,頁190-191),也分享了他所致力的比較方法。

　　布洛克在1944年被德國行刑隊槍決身亡,不過,費夫賀則熬過二次世界大戰而成為法國歷史學的當權派。實際

---

[38]　Burke (1990).

[73]　譯註:1876-1939,法國心理學家。

[74]　譯註:1877-1945,法國社會學家。

上，作爲重建後的社會科學高等研究學院（Ecoles des Hautes Etudes en Sciences Sociales）院長，他能夠支持跨學科的合作，也使歷史學在社會科學中居於霸權的地位。費夫賀的後繼者費爾南·布勞岱延續了他的政策。除了被盛讚爲20世紀最重要史學成就之著作的作者之外（詳後，頁293-296），布勞岱精通經濟學和地理學，也是社會科學共同市場的堅定信徒。他認爲，歷史學和社會學尤應相互接近，因爲兩個學科的實踐者都努力或應該努力將人類經驗視爲一個整體。[39]

法國和美國這兩個國家，社會史在相對較長時間裡受到人們的重視，社會史和社會理論之間的關係也特別密切。這不意謂著20世紀前半期，其他地方沒有發生類似的情況。舉例來說，這段時期裡，在日本、蘇聯或巴西不難找到理論取向的社會史家。

舉例來說，曾在美國跟弗朗茨·鮑亞士一起作研究的已故吉爾伯托·弗瑞爾（Gilberto Freyre）[15]，可說是社會學家或社會史家。他最爲人所知的是他的巴西社會史三部曲：《主人和奴隸》（*The Masters and the Slaves*, 1933）、《大廈和破木屋》（*The Mansions and the Shanties*, 1936）、以及《秩序和進步》（*Order and Progress*, 1955）。弗瑞爾的作品具有爭議性，

---

[39] Braudel (1958).
[15] 譯註：1900-1987，巴西社會學家和社會史家。

而他經常遭到批評說他傾向於把自己的區域伯爾南布科（Pernambuco）的歷史，等同於整個國家的歷史，批評說他從「大房子」（great house，更精確地說，是大房子裡的男性）的角度來看整個社會，也批評說其低估了巴西種族關係的衝突程度。

另一方面，弗瑞爾在研究取向上的原創性，使他得以與布勞岱齊名（1930年代布勞岱在聖保羅大學[São Paulo]教書時，他們有過許多討論）。他是最早討論語言史、食物史、人體史、兒童史及住房史的其中一位，且將它們看成是有關過去社會之完整敘述的一部分；他也是運用各種資料的先驅，運用報紙來寫社會史，而且將社會調查用於史學議題。為了他第三卷有關19和20世紀的巴西史，他把焦點集中在1850至1900年之間出生、代表這個國家裡主要社會群體的一千人，向他們寄送問卷調查表。[40]

理論與歷史學的滙流

幾個例子就能說明，歷史學家和社會理論家之間不論在哪一時期都沒有完全斷絕相互的聯繫。偉大的荷蘭歷史學家約翰・赫伊津哈（Johan Huizinga）⓲在1919年發表了《中世

---

[40] Freyre (1959).

⓲ 譯註：1872-1945，荷蘭歷史學家。

紀的衰落》（*The Waning of the Middle Ages*）❼，而該書是汲取
社會人類學家之理念的14與15世紀文化之研究。[41] 1929
年，新創辦的《社會經濟史年鑑》學報的編輯委員會裡，與
歷史學家並列的還包括政治地理學家安德烈・西格弗里德以
及社會學家莫里斯・阿爾布瓦什。1939年，經濟學家約瑟
夫・熊彼德發表了他具有歷史學識的有關景氣循環的研究，
而社會學家諾伯特・艾里亞斯也發表了此後被公認為經典之
作的《文明化的過程》（*The Civilizing Process*）（詳後，頁288-
291）。1949年，一生都在鼓吹人類學與歷史學之間緊密關聯
的人類學家愛德華・伊凡普里查（Edward Evans-Pritchard）❼，
發表了一部有關塞若尼加的賽努西教團信徒（the Sanusi of
Cyrenaica）的歷史作品。

　　然而，在1960年代，涓滴匯成了江河。諸如薩繆爾・
艾森史塔（Samuel N. Eisenstadt）❼的《帝國的政治體制》
（*The Political Systems of Empires, 1963*）❽、西摩・李普塞特

---

❼ 譯註：中譯本參見劉軍等譯，《中世紀的衰落》（杭州：中國美術學院出
　　版社，1997）。

[41] Bulhof (1975).

❼ 譯註：1902-1973，英國結構功能論社會人類學家。

❼ 譯註：1923-，以色列比較社會學家和比較歷史學家。

❽ 譯註：中譯本參見沈原、張旅平譯 ，《帝國的政治體制》（南昌：江西
　　人民出版社，1992）；閻步克譯，《帝國的政治體制》（貴陽：貴州人
　　民出版社，1992）。

（Seymour M. Lipset）[81]的《第一個新興國家》（*The First New Nation*, 1963）[82]、查爾斯·提利（Charles Tilly）[83]的《旺代》（*The Vendée*, 1964）、巴林頓·摩爾（Barrington Moore）[84]的《民主與獨裁的社會起源》（*Social Origins of Dictatorship and Democracy*, 1966）[85]、以及艾瑞克·沃爾夫（Eric Wolf）的《農民戰爭》（*Peasant Wars*, 1969）——就徵引這幾個極為知名的範例吧——等書籍，皆表達且支持了社會理論家和社會史家之間的一種共同目的之意向。[42]

　　過去二十年此一趨勢不斷延續下來。愈來愈多的社會人類學家，尤其是克利福·紀爾茲（Clifford Geertz）和馬歇爾·沙林斯（Marshall Sahlins）[86]，都賦予其研究一種歷史向度。[43] 就亞當·斯密、卡爾·馬克思和馬克斯·韋伯之世界史研究的傳統而言，一群英國社會學家，尤其是厄尼斯特·

---

[81] 譯註：1922-，美國政治社會學家。

[82] 譯註：中譯本參見范建年、張虎、陳少英譯，《第一個新興國家》（臺北：桂冠圖書公司，1994）。

[83] 譯註：1926-，美國歷史社會學家。

[84] 譯註：1913-，美國社會學家和社會歷史學家。

[85] 譯註：中譯本參見拓夫譯，《民主與獨裁的社會起源：現代世界誕生時的貴族與農民》（臺北：桂冠圖書公司，1991）。

[42] Hamilton (1984); Hunt (1984a); Smith (1991), 22-5, 59-61.

[86] 譯註：1930-，美國人類學家。

[43] Geertz (1980); Sahlins (1985).

蓋爾納、約翰・霍爾（John Hall）、以及麥可・曼（Michael Mann）❸，恢復了18世紀「哲學性的歷史學」（philosophical history）的方案，即意在「區分不同的社會類型，以及解釋它們的類型轉變。」44 情況類似的是人類學家艾瑞克・沃爾夫研究1500年以來歐洲與其他地區之間的關係的《歐洲與沒有歷史的人》（*Europe and the People without History*）。45「歷史社會學」、「歷史人類學」、「歷史地理學」、以及（較不常出現的）「歷史經濟學」這些術語，被使用來描述歷史學與這些學科的結合，以及這些學科與歷史學的結合。46 在同一智識領土上的滙流，有時導致了邊界的紛爭（例如，歷史地理學止於何處，而社會史始於何處呢？），有時也導致創出不同的術語來描述相同的現象，不過，這也讓不同的技巧和觀點得以利用在共同的事業裡。

　　歷史學和社會理論之間的關係漸次緊密，原因是顯而易見的。日新月異的社會變遷實際上讓社會學家和人類學家不得不注意（他們之中的若干人回到原先作田野調查的地區，

---

❸ 譯註：1942-，英國歷史社會學家和社會階層化（social stratification）分析家。

44 Hall (1985), 3；比較 Abrams (1982)。

45 Wolf (1982).

46 Ohnuki-Tierney (1990), 1-25; Smith (1991); Baker and Gregory (1984); Kindleberger (1990).

找出這些地區因納入世界經濟體系而產生的轉變）。研究世界人口爆炸的人口學家，以及分析所謂「低度開發」（underdeveloped）國家農業及工業發展之條件的社會學家或經濟學家，發現他們本身是在研究以時間為序列的變遷，換句話說，就是歷史，還有他們之中的若干人——舉例來說，法國人口學家路易・亨利（Louis Henry）❸和美國社會學家伊曼紐・華勒斯坦（Immanuel Wallerstein）❸——則想把他們的探究延展到更遙遠的過去。[47]

同時，世界各地之歷史學家的興趣都發生了離開傳統政治史（有關統治者之行動和政策的敘述）走向社會史的大範圍移轉。如同此一潮流的一位批評者所言：「過去居於這一專業之核心的事物，如今處於邊陲了。」[48] 為什麼呢？從社會學的角度來解釋也許是適合的。為了適應急速社會變動的時代，很多人逐漸覺得有必要尋根，有必要延續他們與過去，尤其是與他們自身之社群——他們的家庭、他們的城鎮或村莊、他們的職業、他們的族裔或宗教團體——的過去的關連。

我認為，若干社會史家的「理論轉向」和若干理論家的

---

❸ 譯註：1911-，法國人口統計學家。

❸ 譯註：1930-，美國社會學家。

[47] Henry (1956); Wallerstein (1974).

[48] Himmelfarb (1987), 4.

「歷史轉向」會廣受歡迎的。法蘭西斯・培根（Francis Bacon）在一段著名的話裡，對於只會蒐羅資料的螞蟻型經驗論者，以及作繭自縛的蜘蛛型純理論家，相當辛辣地提出了批評。培根推崇蜜蜂這一範例，其採集原料但又作了改變。他的比喻適用於歷史研究及社會研究的歷史，也適用於自然科學史。歷史學與理論不結合，我們既不能了解過去，也不能了解當下。

　　歷史學和理論的結合方式當然不只一種。有些歷史學家接受某一特定理論，且在作品中實行它，就像很多馬克思主義者的情況那樣。這類冒險心的內在張力有時是有利的，其中一個範例，我們可考察自述為一位「馬克思主義經驗論者」的愛德華・湯普森的思想歷程。[49] 也有一些歷史學家對理論感興趣，但不受制於理論。他們運用理論來察覺問題，換句話說，就是為了發現問題而不是找答案。舉例來說，讀了馬爾薩斯的著作，鼓舞若干不接受馬爾薩斯觀點的歷史學家去考察人口與生存手段之間的變動關係。對於理論的這種興趣豐富了歷史實作，這一點在最近一代歷史學家中表現得尤為明顯。

　　直接補充這句話亦無妨：我們並不是活在一個智識的黃金時代。一如智識活動史上常常發生的情況那樣，解決舊問

---

[49] Trimberger (1984); Kaye and McClelland (1990).

題的嘗試產生了新的問題。實際上，有人爭辯說，有關歷史學和社會學之間不斷變動的關係，用「滙流」（convergence）這個詞是不當的；它「太簡單又太乏味，無法公平處理這一錯綜複雜而又困難的關係。」[50]對於這種反對理由，我們或可回答說，滙流實際上是一個相當溫和的術語，其不過間接表明雙方正在相互趨近。它談不上是邂逅，更遑論意見一致了。

　　誠然，和睦狀態有時會導致衝突。美國社會學家尼爾・斯梅爾瑟（Neil Smelser）轉向了歷史，且發表了關於工業革命時期社會變遷的專論，分析19世紀早期蘭開夏郡（Lancashire）紡織工的家庭結構與工作情況（而且在此過程中暗含著對馬克思主義的批判）。他激起了英國歷史學家愛德華・湯普森的憤怒，抨擊說「社會學」無法理解「階級」這一術語是指過程而非結構。[51]

　　過去幾年來，有時歷史學家和人類學家就好像兩列在平行鐵軌上交會而過的火車，而非滙流。舉例來說，歷史學家發現功能性解釋時，人類學家卻對其不滿意了。[52]反過來說，人類學家發現事件的重要性時，許多歷史學家卻遺棄了

---

[50] Abrams (1980), 4.

[51] Smelser (1959)；E. P. Thompson (1963), 10；比較 Smith (1991), 14-16, 162。

[52] Thomas (1971)以及 Geertz (1975)的評論。

理論與歷史學的滙流

「以事件爲中心的歷史」而轉向了隱藏之結構的研究。[53]

　　更多種的理論前所未有地競逐人們的注意力，讓情勢更加複雜。舉例來說，社會史家不可能將注意力局限在社會學和社會人類學；至少，他們需要考慮到其他形式之理論跟他們的作品可能有什麼關係。地理學雖是古老盟友，但也是過去幾年來變遷快速的一門學科，歷史學家可向其學習「中地理論」（central-place theory）、關於革新的空間傳播理論、或者「社會空間」理論。[54] 如今，文學理論衝擊著歷史學家，也衝擊著社會學家和社會人類學家，他們都漸次意識到，其文本裡存在著文學規約，而他們卻不自知他們一直在遵循著那些規則。[55]

　　我們生活在一個界限模糊、思想界域開放的時代，一個時而令人振奮、時而令人迷惑的時代。在考古學家、地理學家和文學批評家的作品，以及社會學家和歷史學家的作品中，可看到他們提及了米哈依爾・巴赫汀（Mikhail Bakhtin）[90]、皮耶・布赫迪厄（Pierre Bourdieu）[91]、費爾南・布勞岱、諾

---

[53] Sahlins (1985), 72.

[54] Christaller (1933); Hägerstrand (1953); Buttimer (1969).

[55] Brown (1977); White (1976); Clifford and Marcus (1986).

[90] 譯註：1895-1975，俄國思想家，他對於對話本質的看法，對文學理論、社會理論、人類學、語言學和心理學等有重大的影響力。

[91] 譯註：1930-2002，法國巴黎法蘭西學院社會學教授。

伯特‧艾里亞斯、米歇‧傅柯（Michel Foucault）❷、以及克利福‧紀爾茲。若干歷史學家和社會學家、考古學家和人類學家之間的某種共享論述的增多，跟社會科學和人文學科內、實際上也是每一個學科內的共享論述的減少同時發生。甚至諸如社會史之類的附屬學科，如今也處於裂解成兩個集團的危險；一者關切主要的趨勢，另一者則關切小規模的個案研究。尤其在德國，這兩個集團處於衝突之中，一方乃是所謂的「社會史家」（Gesellschaftshistoriker），另一方則是「微觀史學」（microhistory）的實踐者。[56]

　　儘管有這一裂解的趨向，然而，引人注目的是，相當多關於模式和方法的根本性論戰涉及到不只一門學科。而討論這些論戰將是下一章的目標。

---

❷ 譯註：1926-1984，法國思想家。

[56] Kocka (1984); Medick (1987).

2

模式與方法

　　本章關切對各種學科而言相當常見的四種一般研究取向，不過，其中的若干研究取向具有高度的爭議性。本章的四個小節依次討論比較、模式的運用、計量方法、以及社會「顯微鏡」（microscope）的使用。

比較

　　比較始終在社會理論裡扮演著重要的角色。的確，如同涂爾幹所宣稱的，「比較社會學不是社會學的一個特別的分支；它就是社會學本身。」他尤其強調，有關「共變」（concomitant variation）❶之研究的價值，在於這種「間接實

───────────

❶ 譯註：亦譯為伴隨變異。指一種經驗關係，即第一個變項值隨第二個變項值而變化。一些變項之間的共變可用於檢驗變項之間的因果關係。

驗」讓社會學家從對社會的描述，轉向分析它爲何採取了某一特定的形式。而他區分了兩種他都倡導的比較。首先是基本上結構相同——或者，他帶著生物學隱喻的說法，「相同種類」（of the same species）——的社會之間的比較，其次則是基本上結構不同的社會之間的比較。[1] 尤其在法國，涂爾幹對比較語言學和比較文學的影響是極其明顯的。

另一方面，歷史學家卻因關切特殊、獨有、不可重複的事物而傾向於排斥比較。[2] 然而，1914年，在一場針對都市史的論辯的過程中，馬克斯・韋伯針對這種具有代表性的反對意見，向歷史學家格奧爾格・馮・貝婁（Georg von Below）作出了一個具有代表性的回覆：「我們對此毫無異議，意即歷史學應該證實（像）中世紀的城市有什麼特殊之處；不過，我們只有先找出其他的城市（古代城市、中國城市、伊斯蘭城市）缺少什麼，這一點才有可能。」[3] 唯有比較，我們才能看出沒有什麼，換句話說，才能了解缺少特定事物的意義。

這是維爾納・宋巴特的著名論著《爲什麼美國沒有社會主義？》（Why is there no socialism in the United States ?）的論點。它也是韋伯本身討論城市之論文所隱含的策略，其爭辯

---

[1] Durkheim (1895), ch. 6；比較 Béteille (1991)。

[2] Windelband (1894); Collingwood (1935); Elton (1967), 23ff.

[3] 引自 Roth (1976), 307。

比較

說真正的自治城市只見於西方。[4] 實際上，韋伯大部分的研究生涯都試圖藉由系統地對歐洲和亞洲之間的經濟、政治、宗教，甚至音樂等領域作比較，以界定出西方文明（尤其是他所謂的西方文明之制度化「理性」）與眾不同之特點。他特別注意新教、資本主義和科層制在西方的崛起，爭辯這三種現象彼此間的相似性、相互關連，且將它們跟其他地方的現象作對比（意即萊因哈德・班迪克斯 [Reinhard Bendix] ❷ 所言，「對照概念」[contrast-conceptions]是比較研究取向的基礎）。[5]

這些範例的涵意在於，特殊化和一般化（或者說，歷史和理論的）這兩種研究取向相互補充，而且兩者都仰賴明確或隱約的比較。美國歷史學家傑克・赫克斯特（Jack Hexter）❸ 曾將知識分子分成「總括者」（lumpers）和「愛作無謂分析之人」（splitters），爭辯說有識別力的愛作無謂分析之人，優於那些把多樣的現象視為完整的全部的人。[6] 當然，沒有人想成為一個粗糙、無能力作細緻區分的總括者。然而，從似乎多樣的現象裡看出共通的一面，就如同從似乎相似的現象

---

[4] Sombart (1906)；Weber (1920), 3, 1212-1374；比較 Milo (1990)。

❷ 譯註：1916-1991，德裔美國社會學家。

[5] Bendix (1967).

❸ 譯註：1910-。

[6] Hexter (1979), 242.

裡看出差別那樣，是一種重要的學識特質。無論如何，分析也有賴於先前的比較過程。

　　歷史學家之中最早步上涂爾幹和韋伯後塵的是馬克・布洛克和奧托・欣澤。儘管欣澤的分析局限於歐洲，不過，他的比較方法卻習自韋伯。他專注於不同的歐洲國家裡韋伯所謂的「法理」（legal-rational）或「科層制」（bureaucratic）形式之政府的發展，舉例來說，他提及了「委任官員」（commissarius）崛起的重要性，而這類「委任官員」並非（像近代歐洲慣見的那樣）花錢買官職，因此國王可以隨心所欲地撤換。[7]

　　至於馬克・布洛克方面，則從涂爾幹及其追隨者——尤其是語言學家安托萬・梅耶（Antoine Meillet）❹——那裡習得比較方法。[8] 他用跟他們類似的方法對它作界定，把「鄰近社會」之間的比較，與彼此時空相距甚遠的社會之間的比較作了區分。布洛克基於類似的理由而提倡此一方法，因為它讓歷史學家「在令人興奮地尋求各種緣由的過程中跨出了實質的一步。」[9] 布洛克的兩部比較研究格外有名。《國王的觸摸》（*The Royal Touch*, 1924）對英國和法國這兩個鄰國

---

[7] Hintze (1975).

❹ 譯註：1866-1936，法國語言學家。

[8] Sewell (1967); Rhodes (1978).

[9] Bloch (1928).

之間作了一種比較，因這兩個國家的統治者被認為擁有觸摸患者而治癒淋巴結核的能力。《封建社會》（*Feudal Society, 1939-1940*）❺則綜覽了中古歐洲，但也包括了討論日本的一節，其指出歐洲騎士和日本武士在地位上的相似性，然亦強調兩者之間的差異，意即日本武士對主人有單方的義務，而歐洲領主與封臣之間——如果上級伙伴不能恪守他的承諾，那麼下屬伙伴就有權反叛——則是對等的義務。

　　二次大戰以後，尤其在美國，隨著諸如發展經濟學、比較文學和比較政治學等附屬學科的崛起，比較研究得勢了。1958年，《社會與歷史的比較研究》（*Comparative Studies in Society and History*）學報的創辦，便是同一趨勢的一部分。[10] 儘管許多專業歷史學家對比較仍舊抱持懷疑，不過，要指出該方法對少數領域特別管用則是可能的。

　　舉例來說，在經濟史裡常從比較的視角審視工業化的過程。社會學家索爾斯坦·維勃勒（Thorstein Veblen）❻發表過一部討論德國與工業革命的著作，而歷史學家則緊接其後，問道其他工業化國家是追隨還是偏離了英國模式，還有像德國和日本那樣的後起者是否較其前輩佔優勢。[11]

---

❺ 譯註：中譯本參見談谷錚譯，《封建社會》（臺北：桂冠圖書公司，1995）。

[10] Grew (1990).

❻ 譯註：1857-1929，美國經濟學家、社會學家和社會批評家。

[11] Veblen (1915); Rostow (1958); Gershenkron (1962); Kemp (1978).

在政治史的例子裡，最引人注目正是有關革命的比較研究。在此一文類裡最著名的作品有巴林頓‧摩爾有關獨裁與民主的社會起源之分析，其涵蓋了從17世紀的英格蘭到19世紀的日本；還有勞倫斯‧史東（Lawrence Stone）❼的小書《英國革命的起因》（*The Causes of the English Revolution*）；以及西達‧斯科克波（Theda Skocpol）有關1789年的法國、1917年的俄國和1911年的中國——作為「顯示了類似的因果關係模式」的例子——的專論。[12] 摩爾尤其有效地運用比較來作為檢驗一般解釋的手段（就像韋伯對缺少什麼感興趣那般，他對什麼不適合感興趣）。用他自已的話來：

在了解19世紀和20世紀早期德國農工業菁英之間的聯盟，意即大多數的解釋所討論的鋼鐵與黑麥的聯姻，對民主造成的災難性後果之後，……比較可充當對公認的歷史解釋作一種概略的否定性檢核——我們疑惑的是，鋼鐵和棉花之間的類似聯姻為何在美國無法避免內戰的降臨。[13]

---

❼ 譯註：1919-1998，歷史學家，出生於英國，1963年移居美國任教於普林斯頓大學，於1970年入美國籍。

[12] Moore (1966); Stone (1972); Skocpol (1979).

[13] Moore (1966), xiii-xiv.

比較

　　在社會史裡，馬克‧布洛克所引發的有關封建社會的比較研究，因歐洲和日本、以及印度和非洲的討論而持續蓬勃。此一說法，也即正是采采蠅❽因攻擊了馬匹而阻止了任何類似封建主義的事物在西非的發展，乃是韋伯所謂「缺乏什麼」的最引人入勝的研究之一。[14] 婚姻模式的比較是約翰‧哈伊納爾（John Hajnal）的一項著名研究的主題，其將與新婚夫婦另立自家一戶有關的晚婚的西歐社會制度，跟世界其他地方流行的習俗作對照。輪到哈伊納爾刺激了其他的比較研究，其中尤其是傑克‧古迪（Jack Goody）的著作，爭辯說西歐的這種社會制度是中世紀教會的產物，由於教會為了增加獲取未婚者遺贈的機會而不鼓勵親戚之間的通婚。[15]歷史人類學家亞倫‧麥克法蘭運用了頗類似於韋伯的一種策略，發表了一系列的研究，藉由把英國跟從波蘭到西西里的歐洲其他部分作比較和對照，試圖界定英國社會的英國性（個人主義、較低的暴力傾向、與資本主義尤其相容的文化，諸如此類）。[16]

　　要增添這一簡短的範例清單並不困難，不過，它們或許

❽ 譯註：tsetse fly，亦作 tzetze fly。產於赤道非洲，有毒，咬牛、馬而傳播微生物於其體中，引起昏睡症，常可致死。

[14] Goody (1969).

[15] Hajnal (1965); Goody (1983).

[16] Macfarlane (1979, 1986, 1987).

便足以說明，比較歷史取得了與其名氣相符的一系列可觀成就。但它也有其危險，尤其在兩方面。

首先，太過輕易地接受此一預設──社會通過一系列不可避免的階段而「演化」──是有危險的。馬克思、孔德、斯賓塞、涂爾幹、以及其他19世紀學者的比較方法，本質上在於確認某一種特定社會所到達的階段，以便將其置於社會演化的階梯上。對當代的許多學者而言，這種預設似乎不再站得住腳了（詳後，頁264-265）。總之，問題在於所進行的比較分析，既非演化論式的，亦非──像韋伯的比較分析所企盼的那樣──靜態的，而是斟酌一個社會可能會經歷的不同道路。[17]

其次，乃是種族中心論的危險。指出這類的危險似乎相當奇怪，因為比較分析長期以來就跟西方學者對非西方文化漸增的認識有關。這些學者仍然常把西方看作其他文明所偏離的一種準則。舉例來說，「封建主義」就像「資本主義」那樣，本來就是在西方經驗的基礎上所提出來的一個概念。試圖將其他民族的歷史強行擠進這類西方範疇，存在著一種明顯的危險。

舉例來說，「封建主義」在印度拉賈斯坦（Rajasthan）❾

---

[17] Anderson (1974a, b).

❾ 譯註：位於印度西北部。

比較

王國的情況，乃是所謂的比較史家最好要牢記在心的一則有告誡意味的故事。1829年，詹姆斯・陶德（James Tod）向大眾發表了他所謂的「拉賈斯坦封建體系的概要」。陶德仰賴亨利・哈勒姆（Henry Hallam）**❿**的近作《中世紀歐洲國家的綜覽》（*View of the State of Europe during the Middle Ages*, 1818），強調兩個社會之間相對上膚淺的相似處。因受哈勒姆的影響，托德未能注意到「領主」和「封臣」之間的家庭關係在印度的情況裡的更大的重要性。[18]

另一個問題是決定什麼跟什麼恰好可比較的問題。諸如詹姆斯・弗雷澤爵士這類的19世紀比較論者，將注意力集中在特定的文化特徵或習俗之間的類似性，而忽視了這些習俗經常有相當不同的社會背景。由於這一點，就像托德那樣，他們的分析一直被批評爲膚淺的。[19]什麼是另外可行的方法呢？功能論者（詳後，頁212）會說，正確的研究對象是不同的社會裡的「功能相等物」。舉例來說，羅伯特・貝拉（Robert Bellah）**⓫**指出，（早在17世紀）日本的經濟成就跟韋伯關於資本主義與新教之間的關連的假設不符，其間接表明，就鼓勵勤奮工作和節約的特質而言，某一類型日本佛

---

❿ 譯註：1777-1859，英國歷史學家。

[18] Thorner (1956)；比較 Mukhia (1980-1)。

[19] Leach (1965).

⓫ 譯註：1927-，美國社會學家。

教與「新教倫理」在功能上是相類似的。[20]

　　然而，在解決某一問題的過程中，我們又面對了其他的問題。「功能相等物」這一概念構成了一件學識包裹——意即常招致批評的「功能論」——的一部分（詳後，頁212）。無論如何，功能相等物的範例並非總是像貝拉的範例那般清晰。我們怎樣決定什麼算是類似物呢？比較論者面對著一種兩難的處境。如果我們比較特定的文化特徵，那麼我們所專注的是某些能指出其存在或缺乏的明確事物，但我們也冒著膚淺的風險。另一方面，尋找類似物會導向整個不同社會之間的比較。然而，我們怎能有效地對諸多方面彼此不同的社會加以比較或對照呢？

　　如果我們端詳一個著名範例，即阿諾德・湯恩比（Arnold Toynbee）⓬的巨著《歷史研究》（*Study of History*, 1935-1961），那麼大範圍比較的種種問題就變得明顯了。[21] 湯恩比的比較單位是「文明」，而且他在世界史裡區分出大約二十個這類的文明。當然，為了能作比較，他必須把每個文明化約成幾種特徵。就像他的批評者敏銳地指出的，他也必須在文明之間創造出人為的隔閡。讓情況更糟的是，湯恩

---

[20] Bellah (1957).

⓬ 譯註：1889-1975，英國歷史哲學家。

[21] Toynbee (1935-1961).

比缺乏一套足夠的概念裝置來處理這類有雄心的作品。就像
巴斯卡（Pascal）孩提時發現到幾何學那樣，湯恩比創造了
他自己的概念，像說「挑戰與回應」（challenge and
response）、「退縮與回歸」（withdrawal and return），或者
「外部無產階級」（external proletariat）──為了解釋「蠻族」
對帝國的入侵而靈活地改裝自馬克思的一個概念──但它們
並不足以承擔他的巨大任務。我們很難不作出此一結論：湯
恩比對自己時代的社會理論如有更廣泛的了解，將會有助於
他的分析。舉例來說，涂爾幹可以帶領他認識比較的種種問
題，諾伯特‧艾里亞斯（詳後，頁288-291）可以帶領他認
識作為過程的文明理念，而韋伯可以帶領他認識有關模式和
類型的運用。

模式與類型

有關「模式」的初步定義，或可說是簡化現實以便於了
解現實的一種智識建構物。就像一張地圖那樣，其有用性有
賴於省略了全部現實的若干基本要素。它也把有限的基本要
素或「變數」製作成一個內在統一而各部分相互依存的系
統。這麼說也沒錯，甚至致力於特殊性的歷史學家始終都在
運用模式；到目前為止，人們一直用此一方式在描述「模
式」。舉例來說，法國大革命的敘事性記述，必然要簡化各

種事件、強調它們的一貫性，以講述一段可被理解的往事，就這層意義而言，它就是一種模式。

　　然而，更嚴格地運用「模式」這一術語可能更有用處。讓我們為上述界定下的模式再添增一個基本要素：模式是一種智識建構物，——該建構物簡化事實，以便強調以成簇之文化特質或屬性的形式呈現的，重複出現的、一般的和典型的事物。那麼，模式和「類型」（type）便成了同義語——這或許也是合適的，因為typos在希臘語中是模型（mould）或「模式」之意，而馬克斯・韋伯所寫的「理念型」（ideal types或Ideal-typen），現代的社會學家會寫成「模式」。[22] 下文不用「法國革命」而用「革命」這一術語來作為某種模式的範例。

　　以下篇幅重複出現的是兩種成對照的社會模式——「共識」（consensual）模式和「衝突」（conflictual）模式——的範例。與愛彌爾・涂爾幹有關的「共識模式」，強調社會連結、社會連帶、以及社會聚合的重要性；與卡爾・馬克思有關的「衝突模式」，則強調「社會矛盾和社會衝突」的無處不在。這兩種模式明顯都是簡化的東西。似乎也同樣明顯的是，至少對當前的著者而言，這兩種模式也都包含著重要的洞見。要找出一個不存在衝突的社會是不可能的，而且，也

---

[22] Weber (1920), 1, 212-301.

模式與類型

根本不存在一個沒有連帶的社會。如同我在稍後的幾個小節裡試圖要說明的，要找到運用其中一種模式而顯然遺忘另一模式的社會學家和歷史學家仍舊不難。

　　有些歷史學家否認他們與模式有任何關連，而且就像我們看到的那樣，主張說研究特殊性、尤其是獨特的事件而不作概括，才是他們的職責。然而，他們大部分實際上就像莫里哀（Molière）❸劇本中的茹爾丹閣下（Monsieur Jourdain）運用散文那樣，不知不覺地在使用模式。他們通常對特定社會作出一般性的陳述。布克哈特討論義大利文藝復興的名著，就明晰地關切「重複出現的、經常不斷的、以及典型的事物」；劉易斯・納米爾爵士（Sir Lewis Namier）❹研究18世紀英國「爲什麼人們進入議會」；在馬克・布洛克所撰寫的關於「封建社會」的一般性論著裡，他詳述了這類社會的主要特徵（一個從屬的農民階層、武士的支配地位、高一級和低一級階層之間的人身依附、政治上的地方分權，諸如此類）。[23] 一個多世紀以來，歷史學家覺得要迴避諸如「封建主義」、「資本主義」、「文藝復興」或「啓蒙運動」這類的一般性術語是相當困難的。爲了迴避「模式」這個詞，他們

---

❸ 譯註：1622-1673，爲 Jean Baptiste Poquelin 之筆名，法國喜劇作家、演員及劇場經理。

❹ 譯註：1888-1960，英國歷史學家。

[23] Burckhardt (1860); Namier (1928); Bloch (1939-1940).

經常談起了「體系」——「封建體系」這個詞可回溯到18
世紀——或者，談起中古莊園的「典型的」或「教科書的」
形式。

在一篇著名的論戰性的文章裡，德國經濟史家維爾納·
宋巴特告訴經濟史家說，他們需要留意經濟理論，因為這是
他們能夠從孤立事實之研究轉向體系之研究的方式。[24] 這些
體系通常是用經簡化之模式的形式來加以討論的；如經濟史
家便運用了「重商主義」這一術語，不過，一如埃利·赫克
謝爾（Eli Heckscher）❶ 所言：「就考爾白（Colbert）和克倫
威爾（Cromwell）曾經實有其人這層意義而言，重商主義從
未存在過。」它是一種模式，也是亞當·斯密對「農業體系」
和「商業體系」進行著名對比時所運用的兩個模式之一。[25]
「資本主義」是另一個幾乎無法不用的模式。亞歷山大·恰
亞諾夫（Alexander Chayanov）❶ 的經典論著中所分析的「農
民經濟」也是如此。[26] 而城邦（city-state）則是另一類型的
經濟組織，以一種強調周期性特徵的模式對其作描述也是有
助益的。舉例來說，城市對於周圍農村的政治支配，經常與

---

[24] Sombart (1929)；比較 Hicks (1969), ch. 1。

❶ 譯註：1879-1952，瑞典歷史學家。

[25] Heckscher (1931), 1.

❶ 譯註：1888-1939，俄國經濟學家。

[26] Chayanov (1925)；比較 Kerblay (1970)。

低價榨取定量的食物並行，因爲城邦政府對於城市糧荒騷動的擔憂更甚於農民反叛。[27]

　　許多研究地區和時期的政治史家發現完全離不開「革命」模式，而且有時也將它和（被定義爲反抗個人或弊端，而非試圖改變整個體系的）「反叛」（revolt）模式作對照。他們爲時空上相距遙遠的革命提供了類似的解釋。舉例來說，勞倫斯・史東在他有關英國革命的論著中運用了「相對剝奪」（relative deprivation）❶這一著名的社會學假說。依該假說，革命與其說是發生在時局不佳時，還不如說是發生在惡化時；或者，更精確地說，發生在群體的期望與他們對現實的感受之間存在差異時。[28]再者，西達・斯科克波爭辯說，法國革命、俄國革命和中國革命（但有別於不那麼成功的反叛）的共同之處，乃是兩種因素的結合：來自「外部更發達的國家」加在國家身上的「日益劇烈的壓力」；以及「有助於農民擴散他們對地主的反叛的」農村結構。一方面，由於國際間的權力競逐加劇了，另一方面，由於社會的經濟政治結構

---

[27] Hicks (1969), 42ff；比較 Burke (1986a), 140-142。

❶ 譯註：指個人或一個群體中的成員與本群體的其他人或其他群體相比（特別是以其社會地位相比），處於不利地位時所產生的感覺和作出的判斷，如一個職業群體中較不富裕的成員與較富裕的成員相比時。作這種判斷時重要的不是絕對標準，而是相對的標準或判斷的參考架構。

[28] Stone (1972), 18-20, 134；比較 Gurr (1970)以及 Aya (1990), 30ff的批評。

限制了政府的應變，因而這些國家便身陷於「雙重的壓力」。[29]

回到近鄰的比較吧。歷史學家經常想對特定時期相鄰國家的制度變遷加以概括化，而且杜撰了諸如「新君主政體」、「都鐸王朝的政府革命」、「絕對主義的崛起」、「19世紀的政府革命」等等的措辭。從比較的觀點來看，所有這些變遷看起來則更像是政府類型各個轉變階段的地方範例，亦即馬克斯‧韋伯所謂的從「世襲制」（patrimonial system）向「科層制」（bureaucratic）政府的轉變。[30] 而韋伯的這一區分助長了大量討論不同地區——從拉丁美洲到俄羅斯——的歷史研究。[31] 這可從五種對照屬性的角度提出如下：

世襲制	科層制
未界定的司法領域	固定的司法領域
非正規的階層	正規的階層
非正規的培訓和考核	正規的培訓和考核
兼職官員	專職官員
口頭命令	書面命令

---

[29] Skocpol (1979)；Aya (1990), 73-75, 90-92 中的若干批評。

[30] Weber (1920), 3, 956-1005.

[31] Phelan (1967)；Pintner and Rowney (1980)；比較 Litchfield (1986)。

　　社會史家和文化史家也運用模式。舉例來說，社會史家經常運用「階級」這一術語，或者，把「階級社會」與「等級社會」作比較（詳後，頁138-139）。乍看之下，文化史是最不可能使用模式的領域。然而，……如果像「文藝復興」、「巴洛克」、「浪漫主義」之類的術語不是成簇特徵的名稱，那會什麼呢？還有「清教」又是什麼呢？

　　闡述一下赫克謝爾的話，我們或可說，就李察‧西貝斯（Richard Sibbes）或約翰‧班揚（John Bunyan）曾有其人這一層面而言，清教從來沒有存在過，不過，把這一術語用來指諸如對原罪的強調、任人解釋的上帝、命定論、禁慾的道德觀、以及一種對《聖經》的基本教義派的解讀等等這樣的一群特徵，那大概會有用處的。就近代英國的情況而言，此一明確的定義極有用處。反過來說，任何對跨文化比較（舉例來說，基督教和伊斯蘭教之間的比較）感興趣的人，最好是遵循厄尼斯特‧蓋爾納的範例，用更廣義的「一般清教」（generic puritanism）之概念來操作。[32] 類似地，歷史學家也開始運用複數形態的「文藝復興」和「宗教改革」之類的術語，來確認12世紀法國的「文藝復興」、10世紀歐洲的「宗教改革」，諸如此類。

　　歷史學家懷疑模式的一個理由是由於這一信念：使用它

---

[32] Gellner (1981), 147-73.

們將導致對隨著時間而來的變遷漠不關心。有時似乎是這麼回事。舉例來說，韋伯被批評的正是他忽略變遷，當他寫「清教」時，好似此一價值體系從16世紀的喀爾文（Jean Calvin）到18世紀的班傑明・富蘭克林（Benjamin Franklin）都仍然一成不變。然而，模式能夠結合變遷。用對比模式來刻畫（比方說）從封建主義到資本主義，或由前工業社會到工業社會（由「農業」[agraria] 到「工業」[industria]）的複雜變遷過程，或許是一種有用的方式。[33] 當然，這些標籤是描述性的，並未說明變遷怎樣發生。然而，就像下文會詳細討論（頁260-261）的現代化「模式」和理論的情況那樣，一直有人嘗試著確認典型的變遷序列。

　　運用模式卻又不承認，或者未曾意識到模式的邏輯地位，有時讓歷史學家陷入不必要的麻煩。一些廣為人知的爭論便出自一位歷史學家對另一位歷史學家之模式的誤解；保羅・維諾格拉多夫（Paul Vinogradoff）[⑱] 爵士和梅特蘭之間有關中古莊園的著名爭論，提供了一個範例。維諾格拉多夫提出：

　　　　一般的莊園結構總是沒有什麼兩樣的。在領主的地位

---

[33] Riggs (1959).

⑱ 譯註：1854-1925，俄裔英籍歷史學家。

下，我們可以發現兩層的人口，意即佃農和自耕農，而且佔有的土地據此劃分為不出租領地（其產出物直接歸領主）和「貢地」。……整個人口以莊園法庭或佃戶法庭——它既是政務會又是法庭——為中心而組合成一種村莊社群。我的探究必然也會順從此一典型的排列。[34]

　　這就是在無數黑板上所描繪出的「代表性的」中古莊園。然而，梅特蘭以同樣具代表性的批判，爭辯說：「想描述典型的中古莊園（manerium）是一種不可能的特技。」他表明，維諾格拉多夫所確認的那一簇特徵，在某些情形裡每一個都有缺失。有些莊園沒有佃農，有些沒有自耕農，有些沒有不出租領地，有些則沒有法庭。[35] 梅特蘭在這些方面絕對是正確的。而維諾格拉多夫似乎一直不太確定其概括論斷的邏輯地位（請注意，引文裡從第一句中的「總是」移轉到最後一句中的「典型的」）。然而，要是他意識到他運用了模式，那麼他對梅特蘭的批評或許能作出有效的回覆。

　　根據實存集團（the group of entities）——就此而言即莊園，也是模式所應用的對象——中成員身分的標準，作兩種模式的區分是有用處的。在這一點上，運用技術性術語是不

---

[34] Vinogradoff (1892), 223-4.

[35] Maitland (1897).

可避免的，因為我們需要把「一元的」實存集團與「多元的」實存集團作區分。一元的集團可界定為，「一組獨特屬性的擁有，對於成員地位而言是已足夠，且是必要的」一種集團。另一方面，多元的集團的成員地位並不取決於單一屬性；從一組屬性來界定這一集團，則每一實存擁有大部分的屬性，而且每一種屬性都為大部分實存所共享。[36] 這是路德維希‧維根斯坦（Ludwig Wittgenstein）[19] 在討論「家族相似性」（family resemblances）的著名段落中所描述的情況。母親和兒子、兄弟和姐妹，彼此神似，但這些神似之處不能化約為任何一種基本的特徵。

應當明瞭的是，梅特蘭對維諾格拉多夫的批判，假定著維諾格拉多夫談論了所有的莊園，或者，在界定這種「典型的」莊園時參照了「一元」集團。維諾格拉多夫可說道，他的模式是多元的——如果有這一概念的話——來回答這一批判。那麼，梅特蘭便有義務說明，他列舉的每一屬性都是大部分莊園所共享的。有趣的是，一位蘇聯歷史學家運用計量方法研究13世紀劍橋地區的莊園時，他發現半數以上莊園有不出租領地、租佃土地和自耕地，是維諾格拉多夫所說的類型。[37] 現在我們該轉向計量方法的優點和缺點了。

---

[36] Clarke (1968), 37；比較 Needham (1975)。

[19] 譯註：1889-1951，奧地利裔英國哲學家。

[37] Kosminsky (1935).

計量方法

計量方法

　　計量研究取向的由來已久。早在古羅馬時期就實行過帝國定期的戶口調查，而18世紀的法國也公布過不同城市的穀物價格。經濟學家長期以來根據統計作分析，處理價格、生產等等，而經濟史家在19世紀也已經效法他們了。

　　相對較新且還有爭議的是這一理念：研究其他形式的人類行為、甚至態度時計量方法可派上用場。舉例來說，社會學家發送問卷，或者，對回答統計分析所需的足夠人數作訪談，以進行他們所謂的「調查分析」；心理學家也運用問卷調查和訪談；政治學者則研究選舉統計（這種研究取向被稱作「選舉學」）以及公眾意見的「民意調查」，而這也是一種社會調查；人口學家研究不同社會裡出生、死亡和婚姻的比率的變化量；傳播學者則實行了所謂的「內容分析」，經常以對報紙、學報、書籍或電視節目的作計量形式的研究，檢視某個特定話題佔據多少幅度、某些關鍵詞出現的頻率，諸如此類。[38]

　　許多歷史學家走向了這些路徑。當吉爾伯托・弗瑞爾在撰寫他的19世紀巴西史時，他向該時期出生的健在者發送

---

[38] Carney(1972).

問卷（包括未能作答的總統赫圖里奧‧巴爾加斯[Getulio Vargas]）。[39]「當代史」的專家經常訪談知情者，有時也對這些訪談作統計分析。內容分析或「辭彙學」（lexicometry）的方法已被應用在歷史文獻上，諸如報紙，或法國大革命之初城鎮和鄉村所提出的一連串的陳情書。[40] 歷史人口學的研究在法國和其他一些地方，作爲一種人口學家和歷史學家同心協力的事業而發展起來了。毋庸多言，個人電腦的崛起相當大程度地助長了歷史學家去運用計量方法；他們無需作卡片，而是要請教程式設計者，諸如此類。[41]

然而，計量方法不止一種，而且有的方法比其他的方法更適合於歷史學家。爲歷史學家量身打造的是序列的統計分析，舉例來說，藉以表明穀物價格隨著時間變動、婦女首度婚姻的平均年齡、義大利大選中投票給共產黨的百分比、每年舉行的萊比錫書展上拉丁語書籍的數量、復活節日波爾多（Bordeaux）參加聖餐儀式的人數比率。這就是法國人所謂的「序列史」（histoire sérielle）。

然而，不論稱它是「量化史學」（quanto-history）或「計量史學」（Cliometrics），計量方法都有許多形式。在歷史

---

[39] Freyre(1959).

[40] Robin (1970).

[41] 有關這一快速變遷之領域中的種種發展，參見《歷史與計算》（*History and Computing*）學報晚近的議題。

調查分析的例子中，顯然就可區分成整體調查和樣本調查。透過所有羅馬元老院和英國議會之成員的傳記來作研究，此一方法即「傳記集合研究」（prosopography）。[42] 在這些例子裡，整個集團，即統計學家所說的「整體人口」都已經被研究了。此一方法適於研究相對人數較少的菁英或訊息零星的社會，於是這些領域的歷史學家接受建議要盡其可能地收集所有的資料。

　　另一方面，有關工業社會的歷史學家取得的訊息，往往超出他們能力所及，於是他們勢必以抽樣來進行。估計出倫敦或（比方說）法國的人口，又為了免去普查的麻煩和費用，至遲17世紀後期統計學家便增進了抽樣的技巧。問題在於選取一個「代表」整體人口的小集團。舉例來說，吉爾伯托・弗瑞爾想找出1000位出生於1850至1900年間且能代表該國裡主要的地區集團與社會集團的巴西人；不過，他沒有解釋這種抽樣是根據什麼方法作選取。保羅・湯普森（Paul Thompson），以一種「限額樣本」（quota sample）[20] 作基礎，選取了500個愛德華時代的健在者進行訪談，這類樣本兼顧了男性和女性、城鎮和鄉村、北方和南方，諸如此類，與那個時代整個國家的普遍狀況（可從戶口調查裡計算

[42] Stone (1971).
[20] 譯註：從母體的每一劃定部分中按定額抽取的母體樣本。

出來）類似。[43]

　　其他的計量方法則是更加複雜。舉例來說，所謂的「新經濟史」與舊式經濟史的不同之處在於，它強調整體經濟表現的度量，以及對於過去，尤其是西方國家1800年以來的國民生產毛額的計算，[44] 因那時統計資料變得相對豐富且較可靠。這些歷史學家的結論經常以一種經濟「模式」的形式呈現。

　　舉一個簡單的例子，我們可轉向費爾南‧布勞岱，他把16世紀後期地中海地區的經濟描述如下：人口6000萬；都市人口600萬，或10%；總產值每年12億個金幣，或每人平均20個金幣；穀物消費6億個金幣，佔總產值的一半；貧困人口（年收入低於20個金幣的那些人）為總人口的20-25%；政府稅收4800萬個金幣，換言之，低於平均收入的5%。[45]

　　就像布勞岱自已所承認的，他並沒有整個地區的統計資料，因而不得不從部分資料——就該術語的嚴格意義而言，這樣的資料不構成一種樣本——來推算。就此一層面而言，這一概略描述也算是一種模式。以相對豐富、精確的資料作

---

[43] Freyre(1959); Thompson (1975), 5-8.

[44] Temin (1972).

[45] Braudel (1949), part 2, ch. 1, section 3.

計量方法

研究的工業經濟史家，建構了能夠用等式表達的數學模型，而為某一給定的產出逐一列出投入的量（勞動、資本，諸如此類）則是有可能的；就這層意義而言，該模型更像是種種處方。這些模型可以用電腦模擬——即一種實驗——的方式加以測試。歷史人口學家也運用電腦模擬，在其中「以隨機方式但符合特定可能性，用電腦建構一系列假設的事件。」[46]

　　沒有計量方法，某些種類的歷史學將難以為繼，最明顯的乃是價格與人口運動的研究。這些方法在歷史學門的若干部分的運用，刺激了別的歷史學家在運用像「更多」或「更少」、「崛起」和「衰落」這類詞語之前，會停下來想一想，自問這些隱含數量的陳述是否有計量證據。此一研究取向使得比較更令人印象深刻；兩個社會之間的相似性和差異性，還有（比方說）城市化程度和識字率之間可能的相互關係變得明顯了。

　　計量方法還是有爭議。1950和60年代，計量方法的支持者充滿了自信而又有攻擊性，批評其他研究取向「不過是印象式的」，運用科學的語言（對文本作內容分析的房間會被描述作「實驗室」），而且聲稱歷史學家除了學習寫電腦程式之外別無選擇。當各種計量方法的局限變得愈來愈明顯時，這種傾向已經改變了。

---

[46] Wachter, Hammel and Laslett (1978), 1-2.

　　首先，資料來源並沒有像過去所假定的那樣精確、客觀。不難指出，某一特定的戶口調查包含著錯誤和省略之處，而且更普遍的是，戶口調查的許多基本範疇（「傭人」、「公民」、「貧民」，諸如此類）不論在某一特定時刻多麼有用，仍是不準確的。[47] 舉例來說，社會階級就不像植物的種類那麼客觀，它大多取決於各集團看待自己或別人的刻板方式（詳後，頁133-134）。

　　然而，對於計量方法的使用者而言，相當困難之處在於，可度量的「定量的」（hard）資料與不可度量的「定性的」（soft）資料之間的差異。如同一位社會調查老手的沮喪講評，「通常定性資料是有價值的，而定量資料則相對上容易取得，」所以，問題在於找出「定量事實，作為定性事實的良好指數基礎。」[48]

　　指數或可定義為某些可以度量的事物，它與某些不可度量的事物相關或一起變化（「相關係數」[correlation] 和「變異係數」[co-variance] 便是這類技術性術語）。社會學家在尋找指數時表現得相當有創意。舉例來說，在1930年代，一位美國社會學家聲稱，某一特定家庭之起居室的家俱，通常跟收入和職業相關，於是它可當作該家庭社會地位的一種指

---

[47] Burke (1987), 27-39.

[48] Wootton (1959).

數。在「起居室範圍」內，舉例來說，一部電話或一架收音機的分值較高（＋8）；而一個鬧鐘的分值較低（－2）。[49]在此問題仍然存在，收入和職業是否為「地位」（status）的準確指數（而非模糊的指標），因「地位」本身就是一個不太精確的概念。

再者，乍見之下看似指數的事物可能竟有其自身的變動規則。研究讀寫能力的歷史學家有一度認為，結婚證書上的簽名是閱讀能力的一個適當指數，雖說這不是書寫能力的指數。最近有人提出質疑，指出有些能夠閱讀的人卻不會簽名（因為有些學校只教閱讀而不教書寫），甚至有些能書寫的人為了不想讓文盲配偶尷尬，可能在證書上畫個叉而非簽名。這些反對理由並非不能克服，不過，它們的確凸顯了從定量資料進展到定性資料的種種困難。[50]

宗教社會學家甚至必須處理更加棘手的問題，意即找出能度量宗教信仰純正程度或虔誠程度的指數。在基督徒世界裡，他們往往專注於參加教堂禮拜的人數；在諸如法國或義大利之類的天主教國家裡，則專注於復活節領聖餐的人數。一位有創意的法國歷史學家，甚至試圖根據聖像前蠟燭重量的下降，計算18世紀普羅旺斯（Provence）宗教虔誠度的衰

---

[49] Chapin (1935).

[50] Schofield (1968); Furet and Ozouf (1977).

退。[51] 毋庸置疑，這類統計資料有各種狀況可陳述，因為它們在不同地區之間變化很大，而且隨時間變動，有時還突然變動。

歷史學家能否譯解那些狀況則是另一回事了。「民眾史」──致力於恢復過去的凡夫俗子之觀點的一種進取心──的崛起，對於以官方標準為基礎的指數效用提出了某些懷疑。如果我們想運用領聖餐的人數來研究某一特定區域的宗教虔誠度，那麼我們必須了解（最重要的是），對參加者而言復活節領聖餐儀式意謂著什麼。舉例來說，很難確定，19世紀奧爾良（Orléans）地區的農民（比方說）對履行「復活節義務」的重要性是否分享了正統牧師的看法；如果他們沒有分享這些看法，那麼聖餐會的缺席就不能當作非基督教化的一種指數了。測量某一社群的宗教溫度，不論是熱、冷或微溫，都不是簡單的事。從選舉人推測政治態度的問題亦復如此。「序列」（series）這一概念是很成問題的，因為它仰賴著這一預設：研究對象（遺囑、穀物價格、上教堂，或不管什麼）在形式、意義等等都不會隨時間而改變。而這些文獻或儀式怎麼會長期以來一成不變呢？要是度量工具本身也在變化，那麼我們怎樣度量變化呢？

正因為如此，還有其他原因，過去20多年來一直有人

---

[51] Le Bras (1955-6); Vovelle (1973).

反對用計量方法來研究人類行為，而且更反對這類方法過去的自負宣稱。這種反應的強度不應加以誇大。歷史學家大概比往昔更廣泛地運用傳記集合研究。很難否認，家族重建的價值，或者，試圖比較過去不同時期裡的國民生產毛額的價值。對於另一可供選擇之研究取向的尋求仍在進行中。部分基於這個原因，始終不太運用計量方法的民族誌（ethnography），已經變成若干社會學家和歷史學家渴望追隨的一種模式。這種民族誌的研究取向跟小範圍的深入研究有關。

社會顯微鏡

一如社會學家，1950和60年代的社會史家普遍使用計量方法，關切百萬人的生活，專注於一般趨勢的分析，「從第十二層樓」來觀看社會生活。[52] 然而，在1970年代，他們之中的一些人從望遠鏡轉向了顯微鏡。跟隨著社會人類學家的先例，社會學家更注意微觀的社會分析，而歷史學家則更注意以「微觀史學」而為人所知的事物。

兩部著名的論著把微觀史學推到檯面上：法國歷史學家埃曼紐・勒華拉杜里（Emmanual Le Roy Ladurie）[21] 的《蒙大

[52] Erikson (1989), 532.
[21] 譯註：1929-，年鑑學派歷史學家。

猶》（*Montaillou*），以及義大利歷史學家卡羅・金斯伯格
（Carlo Ginzburg）的《乳酪與蟲子》（*The Cheese and Worms*）。[53]
這兩部論著基本上都以描述宗教裁判所訊問有嫌疑之異端者
的官方記錄作基礎，金斯伯格將這些文獻比作錄影帶，因為
不僅被告隻言片語，而且他們的一舉一動，甚至他們在刑訊
下的呻吟聲，都被小心翼翼地登錄了。有時還有人把裁判官
和人類學家作了另一個比較，兩者都是高尚地位的局外人，
經常向凡夫俗子提問他們難以理解的問題。[54]

　　金斯伯格的著作大概可看成是微觀史學方法的一個極端
例子，因為它切盼重建幾種想法，意即16世紀義大利東北
部一個叫曼諾齊歐（Menocchio）的磨坊主這個人的宇宙
觀。而勒華拉杜里則描述了14世紀初法國西南部的一個村
莊。他注意到，宗教裁判所傳喚的有嫌疑之異端者，至少有
25人來自蒙大猶村，因而決定運用他們的口供來撰寫一部有
關這個村莊的專著，討論該地區的放牧經濟、家庭結構、婦
女地位，以及當地的時間、空間、宗教等等的概念。

　　自從勒華拉杜里和金斯伯格這些著名而又引起爭議的論
著問世以來，微觀史學生產的作品已佔了一整個書架。其中
最引起人興趣的著作，將焦點放在或可稱之為「社會戲劇」

---

[53] Le Roy Ladurie (1975); Ginzburg (1976).

[54] Rosaldo (1986).

（social drama）的事物，諸如一次審判或一次暴力行動等等。舉例來說，美國歷史學家娜塔莉・澤蒙・戴維斯（Natalie Zemon Davis）㉒撰寫了關於16世紀法國的一個著名訟案（cause célèbre），在案子裡，一個農民被控假冒另一個人（詳後，頁313-314）。另一位受到紀爾茲激發的美國歷史學家威亞特-布朗（B. Wyatt-Brown），描述了1834年密西西比納奇茲族（Natchez）的一場私刑；一次針對一個謀殺妻子之男子的「民間審判」（popular justice）行動，被分析成是「一個道德腳本，在其中各種行為所傳達的一種語言，揭示了內在的強烈情感和可深刻感受到的社會價值，」尤其是當地榮耀感。[55]

此一研究取向的另一個著名範例，是吉奧瓦尼・列維（Giovanni Levi）關於17世紀後期皮德蒙（Piedmont）的聖地拿（Santena）的一個小鎮之論著。列維把對當地教區牧師吉奧瓦・巴蒂斯塔・基那沙（Giovan Battista Chiesa）的審判（他被控使用非正統的驅魔方式）分析成是一齣社會戲劇，它揭示了分裂社群的衝突，尤其是兩個家庭及其追隨者之間的鬥爭。他強調他所謂的「非物質繼承權」的重要性，爭辯說基那沙的精神權力是其家庭所運作的另一種支配形式。[56]

㉒ 譯註：1928-，美國歷史學家。

[55] Wyatt-Brown (1982), 462-496；引自頁463。

[56] Levi (1985).

　　微觀史學的轉向，跟歷史學家發現社會人類學家的作品有密切關連。勒華拉杜里、金斯伯格、戴維斯和列維都精通人類學。微觀史學方法跟1930年代羅伯特‧雷德費（Robert Redfield）[23]之類的人類學家所著手的社群研究，或者，馬克斯‧格拉克曼（Max Gluckman）[24]與稍後其他人提出之「延伸的個案研究」，有很多的共同之處。瑞典民族學家伯耶‧漢森（Borje Hansen）是最早在1950年代對蒙大猶型之社群作歷史研究的。[57]《蒙大猶》本身有意識地依循有關安達魯西亞（Andalusia）、普羅旺斯與東英吉利（Anglia）社群研究的模式。[58]

　　至於「社會戲劇」這一術語，是由英國人類學家維多‧透納（Victor Turner）[25]所創造的，用以指涉一種小規模的衝突，它揭示了整個社會的潛在緊張狀態，以及先後經歷過的四個階段，即不睦、危機、矯正行動、以及重新整合。[59]甚

---

[23] 譯註：1897-1958，美國社會人類學家。他對墨西哥鄉民社群的研究，使他提出俗民社會（folk society）和俗民都市連續體（folk-urban continuum）等具有影響力的概念。

[24] 譯註：1911-1975，南非人類學家。

[57] Hansen (1952).

[58] Pitt-Rivers (1954).

[25] 譯註：1920-，英國人類學家。

[59] Turner (1974).

社會顯微鏡

至對歷史學家產生更大影響力的一篇論文，乃是克利福·紀爾茲有關峇里鬥雞的研究。紀爾茲運用了傑瑞米·邊沁（Jeremy Bentham）㉖的「深度遊戲」（deep play）（換言之，高風險的賭博）這一概念，將鬥雞分析成「根本上關乎地位的戲劇化」；他以這一方式從他所謂的「顯微範例」移轉到對整體文化的詮釋。60

儘管米歇·傅柯的作品主要關切大範圍的社會趨勢，然而，他關於權力的討論還是助長了微觀研究。他不僅討論國家層次的權力，而且也討論工廠、學校、家庭、以及監獄層次的權力——他有時稱之為「權力的微觀物理學」，以「毛細血管形式」所描述的權力，它「深入到每一個人的最本質，觸及他們的肉體，而且著生於他們的行為態度、論述、學習過程、以及日常生活。」61「微觀政治」（micropolitics）可能是描述此一研究取向的最佳術語，不過，在政治學研究裡這個詞有時稍微帶有不同的意義。

正是1970年代，微觀史學的研究取向備受矚目，有贊成的，也有不欣賞的。某些這類型的論著，尤其是勒華拉杜

㉖ 譯註：1748-1832，英國法學家、政治和社會理論家、社會改革家、以及現代哲學功利主義的奠基者之一。

60 Geertz (1973), 412-454，尤其是頁432、437；比較 Geertz (1973), 21, 146。

61 Foucault (1980), 39；比較 Foucault (1975), passim。

里和金斯伯格的論著，受到社會大眾的熱烈迴響。相反地，專業歷史學家則不太熱衷。然而，說來奇怪的是，直到如今相對上一直不太有人討論到，由大規模研究向小規模研究之轉變所提出的根本性議題。因此，有必要對有關微觀史學之著名作品的若干批評以及對這些批評的回應作概括。[62]

我們可以從這一指控開始，意即微觀史家因研究無足輕重之人物的生平或小社群的難題，而把歷史瑣碎化了。若干此一文類之作品所講述的過去，的確不過是新聞記者所謂的「引人入勝的事蹟」（human interest stories）。然而，在智識的雄心上，微觀史家的目標遠勝於此。就算他們不敢說從沙粒中見世界，這些歷史學家確實也聲稱說從局部資料裡得出了一般性的結論。依金斯伯格的說法，磨坊主曼諾齊歐是一個傳統的口述民間文化的代言人。勒華拉杜里則通過他所謂的「大海中的一滴水」，即有關蒙大猶的專著，呈現了中古村莊的世界。

當然，這些宣稱提出了有關典型性的問題。個案研究要有多大的團體才算具有典型性呢？還有，支撐這些斷言的根據又是什麼呢？蒙大猶是一個典型的地中海村莊、一個典型的法國村莊、或者它單純只是阿列日（Ariège）的一個村莊呢？一個有這麼多異端嫌疑者的村莊還能被視為是典型的

嗎？至於曼諾齊歐，他是一個有豐富內心世界的人，不過，他在社群裡似乎一直被當成是古怪的人。當然，不是只有這兩位歷史學家有這種問題。人類學家用什麼手段將他們（經常根據單一村莊作觀察的）田野筆記轉變成對整體文化的描述呢？基於什麼理由他們能夠證明，他們所宣稱的與他們相處的人們就代表「努爾人」（Nuer）或「峇里人」呢？

　　還是有許多理由能夠證明運用社會顯微鏡是正當的。個別的範例具體而微地呈現了歷史學家或人類學家（根據其他理由）業已了解的某一普遍情況，這一事實會促使他們選取某一個別範例來加以深入研究。在若干個案裡，微觀史學與計量方法有關；歷史人口學家經常對單一家庭作個案研究，不然便是運用電腦，模擬某一個人在某一特定家庭體系之中的生活。

　　反過來說，一個案例會被選來作研究，正因爲它是例外，說明社會機制未能運作。爲了討論這種情況，義大利歷史學家卡羅・波尼（Carlo Poni）杜撰了「例外的常態」這一措辭。長舌的曼諾齊歐的悲劇命運告訴我們有關他同時代之沉默大眾的一些事物。公開的衝突可揭露社會一直存在的緊張狀態，但只有偶爾可見。換個方式，微觀史家可以像吉奧瓦尼・列維那樣，把焦點放在一個人、一個偶發事件、或一個小社群，將其當作一個特有的位置，觀察大的社會文化體系的不連貫、社會結構裡的漏洞和縫隙，那裡讓某一個人有

一點點自由的空間，就像從兩塊岩石之間冒出來的植物。[63]

　　然而，應該指出的是，社會規範之間的矛盾不總是對個人有利。植物有可能在兩塊岩石之間被壓碎。我們可以轉到日本史上一則能作為這個問題之範例的一個著名事件；此一社會戲劇在當時只牽涉到少數人，不過卻流傳至今，由於它具有典型性或象徵性價值而多次被搬上舞臺和大銀幕。

　　這是一個關於「47個浪人」[27]的事蹟。18世紀肇端，兩個藩主爭執於幕府將軍的廷上。自認為受到污辱的淺野，拔劍傷了吉良。為了懲罰在幕府將軍面前拔劍，淺野受命依儀式自殺。因此，他底下的武士便成了無主之士，或者浪人。這些家臣決定為他們的主子復仇。在長久的等待以平息疑心之後，一晚，他們突襲了吉良的宅邸，殺死了他。事畢，他們向幕府投降。這時幕府面對了兩難。這些家臣顯然犯了法。另一方面，他們正是依武士之間不成文的榮譽準則之要求行事；根據這一準則，對領主的忠誠是最高尚的美德之一，而幕府也擁護這一榮譽準則。擺脫此一兩難的辦法便是命令他們像他們主子那樣依儀式自殺，但也追思他們。

　　從那時以來，這一事蹟對於日本人的吸引力，當然跟（的確，如此戲劇性地）使得基本社會規範之間的潛在衝突

---

[63] Levi (1985, 1991).

[27] 譯註：即《忠臣藏》的故事。

變得明顯起來的方式有關。換句話說，它告訴了我們一些有關德川文化的重要事物。如果微觀史學運動要避免報酬遞減法則，那麼其實踐者需要陳述更廣泛的文化，論證小社群與大的歷史趨勢之間的相互關係。[64]

社會顯微鏡

---

[64] Hannerz (1986); Sahlins (1988).

3

核心概念

　　本章的主要目的乃在考量歷史學家對社會理論家創造的概念工具，或者，至少是——要以幾頁的篇幅考量所有的概念，無疑是不可能的——其中最重要的幾個，所作過或可能會作的運用。其中有若干，諸如「封建主義」或「資本主義」之類的概念，幾乎是歷史研究的一部分，因此在此不予討論。其他的概念，像「階級」或「社會流動」，歷史學家雖然熟悉，不過，對於其用途的各種爭議，大概還不是那麼清楚。還有若干概念，像「霸權」（hegemony）或「接受」（reception），歷史學家還相當陌生，而未將其當作一種專門術語。

　　歷史學家經常指控社會理論家，以一種讓人無法理解的「專門術語」（jargon）在作表達。由於存留著博雅的傳統，英國的知識分子或許最容易在此淪為彼此攻訐。在這些情況裡，「專門術語」不過意謂著其他人的概念。我們以為，一

切越出日常語彙的用語都需要有正當的理由，因爲這使得跟一般讀者的溝通變得更困難了。

就最低的限度而言，社會理論裡還是有若干技術性術語，值得建議歷史學家採用。其中有若干術語在日常語彙裡沒有對等詞，缺乏了這類術語，我們大概就不會注意到社會實在的某一特定面貌。另有若干術語則界定得較其日常語彙的對等詞還要精確，於是讓更精準的區分和更準確的分析成爲可能。[1]

另一個反對社會理論之技術性術語的理由則值得嚴肅看待。歷史學家大可問道，提出現代術語來替代當代人（如同理論家所說的「行爲者」）用來了解其社會的概念，到底有沒有必要。畢竟，當代人從內部了解他們的社會。17世紀法國的村民再怎麼樣都比我們了解他們自己的社會；「地方性知識」是無可替代的。

至少，若干理論家有點贊同此一論點。人類學家尤其強調，有必要研究凡夫俗子體驗他們社會的方式，以及他們用來了解那種經驗世界的範疇或（廣義上的）模式。的確，這些學者透徹地重構了馬林諾夫斯基所謂的「文化持有者的內部眼界」，也重構了他們用在所研究的文化或次文化裡的概念和範疇，而歷史學家或許可以從這種透徹性裡學點什麼。

---

[1] Erikson (1989).

人類學家不像傳統歷史學家那樣，他們對非官方範疇和官方範疇皆給予同等的注意力，他們的目的在於恢復所謂行動的「民俗模式」（folk model）或「藍圖」，因為沒有這些，很多人類行為還猶如霧裡看花。[2]

　　然而，重點不在於用現代模式來取代民俗模式，而是用現代模式來增補民俗模式。當代人不全然了解他們的社會；後來的歷史學家至少有後見之明和更整體綜覽的優勢。至少，在省份或國家的層次上，他們大概可說，比起（例如）17世紀法國的農民還要了解他們自己的問題。事實上，倘若我們必須把自己局限在地方性範疇，那麼將難以了解法國史，也更別說了解歐洲史了。一如上一章所指出的，歷史學家經常對特定時期（諸如歐洲之類的）大地區作一般性的陳述。他們也經常作比較。為了作比較，他們創造了自己的概念：「絕對君主制」、「封建主義」、「文藝復興」，諸如此類。

　　我想提醒說，這些概念雖說還是有用，不過，並不足夠，而且最好建議歷史學家學習社會理論的語言，或者，更確實的說法應該是，學習各種社會理論的語言。本章提供了一種入門的常用術語手冊，或者換句話說，即提供了一種適用於歷史分析裡某些常見錯誤的基本工具箱。事實上，這一

---

[2] Holy and Stuchlik (1981); Geertz (1983), 55-72.

隱喻可能會給人錯誤印象，因為概念並非中性的「工具」，往往有著整批需要仔細端詳的預設。因此，本章所關切的在於考察概念的原有意義和脈絡。既然概念的價值有賴於從應用中檢驗，那麼就用具體的歷史問題來討論每個術語吧。

然而，本章所訴求的對象不只是歷史學家，也包括了社會理論家。歷史學家有時遭指控說剽竊了理論而未做回報、對理論家有所依賴，而這幾乎證實了赫伯特・斯賓塞的揶揄（見前，頁48），即歷史學家是運送磚石給社會學家蓋大廈的人。相反地（我會就此作爭辯），歷史學家的確也有一些有價值的事物可回饋。

假設社會理論裡所使用的主要概念，是由研究19和20世紀西方社會的學者（就人類學的情況而言，是由研究所謂「原始」或「部落」社會的西方學者）創造的，那麼這些概念極有可能——說得委婉一點——是有文化傾向的；它們經常跟同樣有文化傾向的社會行為理論有關。因此，這些概念需要加以調整，而非單純地「應用」到其他的時期或世界的其他部分。

例如，所謂的古典經濟學「法則」，不必然是普遍性的。亞歷山大・恰亞諾夫爭辯說，邊際效益理論跟農民家庭扯不上關係，因為只要農民家庭的必需品得不到滿足，就算收益會遞減，他們還是繼續開墾著邊緣土地。[3] 在傑出的已故波蘭經濟史家威托爾德・庫拉（Witold Kula）❶的一部書

裡，也可找到類似的論證。

　　庫拉最早出版於1962年的《封建體系的經濟理論》（*Economic Theory of the Feudal System*），研究了17世紀波蘭貴族所擁有的若干大地產。這本書是有關歷史模式的建構與驗證的一種罕見的明晰範例。庫拉在書中指出，古典經濟學「法則」在此一案例裡行不通。黑麥價格上升時，產量下降；而價格下跌時，產量卻上升。為了解釋此一反常，他強調兩個因素：貴族心態，以及農奴制的存在。17世紀的波蘭貴族對於謀求不斷成長的利潤收益並不感興趣，相反地，他們關心的是收到讓他們能依其習慣之方式生活的穩定所得。黑麥價格下跌時，他們必須出售多一些黑麥以維持生活水準，而他們總該要求工頭讓農奴更辛勤工作吧。價格上升時，每個人便放鬆下來了。[4]

　　當然，這種對波蘭經濟史的重新詮釋極具爭議性，不過，它既是一部思想上的力作，亦是對傳統預設的一種挑戰。愛因斯坦（Einstein）並未破壞牛頓體系，不過，他證明了它在某些條件下才能適用。同樣地，庫拉證明了古典經濟學法則並不是到處都能適用。他從歷史的角度來重新檢視這些法則。本章會進一步討論這類歷史化的範例。

---

[3] Chayanov (1925); Kerblay (1970).

❶ 譯註：1916-1988，波蘭歷史學家。

[4] Kula (1962).

社會角色

　　「社會角色」（social role）是社會學相當核心的概念之一，其定義乃是社會結構裡特定地位的擁有者所預期之行為的模式或規範。[5] 這類的預期經常是（不過也不盡然如此）來自同儕團體。舉例來說，「孩童」便是由成人的預期所界定的一種角色，而自中世紀以降，這種預期在西歐已有很大的變化。已故的菲利普・阿希葉斯（Philippe Ariès）[❷] 甚至提出，童年是一種現代的發明，依他的看法，乃起源於17世紀的法國。他聲稱，在中世紀，7歲大的小孩已達到教會所謂的「理性年齡」，並被期望能在行為舉止上像成人那般行事。他或她雖被當作是一位年幼、缺乏能力、不稱職、無經驗且無知的成人，不過，終究還是一位成人。倘若有這些預期，那麼我們所謂的「童年」在中世紀時必定跟西方人今日所體驗的有天壤之別。在許多歷史學家看來，阿希葉斯的結論有點誇張，不過，「孩童」是一種社會角色的這一提法，仍然是有價值的。[6]

　　我想爭辯說，歷史學家如果能比目前還要更大範圍、更

---

[5] Dahrendorf (1964); Runciman (1983-1989), 2, 70-76.

[❷] 譯註：1914-1982，年鑑學派歷史學家。

[6] Aries (1960).

精確且更有系統地運用「角色」這一概念的話，那會有更多的收獲；而這種作法會促使他們更嚴肅地看待各種方式的行為，因為歷史學家一直從個人或道德的角度而非社會的角度加以討論，而且也可能基於種族中心論而責難各種方式的行為。

舉例來說，國王的親信經常被看成是徹頭徹尾邪惡的人，他們好像帶壞了諸如英國愛德華二世（Edward II）和法國亨利三世（Henri III）之類意志薄弱的國王。然而，將「親信」看成在宮廷社會裡帶有明確功能的一種社會角色（或許也值得補充說一句，到了20世紀還留有「親信」這一位置，如同菲利普‧奧伊倫堡 [Philipp Eulenburg] 在德皇威廉二世 [Kaiser Wilhelm II] 宮廷裡的職業生涯所顯示的那樣），則會更有啟發性的。[7] 統治者跟其他人一樣也需要朋友。跟其他人不同的是，他們需要非正式的顧問，尤其在貴族獨佔了提供正式建議權的社會裡。至少，他們不時也需要若干能繞過自己的政府組織的手段。統治者需要能夠信任且不受其身邊的貴族或官員影響的人，這種人忠誠而可信賴，因為他的位置完全視此一忠誠而定，而且有不少案例顯示，一旦統治者出了差錯他是要背黑鍋的。

親信便是這麼回事。諸如愛德華三世在位時期的皮爾

---

[7] Rohl (1982), 11.

斯·嘉文斯頓（Piers Gaveston）或詹姆斯一世和查理一世在位時期的白金漢（Buckingham）公爵這類典型的親信，有可能會是政治上的災難。[8] 他們之所以會被選上乃因統治者受到他們的吸引——詹姆斯一世在寫給白金漢的信裡稱他是「可愛的孩子和老婆」。就像拜占庭帝國和中華帝國裡太監的權力那樣，仍然不能簡單地從君主的喜好這一角度解釋親信的權力。[9] 在宮廷體系裡，需要有國王的朋友可以立足的一個位置，而且也有一種跟此一角色有關的行為模式。

　　親信會面臨的一個問題是，貴族和大臣跟君主看待他們的方式並不相同。不同的集團對佔據某一特定角色的個人可能有互不相容的預期，這導致了「角色衝突」或「角色負擔」（role strain）。舉例來說，有人爭辯說，約魯巴人（Yoruba）❸ 的神聖統治者奧巴（oba），遭到既期盼他堅持己見又期盼他接受他們的決定的許多部族首領的包圍。[10] 有關許多歐洲統治者與貴族之間的關係，也有人指出類似的觀點。對於國王這一角色的尊崇，可能會抑制對於角色承擔者所作的公開批評，因為「國王是不會錯的」，不過，這不會讓其政策免於其他手段的抨擊，尤其是對其「邪惡顧問」的公然指責。這

---

[8] Peck (1990), 48-53.

[9] Coser (1974); Hopkins (1978), 172-196.

❸ 譯註：非洲奈及利亞西南部的一黑人民族。

[10] Lloyd (1968).

種反覆出現的公然指責，既是間接批評國王的一種方式，同時也是憎惡這些顧問的一種表達，因為這些人（就像親信那樣）並非貴族出身，卻因帝王寵倖而「鹹魚翻身」。從英國的亨利一世（Henry I）和12世紀編年史家奧德里庫斯·維塔里斯（Ordericus Vitalis），到法國的路易十六和聖西門公爵（Duc de Saint-Simon），一直遭到這類的批評，這間接表明的確是一種結構上的問題。[11]

　　從古希臘到英國伊麗莎白時期的許多社會裡，當代人都知道各種社會角色；他們將世界看成是「每個人在其一生裡扮演著許多角色」的一個舞臺。社會理論家還進一步地採用了這些理念。在這方面，已故的厄文·高夫曼（Erving Goffman）❹是一位出眾的人物，他著迷於其所謂的日常生活的「擬劇法」（dramaturgy）。[12] 為了分析所謂的「自我展現」（the presentation of self）或「印象經營」（impression management），高夫曼將「角色」的概念跟「表演」（performance）、「外表」（face）、「前臺」（front regions）、「後臺」（back regions）、以及「個人空間」的概念作了連結。

　　歷史學家會轉到高夫曼身上，似乎有點奇怪，因為他的作品大部分是以對於當代美國生活的觀察為基礎，也不是特

---

[11] Rosenthal (1967).

❹ 譯註：1922-1982，加拿大出生的美國社會學家和多產作家。

[12] Gofffman (1958).

別關切文化之間的差異，或隨時間而產生的變遷。然而，我想爭辯說，他的研究取向，對於有關過去的地中海世界之研究，比起有關現今的美國社會之研究，甚至還要來得重要。

舉例來說，高夫曼的分析顯然跟文藝復興時期義大利有關。馬基維利（Machiavelli）的《君王論》（*Prince*）❺和卡斯蒂利歐尼（Castiglione）的《廷臣論》（*Courtier*），其中有關於履行特定社會角色時怎樣讓別人留下好印象——如同義大利人所言，「美好的形象」（fare bella figura）——的指引。馬基維利的專論相當關切「名望」（name）或「聲望」。的確，在某一論點上，他甚至說道，不必然要具備理想統治者的特質，只要貌似即可。就這個例子而言，行為者的社會實在模式與晚近社會理論模式之間，相對上相當符合。晚近，高夫曼的理念吸引了若干歷史學家的注意，因他關切因襲自文藝復興人（Renaissance man）的「個人主義」，或文藝復興時期畫像裡的自我展現。舉例來說，畫像顯示了美術家所考量的——或者說，他認為其委託人會考量的——種種適合於坐著供人畫像之人的姿勢、手勢、表情、以及「舞台道具」（properties），包括了貴族從未用來打過仗的盔甲，以及主教從未研讀過的書籍。[13] 就此一例子而言，解讀高夫曼會讓歷

---

❺ 譯註：中譯本參見潘漢典譯，《君主論》，北京：商務印書館，1985。

[13] Weissman (1985); Burke (1987), 150-167.

史學家對於義大利社會的某些特徵變得敏感。然而，不像高夫曼那樣，對歷史學家而言，有關變動的問題才是核心；他們想知道，某些地方、某些時期或某些集團，是否更關切自我展現，或者說，展現的方式是否改變或不同。

　　對於研究19和20世紀的歷史學家而言，社會角色的概念也有其用處。希特勒（Hilter）被描述成一位角色的扮演者，他「似乎總是比實際狀況還要更無情、冷血、果決。」[14] 從墨索里尼（Mussolini）到邱吉爾（Churchill），要想出更多的範例並不難。前者讓書房的燈亮著，給人宵旰勤勞的印象；後者則知道他著名的雪茄之類的「舞台道具」（props）的重要性。在集體的層次上，針對19世紀英國有關順從（deference）的問題而來的論辯，因這一提法而更有意義，意即至少對一部分工人階級而言，順從、甚至體面，並非其社會身分的一個重要部分，而僅是在中產階級面前扮演的一種角色而已。[15]

性與性別

　　幾年前，要是把男性與女性之間的劃分，當作社會角色

14　Manson (1981), 35.

15　Bailey (1978).

之間的劃分的一種範例來討論，就算不是震驚的話，似乎也是會讓人訝異的。倘若社會「建構」出男性和女性的這一理念變得平淡無奇的話，那麼這種變化主要歸功於女性主義運動。

　　我在第一章裡提出說，歷史學與理論之間的關係通常是間接的；歷史學家認爲，理論在提出問題方面比提出答案方面更有用處。女性主義理論爲此一概括論斷提供了一則生動的實例。倘若我們考察晚近婦女史的專論——舉例來說，娜塔莉・戴維斯、伊麗莎白・福克斯-傑諾維斯（Elizabeth Fox-Genovese）、歐爾雯・赫夫頓（Olwen Hufton）、瓊・凱利（Joan Kelly）、或瓊・史考特（Joan Scott）的作品——那麼我們便會發現，其甚少或根本未提到理論家的作品，比方說，從埃萊娜・希克蘇（Hélène Cixous）到南希・喬多羅（Nancy Chodorow）或伊蓮・修瓦爾特（Elaine Showalter）的作品。[16]另一方面，女性主義對過去30年來的歷史書寫作出了重大的間接貢獻。就像「民眾史」（history from below）那樣，婦女史也提供了一種討論過去的新視角，而其影響才正開始呢。

　　有人爭辯說，此一新視角的一個成果乃在「質疑公認的歷史分期架構。」[17]畢竟，許多歷史分期架構的設計——也

---

[16] Moi (1987).

[17] Kelly (1984), 19；比較 Scott (1988,1991)。

性與性別

有顯而易見的例外，像人口史的時期——並未考慮到女性。因爲普遍忽視婦女的日常家務、（在各種政治層次上的）政治影響力的重要性，歷史學家實際上對她們「視而不見」，而且普遍僅從男人的角度討論社會流動。[18] 用另一種攻擊性的隱喻來說，婦女一直被描述成「被消音」群體的一種範例，（在許多的時代和地方）唯有通過居支配地位之男性的語言才能表達她們的理念。[19]

女性主義運動以及相關的理論，已促使男性和女性的歷史學家都針對過去提出了新的問題。舉例來說，在不同的時代和地方裡，男性的支配地位是眞實情況還是神話呢？在何種程度以及通過何種手段可以抵擋這種支配？在什麼地區和時期，以及在什麼畛域裡——例如，家庭內部——婦女運用了非正式的影響力呢？[20] 在上帝的父性變成論辯主題的期間，一位中古專家便研究了耶穌的母性形象。[21]

另一組問題攸關婦女的工作。婦女在特定的時地從事什麼類型的工作呢？自工業革命、甚或16世紀以降婦女勞動者的地位降低了嗎？[22] 男性歷史學家經常會忽視婦女的工

---

[18] Bridenthal and Koonz (1977); Scott (1988).

[19] Ardener (1975).

[20] Rogers (1975); Segalen (1980), 155-172.

[21] Bynum (1982), 110-166.

[22] Lewenhak (1980).

作，完全不是因爲——在「視而不見」之問題上的那個攻擊
性範例——她們的工作在官方文獻、即男性官員指示並實行
的工人調查裡不見蹤影。舉例來說，許多貧窮的婦女勞動
者，有黑人婦女，也有白人婦女，在19世紀早期聖保羅市
的活動，像在街頭兜售食品之類的活動，只能借由間接的方
式，尤其是工作期間發生的犯罪和口角的司法記錄，來加以
復原。[23]

有人已經提出說，此一討論過去的新視角，跟「民衆史」
有同等的重要性。我們也可說，它承擔了類似的風險。在彌
補傳統史學的疏忽時，這兩種新形式的歷史學都承擔了下述
的風險，意即讓菁英與大衆、男性與女性之間成爲永恆的二
元對立。由本書所採取的「整體歷史」之觀點觀之，將焦點
集中在男人與女人之間的變動關係，以及什麼是適當的男性
或女性的性別界限和概念，會更有用處一些。晚近，名爲
《性別與歷史》（*Gender and History*）的學報創刊（1989年），
間接表明確實發生了這種焦點變化。

倘若男人與女人之間的差異主要是文化的，而非渾然天
成的：「男人」和「女人」是在不同時期以不同方式加以界
定和組織的社會角色，那麼歷史學家可有得忙了。他們需要
釐清過去幾乎都含糊帶過之處，意即在特定的區域和時期

---

[23] Tilly and Scott (1978); Dias (1983).

性與性別

裡，讓特定年齡組或社會群體的人成為男人或女人的規則和規約；更確切地說——既然這些規則有時是受到質疑的——他們便需要描述「居於支配地位的性別規約」。[24]

再者，怎樣解釋近代歐洲的巫術師審判的崛起，對於性別史家而言，便成為一個問題，或者說，應該成為一個問題。儘管有這一個眾所周知的事實，即在大部分的國家裡，大部分的被告是女性，不過，奇怪的是迄今很少有對此一事實作回應的。[25] 此外，諸如修道院、軍團、基爾特（guilds）、兄弟會、咖啡館、以及學院之類的機構的歷史，也可視其為「男性結合」（male bonding）的範例來加以闡明。既然婦女被排除於「公共領域」之外（詳後，頁167-168），那麼政治（politics）亦可作如是觀。[26]

性別的社會或文化建構之過程，受到了歷史性的細察。一則引人注目的範例，是晚近一部有關近代歐洲119位像男人那樣過活（尤其在陸軍和海軍裡）的荷蘭婦女的專論。該專論研究她們改變生活的動機，以及讓她們的決定成為可能的另一種文化傳統。舉例來說，瑪麗·馮·安特衛彭（Maria van Antwerpen），實際上生於1719年的布雷達（Breda），她是一個孤兒，受到姑媽的收容卻又遭其虐待。她從事過女僕

---

[24] Fox-Genovese (1988)；比較 Scott (1988), 28-50。

[25] Thomas (1971), 568-569; Levack (1987), 124-130.

[26] Wiesner (1989); Völger and Welck (1990); Landes (1988).

的工作，但遭到了解雇，於是她決定入伍從軍。依其自傳的
說法，她之所以從軍，一方面是因她聽說過其他婦女曾經有
過此舉，另一方面則因她害怕被推入火坑。[27]

由於米歇·傅柯大膽的重新概念化，性也受到類似方式
的討論；他甚至提出，同性戀意識就像性意識（sexuality）
本身，都是現代的發明，意即有關人類關係的一種新的論述
形式。傅柯將此一論述跟古希臘、古羅馬、以及早期基督教
世紀的「哲學家和醫生所探索的性行為的方式」作了對比。
舉例來說，他指出，古典文獻提到的是同性戀行為而非同性
戀者。

人類學家和古典學者在其晚近的專論裡，嘗試重新組成
不同文化裡隱藏於性行為底下的規則和預設，以擴大和深化
傅柯的研究取向。例如，晚近的一部專論爭辯說，對於古希
臘人而言，性愉悅並非雙向的，而是僅限於居支配地位的那
一方。於是，性乃是（或者說，被建構成）「壓制的」（hard）
勝利者與「衰弱的」（soft）失敗者之間的「零和競爭的象
徵」。男性之間的性關係本身並不可恥，不過，扮演著從屬
或「女性」的角色，則有名望掃地之虞。[28]

---

[27] Dekker and Pol (1989)，尤其是頁 64-65。

[28] Foucault (1976-1984)；Ortner and Whitehead (1981)；Winkler (1990)，尤
其是頁 11、37、52、54。

家庭與親屬關係

在各種相互依存且又相互補充的角色所構成的制度裡，最明顯的範例當然是家庭。過去三十多年來，家庭史已變成歷史研究裡成長最快的領域之一，而且也導出了歷史學家、社會學家與社會人類學家之間的對話，而在對話裡每一集團既向另兩集團學習，也促使另兩集團修正他們的若干預設。

弗雷德里克・勒普萊（Frédéric Le Play）❻在一部早期的社會學經典《家庭的組織》（*L'organisation de la famille*, 1871）裡，區分出三種主要的家庭類型。有「家長制」家庭，即如今較爲人所知的「聯合」家庭，而在此一類型的家庭裡，已婚的兒子仍舊與父親同住；有「變動」家庭，即如今較爲人所知的「核心」家庭或「婚姻」家庭，其所有已婚子女都得搬出去；以及介於兩者之間，相當接近勒普萊的「主幹家庭」（famille souche）的類型，而在此一類型的家庭裡，僅有一個已婚兒子仍舊與父母同住。[29]

該書的下一步便是將這三種類型依年代順序排列，將歐洲的家庭史描述成，從中古早期的（就大型親屬集合體之意

---

❻ 譯註：1806-1882，法國採礦工程師和冶金學教授，後成爲一位獨立的學者和研究者。

[29] Laslett (1972), 17-23; Casey (1989), 11-14.

義而言的）「氏族」（clan），通過近代時期的主幹家庭，到帶有工業社會特徵的核心家庭的逐漸收縮情況。然而，曾是社會學正統的這種「漸進的核心化」（progressive nuclearization）理論，已受到歷史學家，尤其是彼得・拉斯累特（Peter Laslett）及其劍橋大學人口與社會結構研究小組同事的挑戰，而且也受到荷蘭之類的其他國家的歷史學家的挑戰。[30] 該小組提出了稍稍不同於勒普萊的三重分類，其專注於家戶的規模和組成，也區分出「簡單的」（simple）、「擴展的」（extended）、以及「複合的」（multiple）家戶。他們最著名的發現是，16到19世紀之間，英格蘭的家戶規模幾乎就跟4.75人的平均值沒什麼不同。他們也指出，西歐和日本的家戶規模長久以來都是此一特徵。[31]

由於戶口調查記錄存留下來，家戶的研究取向既精確，相對又易於印證，不過，它的確也有危險。在學科間對話的新貢獻裡，社會學家和人類學家尤其指出了其中的兩個危險。

首先，被描述爲「複合的」、「擴展的」或「簡單的」家戶，其間的差異可能──如同1920年代俄國的亞歷山大・恰亞諾夫已經指出的那樣──不過是相同的家庭集合體

---

[30] Woude (1972)，尤其是頁299-302。

[31] Laslett (1972).

在發展周期中的各種狀態；年輕夫婦養育子女時，家庭集合
體擴大了，而子女婚後搬出去時，家庭集合體又再度縮小
了。[32]

　　其次，反對把家戶的規模和組成當作家庭結構的一種指
數的理由，將我們帶回到定性資料和定量資料的問題（見
前，頁96）。我們想觀察的是，家庭關係在特定時地的組織
方式，不過，這種結構不會因家戶的規模而顯現出來。家庭
不只是一種居住的單位，而且也是——至少，不時是——一
種經濟暨法律的單位。最重要的是，與成員融為一體且在情
感上有密切關係，就此而言，它是一個道德社群。[33] 這種功
能的多重性提出了種種問題，因為經濟單位、情感單位、居
住單位、以及其他的單位可能並不相同。因此，有關家庭的
結構，以共同居住為基礎的指標，是無法告訴我們那些是我
們最需要知道的情況。

　　例如，1950年代，一部有關倫敦東區工人階級的社會
學專論指出，分家的親戚彼此可能住得很近，而且實際上每
天都會見面。[34] 就此一情況而言，「婚姻」家戶跟「擴展」
的心態同時存在。這種並存狀態的歷史例證不難找到。例
如，在文藝復興時期的佛羅倫斯，貴族男性親戚經常住在鄰

---

[32] Chayanov (1925)；比較 Hammel (1972)。

[33] Casey (1989), 14.

[34] Young and Willmott (1957).

近的華廈，定期在家庭俯臨庭院的走廊（loggia）上聚會，也在經濟和政治事務上同心協力。佛羅倫斯、威尼斯或日內瓦（不談更遠的）貴族家庭史，不能只從家戶的角度來加以描述。[35]

　　勞倫斯・史東根據上文綜述的若干批評，在專注於1500到1800年間英國上層階級的一部專論裡，提出了修正的核心化理論。史東爭辯說，在此一時期肇端佔支配地位的所謂「開放的世系家庭」（open lineage family），先是被「限定的家長制核心家庭」（restricted patriarchal nuclear family）取代，而後來，在18世紀時則被「封閉的、習於居家生活的核心家庭」取代。然而，這種修正的理論居然也遭到亞倫・麥克法蘭的質疑，他提醒說，核心家庭在13和14世紀時已經就緒。[36]

　　針對英國核心家庭源起年代的論辯，不是出於純粹的研究古物興趣，而是反映了不同的社會變遷觀點。一方有此一假設論點，意即經濟變遷，尤其是市場的崛起與早期的工業革命，重新形塑了包括家庭在內的社會結構。而另一方則支持此一論證，意即社會結構是有高度彈性的，而且用原已存在的社會結構與資本主義之間的「配合」解釋西歐——尤其

---

[35] Kent (1977)；比較 Heers (1974)。

[36] Stone (1977); Macfarlane (1979).

是英國——的崛起。[37]

　　不論他們在——最後一章會更詳細地加以討論——這些議題上的立場爲何，如今家庭史家運用了比先前還要精確的語彙，而且比以前更能對他們所運用的社會學理論作細緻的區分。反過來，他們說服社會學家修訂了他們原先在這個領域裡的某些概括論斷。

社群與認同

　　前一節將家庭的本質描述成一種「道德社群」。過去幾年來，社群概念開始在歷史書寫裡扮演著一種漸次重要的角色。一如我們所知（見前，頁101-102），20世紀中葉，社群研究在人類學和社會學裡就已經在進行了。就歷史學的情況而言，討論村莊的專論有更久遠的傳統，不過，這些專論通常都是爲研究而研究，不然便是作爲引以爲傲的地方事務的一種說明，而非作爲了解更廣泛社會的一種手段。前文已經提過（頁99-100），就像更早以前強調平原（plaine）與林地（bocage）之間——換句話說，適於耕作的地區與法國西北部樹木更加茂密的畜牧地區之間——的政治和宗教差異的若干專論那樣，勒華拉杜里的《蒙大猶》（1975年）採用了一種

更為社會學或人類學的研究取向。[38]

　　有關近代英國的社群研究，也顯示了不同環境裡的各種定居類型之間在文化上的對比。可耕地區與畜牧地區之間的差別，舉例來說，是跟讀寫能力之程度的差別有關，甚至跟宗教態度或內戰裡顯著不同的效忠態度有關。舉例來說，比起種植穀物的村莊，樹木茂密地區的聚落在規模上較小，並且較為孤立、讀寫能力較低，而且態度上更加保守。[39] 強調社群及其環境之間的關係的這一類型專論，避開了兩種極相似的危險，意即宛如將村莊當成是一座島嶼，以及忽略了宏觀與微觀分析之間的關係。

　　在社群存在與否還是大有疑問的一種完全不同類型的環境裡——即大城市裡——進行此一研究取向，則有另一種情況。從格奧爾格・辛美爾（Georg Simmel）❼到路易斯・沃思（Louis Wirth）的老一代城市社會學家，都強調個人在城市茫茫人海中的孤寂。然而，社會學家和人類學家晚近逐漸將城市視為一個個社群或「都會村莊」（urban villages）。[40] 對於城市史家的挑戰乃是研究這類社群的建構、延續、以及瓦解。

---

[38] Siegfried (1913); Tilly (1964).

[39] Spufford (1974); Underdown (1979).

❼ 譯註：1858-1918，德國社會學家和哲學家。

晚近有關儀式和象徵的研究，或許有助於城市史家回應此一挑戰。舉例來說，人類學家維多・透納，逐步闡明涂爾幹的一個理念，即「創造性歡騰」（creative effervescence）的契機對於社會復興有重要性，而且也創造了「社群」（communitas）這一術語，以指涉自動自發的、缺乏組織的社會連帶（他列舉了從早期聖芳濟會修道士延伸到嬉皮的例子）。[41] 這些連帶必定是非永久性的，因為一個非正式的團體不是漸漸消失，便是凝結成一個正式的機構。由於儀式以及其他所謂的「社群的象徵建構」的方法，社群有時還可從機構內部裡再生。[42] 舉例來說，在近代的城市裡，教區、行政區、基爾特、以及宗教同道會，都有它們的年度儀式，當城市規模擴大、數量增多，但個人未全然淹沒於人海中時，這些儀式的重要性便降低了——不過，並未徹底消失。

集體「認同」是描述這些儀式所助長之事物的一個有用術語，而此一概念在許多學科裡漸次變得廣為人知。認同是單一的，還是多重的呢？恰恰是什麼助長了強烈的認同意識呢？尤其是國族認同的形構，晚近激發出許多傑出的作品。關於國歌和國旗之類的認同化身，以及「巴士底獄日」

---

[40] Simmel (1903); Wirth (1938); Gans (1962); Suttles (1972).

[41] Durkheim (1912), 469, 475; Turner (1969), 131-165.

[42] Cohen (1985).

（Bastille Day）之類的國家儀式的研究，不再被摒之為純粹的古物癖。記憶、想像、以及象徵——尤其是語言——在社群建構中的力量，漸次獲得了認可。[43]

另一方面，國族認同——尤其是19世紀——在什麼條件下形成的這一問題，激起了更多的論辯。例如，對班納迪克・安德森（Benedict Anderson）[❽]而言，在這些「想像的共同體」的創造過程裡，重要的因素是宗教的衰落以及（「印刷資本主義」所助長的）方言的崛起。對厄尼斯特・蓋爾納而言，決定性的因素是工業社會的崛起；創造了一種「以國族主義的形式出現於表面的」文化同質性（cultural homogeneity）。就艾瑞克・霍布斯邦而言，他謹慎地將政府的國族主義跟人民的國族主義作了區分，而且爭辯說，凡夫俗子所感受到的國族性，在19世紀後期才變成具有政治重要性的事物。[44]

藉由對照——新教徒與天主教徒對照，男人與女人對照，北方人與南方人對照，諸如此類——以界定群體間相互的認同的方式，最近在一部研究兩個大陸之黑人的歷史人類學作品裡作了闡述。被帶到巴西成為奴隸的西非人，其中的

---

[43] Hobsbawm and Ranger (1983); Nora (1984-1987).

[❽] 譯註：美國康乃爾大學國際研究Aaron L. Binenjorb 講座教授，為全球知名的東南亞研究學者。

[44] Anderson (1983); Gellner (1983); Hobsbawm (1990).

階級

一部分人，或他們的子孫，在19世紀獲得了解放時，決定回到非洲，回到拉哥斯（Lagos）❾；此一決定間接表明，他們自視為非洲人。稍後他們返鄉了，然而，地方上的社群卻視其為外來者，意即巴西人。[45]

總之，「社群」這一術語既有用處也有疑問。它是涂爾幹式的共識社會模式這一智識包裹的一個組成部分，而它必須從中跳脫出來（見前，頁81-82）。不能假定說，每個群體皆休戚相關，因為社群是建構、重新建構出來的；也不能假定說，社群有均一的態度，或者，免於衝突──舉例來說，階級鬥爭。而「階級」的種種問題乃是下一節的主題。

階級

歷史學家在社會階層化這一領域，經常運用「種姓」（caste）、「社會流動」（social mobility）之類的技術性術語，卻未意識到跟它們有關的問題，也未意識到社會理論家發現必須作出的區分。就算不是全部，大多數的社會在財富和其他──諸如地位和權力之類的──利益分配上，還是有不平等的狀況。沒有模式將難以描述操控這種分配與這些不平等

---

❾ 譯註：奈及利亞的首都。

[45] Carneiro (1986).

性所導致的社會關係的那些原則。社會行爲者本身經常使用空間的隱喻，不論他們提到社會「階梯」、社會「金字塔」，或「上層」或「下層」階級，或者，將個人或集團描述爲「往上看」（崇敬）或「往下看」（輕視）他者。社會理論家亦復如此。「社會階層化」（social stratification）和「社會結構（下層建築、上層建築）」便是援借自地質學和建築學的隱喻。

　　儘管有這一事實，意即馬克思在《資本論》裡討論「階級」章節只有寥寥幾行，接著便是惹人乾著急的編註：「此處手稿中斷，」不過，他的社會結構模式當然還是最著名的。許多人用拼圖般的方式，嘗試將馬克思其他著作裡的片斷拼湊在一起，以補充缺少的章節。[46]

　　對馬克思而言，階級是生產過程裡有著特定功能的社會群體。地主、資本家、以及除了雙手之外一無所有的工人，是三種主要的社會階級，其相當於古典經濟學中的三種生產要素，意即土地、勞動、以及資本。這些階級的不同功能使其有相互矛盾的利益，而且使其易於用不同的方式來思考和行動。因此，歷史便是有關階級衝突的事蹟。

　　此一模式最常遭受的批評也是最不公平的，意即批評它在作簡化。模式的功能正是在於簡化，以便讓真實的世界更

易於了解。好比說，研究英國19世紀的社會史家處理戶口調查之類的官方檔案時發現，這些檔案用了許多令人困惑的職業範疇來描述人口。要想對英國社會作出一般性陳述的話，那找到將這些範疇打散成更概括性範疇的方式便有其必要。馬克思提供了若干概括性的範疇，也對他的抉擇標準作了解釋。他提供給社會史「骨幹」（backbone），而這是社會史遭指控說其所缺少的。[47] 的確，他排除了每個群體內部的變動而強調三種階級之間的差異，而且他也忽略了不易納入其範疇的自營業者之類的邊緣案例，不過，我們卻希望從模式裡得到這類的簡化範疇。

　　更讓人擔心的是，馬克思的模式並不像表面上那樣清楚和簡單。評論者已經指出，他所運用的「階級」這一術語，有好幾種不同的意義。[48] 有些時候，他將階級區分成三種，意即土地所有者、資本所有者、以及勞動所有者。然而，另一些時候，他只將階級區分成兩種，意即剝削者與被剝削者、壓迫者與被壓迫者。有時，馬克思使用一種廣泛的階級定義，而據此定義，羅馬的奴隸和老百姓、中古的農奴和受雇者都是相同階級，且對立於貴族、領主、以及雇主。在其他時候，他運用了狹隘的階級定義，而據此定義，法國農民

---

[47] Perkin (1953-1954).

[48] Ossowski (1957); Godelier (1984), 245-252.

在1850年並非一個階級，因為他們缺乏階級意識，換言之，他們缺乏跨越區域界限的休戚相關意識。依他的說法，他們僅僅是相似但又不同的個人或家庭的集合體，活像是「一袋馬鈴薯」！

　　這種對意識的強調值得再稍作澄清。它暗示，階級幾乎就是涂爾幹式的社群。因此，我們勢必提出這一顯而易見的問題：階級內部是否就像階級之間那樣也有衝突。基於這一理由，馬克思主義分析便採用了階級裡有自主「部分」（fraction）的這一理念。當「工人階級」成員缺乏必要的休戚相關意識時又想提及它，於是便創造了「可歸因的」（ascribed or imputed）階級意識這一術語。我必須坦承，我不覺得「不自覺的意識」這一理念有多大的用處。階級「利益」這一用語當然較為清楚而又較不會引起誤解。[49] 晚近，一位批評家甚至還談及了「階級概念的危機」，因為很難找到具有共同意向的社會群體。[50]

　　下述的狀況並不會讓人十分驚訝，意即覺得階級模式相當有用的歷史學家，是那些關切工業社會，尤其是英國的工業社會（意即馬克思本身描寫的社會，也是許多當代人運用階級用語的社會）的人。[51] 又如，行為者的模式與歷史學家

---

[49] Poulantzas (1968); Lukács (1923), 51.

[50] Reddy (1987), 1-33.

[51] Briggs (1960); Jones (1983).

階級

的模式之間也有一種明顯的呼應。然而,將模式的適用性擴大,換言之,嘗試將它運用於它原先被規劃的領域之外,那它的優缺點也就變得更爲明顯了。基於這一理由,討論用階級角度分析前工業社會的這一相當具爭議的嘗試,會更有啓發性的。

這類分析有一個耳熟能詳的範例,乃是蘇聯歷史學家波里斯‧波士涅夫(Boris Porshnev)[10]的一部有關17世紀早期的法國民衆反叛的專論。從諾曼第(Normandy)到波爾多,尤其是1623到1648年之間,市鎮和鄉間都有許多這類的反叛。波士涅夫強調那些使得地主與佃戶、雇主與受雇者、統治者與被統治者之間對立的衝突,而且將造反者描述成擁有明確目標的人,他們想推翻統治階級,終結壓迫他們的「封建」體制。他的著作遭到羅蘭‧穆尼耶(Roland Mousnier)[11]及其追隨者之類的法國歷史學家,批評說他時代錯置,因爲他堅持運用馬克思廣義的「階級」這一術語來描述17世紀的衝突。依這些歷史學家的說法,這些反叛是爲了反抗中央政府的增稅,而其所表現的,是巴黎與各省之間的衝突,而非統治階級與人民之間的衝突。在地方的層次上,這些反抗所顯現的是凡夫俗子與貴族、都會與鄉村之間

---

[10] 譯註:1905-1972。
[11] 譯註:1907- ,年鑑學派歷史學家。

的連結而非衝突。[52]

地位

　　此刻，假定前文所綜述的批評有完全的論據，意即階級模式無助於了解17世紀法國的社會反抗或社會結構，那麼歷史學家該以什麼模式取代它呢？

　　依波士涅夫的主要批評者羅蘭・穆尼耶的說法，適於這一特定分析的模式，是三個社會階層，或者三種等級的模式：神職人員、貴族、以及其餘的人。這是當代人所使用的一種模式，而穆尼耶便極力運用了一位17世紀法國律師夏爾・盧瓦索（Charles Loyseau）的論文〈等級與尊嚴〉（"Orders and Dignities"）。法律神聖化了這三種社會區分。1789年大革命以前，法國的神職人員和貴族是擁有特權的等級，如免除稅賦，而無特權者則構成了剩餘的「第三等級」。因此，穆尼耶聲稱，波士涅夫想把只適於大革命之後的時期的概念，施加在舊體制身上。

　　值得指出的是，穆尼耶不光是從17世紀的論文裡推導出他的社會理論；他也研讀了諸如美國的伯納德・巴伯

---

[52] Porshnev (1948); Mousnier (1967, part 1); Bercé (1974); Pillorget (1975).

（Bernard Barber）之類的若干社會學家的作品。[53] 這些社會學家所身處的傳統，其中最卓越的人物代表便是馬克斯‧韋伯。韋伯將「階級」跟「等級」或「地位團體」（Stände）作了區分。他將階級界定爲大衆的群體，其生活機會（Lebenschancen）受到市場情勢的決定，而「地位團體」的命運則受到其他人授予其地位或榮譽（Ständische Ehre）的決定。「地位團體」的地位，一般雖是因出身而取得，而且根據法律來界定，不過，卻顯示在他們的「生活方式」（Lebenstil）上。馬克思從生產的角度來界定階級之處，韋伯則幾乎是從消費的角度著手界定等級。他提出說，終究是財產確立了地位，不過，以目前來說，「有財者與無產者都能夠隸屬於同一種等級（Ständ）。」[54] 韋伯顯然從歐洲傳統的「三個等級」的理念裡，推導出他的「地位團體」概念，而該理念可回溯到中世紀。他顯然也精煉了這一理念，使其更具分析性，於是，用韋伯式的角度分析17世紀，並不像看起來那樣是在繞遠路。

　　韋伯的模式是提出來作爲馬克思模式的替換物，而馬克思主義者也反過來回覆了韋伯。舉例來說，他們指出，像「地位」之類的價值觀，與其說是一種社會普遍共識的表

---

[53] Barber (1957); Arriaza (1980).
[54] Weber (1948), 186-187.

述，不如說是居支配地位之階級——或多或少成功地——想
要施加在其餘個人身上的價值觀。[55] 我們可能也會爭辯說，
當代人有關某一特定社會結構的若干陳述，不該被看成是中
性的描述，而應該看成是某特定團體之成員用以證明其特權
有理的嘗試。舉例來說，將中古社會分歸為三個等級或三種
職能的著名區分，即「祈禱的人、戰鬥的人、以及勞動的
人」，看起來活像在證明不勞動的那些人的地位是正當的。歷
史學家喬治・迪比（Georges Duby）[12] 在一部出色的論著裡，
適度地運用了社會理論家路易・阿圖塞（Louis Althusser）[13]
（詳後，頁196），考察11和12世紀法國社會的這三重區分的
崛起，而且從當時的社會和政治情勢之角度，解釋這種區分
的成功。[56]

　　針對17世紀法國社會的論辯，或可爭辯說，穆尼耶太
過輕易地接受官方對社會制度的看法。夏爾・盧瓦索律師並
不是一位中立、冷靜的旁觀者，而穆尼耶卻相當倚重他對社
會結構的描述。他不是單純地描寫他那時代的法國社會，而
是從佔有社會內部特定地位的人——意即，有貴族頭銜的官

---

[55] Parkin (1971), 40-47.

[12] 譯註：1919-，年鑑學派歷史學家。

[13] 譯註：1918-1990，法國馬克思主義社會哲學家、法國共產黨的理論
家。

[56] Duby (1978); Althusser (1970).

員——的立場，表達他對法國社會的看法。他的看法應該跟那些否認官員有崇高地位的傳統貴族的看法作比較和對照，而且可能的話，也應該跟同一社會之民眾的看法作比較和對照。[57]

馬克思和韋伯之間的論辯因這一事實而變得複雜，意即兩者都想回覆有關不平等性的不同問題。馬克思尤其關切權力和衝突，而韋伯則對價值觀和生活方式感到興趣。階級模式變得跟視社會本質上為衝突的、幾乎無團結一致狀況的看法有關連，而等級的模式則變得跟視社會本質上為和諧的、幾乎無衝突的看法有關連。兩種模式都體現了重要的洞見，不過，過度簡化的危險也是顯而易見。

因此，這麼做或許是有用處的，意即將相互競爭的這兩種模式當作是互補而非矛盾的審視社會的方式，而兩者皆為了凸顯社會結構的一些特徵而付出模糊另一些特徵的代價。[58] 等級模式似乎相當切合於前工業社會，而階級模式則相當切合於工業社會，不過，違反本性地同時運用這兩種模式，或許也能獲得洞見。

一如我們所知，既然相互競爭的這兩種概念皆源於歐洲的脈絡，那麼研究非歐洲社會的歷史學家就不得不同時運用

---

[57]　比較 Sewell (1974)。

[58]　Ossowski (1957), 172-193; Burke (1992a).

這兩種模式。舉例來說，中國王朝的官吏是一種地位團體，還是一種社會階級呢？將印度的種姓重新界定爲一種地位團體會有用一點，或者，將印度社會看作是一種獨特的社會結構形式會更好一些呢？法國人類學家路易‧迪蒙（Louis Dumont）是後一種看法最有力的擁護者。他爭辯說，隱藏於印度社會底下的不平等性的原則，尤其是血統純正性，不同於它們在西方的對應物。不幸的是，迪蒙卻進一步確認了印度的階層社會和西方平等社會之間的對比，宛如神職人員和貴族這類的特權等級在歐洲從來不曾存在過。[59]

　　事實上，血統純正的概念在近代歐洲有時被運用來證明某些社會群體的地位是有理的。尤其在西班牙，形式上，「血統純正」（limpieza de sangre）是高尙地位的基本要素；在別的地方，像法國，貴族便經常將等級較低者描述爲不純潔的。[60] 而這類的概念是被用來——不成功地——阻擋社會流動的。

社會流動

　　就像「階級」那樣，社會流動是歷史學家相當熟悉的一

---

[59] Dumont (1966,1977).

[60] Devyver (1973); Jouanna (1976).

個術語，而且許多專著、討論會、以及學報的專刊都致力於此一主題。或許，歷史學家較不熟悉的是社會學家所作的若干區別；至少，歷史研究納入了其中三種區別可能會有用處的。第一種區別是沿社會階梯向上運動與向下運動之間的區別；而有關向下流動的研究，則受到不當的忽略。第二種區別是個人一生之中（如同社會學家所言，一代裡 [intrageneration]）的流動，跟兩代之間（intergenerational）的流動的區別。第三種區別是個體流動與群體流動之間的區別。舉例來說，英國的大學教授在一個世紀以前，享有比今日還要高的地位。反過來說，歷經同一段時期，某些印度種姓則顯示出社會地位的提升。[61]

　　針對所謂「鄉紳的崛起」的論辯裡，個體流動與群體流動之間的區別，並未劃分得夠明確。1950年代，陶尼（R. H. Tawney）❹ 在一篇著名的論文中爭辯說，1540至1640年這一世紀裡，英國鄉紳的財富、地位、以及權力增加了。[62]接下來的論辯裡，愈來愈清楚的是，論戰者有時混淆了以下的狀況：某些個人由小地主上升為鄉紳、另一些個人由鄉紳上升為貴族、以及整體的鄉紳相對於其他社會群體的上升。

　　社會流動史裡有兩個主要的問題——流動比率的變遷，

以及流動模式的變遷。有人評論說，各斷代的歷史學家似乎都對「他們斷代的」社會是封閉和停滯的這一責難感到氣憤。儘管一位拜占庭皇帝曾諭令，子承父業，不過，任一階層化社會不可能一直處在完全停滯的狀態，而這意謂著所有的子女，不論男性或女性，不可能都享有（或者忍受）跟他的雙親一樣的地位。順帶一提，在父系社會裡我們所謂的男子的「顯性」流動，跟女子因婚姻而更改姓氏的「隱形」流動之間，也要作重大的區別。

探討某一特定社會裡的社會流動，關係重大的當然是比較的問題。舉例來說，17世紀英國（向上或向下的）社會流動的比率，比起17世紀的法國、17世紀的日本，或英國較早或較晚時期的比率，是更高或更低呢？一種比較的、定量的研究取向，實際上是強人所難的。就20世紀工業社會的情況來說，一部著名的專論總結說，儘管美國人強調機會的平等性，不過，西歐的社會流動比率卻不比美國來得低。[63]要沿著這些路線，對工業化以前的歐洲作比較研究，會很困難的，不過，也會有重大的啟發性。

一篇有關中國明清時期（意即從1368到1911年）的專論，為這些不易察覺的陷阱提供了一則範例。該篇專論爭辯說，在同一時期裡中國社會比歐洲社會開放得多了。為中國

---

[63] Lipset and Bendix (1959).

此一異常高的社會流動比率提供證據的，是科舉考試中舉應試者的名錄，因這些名錄提供了有關應試者之社會起源的訊息。然而，如同一位批評家很快就指出的，「有關統治階級之社會起源的資料，並不等於流動的總體數量的資料，也不等於下層民眾之生活機會的資料。」為什麼不等於呢？因為考慮菁英的相對規模是有其必要的。如同菁英的字義所言，政府官吏不過構成中國人口的一個小百分比。儘管通往這類菁英的道路，相對上是開放的——甚至連這一點也是有爭議的——不過，商賈、工匠、農民等等的子弟的生活機會仍舊是不佳的。[64]

　　探究社會流動的第二個主要問題，攸關社會流動的模式，換言之，通向頂峰有各式各樣的道路，而且潛在的力爭上進者的路上也有不同的障礙（向下的流動可能呈現出較少的變化）。倘若人類社會的上升渴望是永恆不變的，那麼上升的模式卻會因時地而有所改變。舉例來說，中國有很長一段時期（從6世紀尾聲到20世紀初期），登峰的捷徑，或登峰造極的路徑，是由科舉制度所提供的。馬克斯・韋伯曾評論說，在西方社會裡，陌生人會被問道他的父親是誰，不過，在中國社會裡，他會被問道已通過了幾道的科舉考試。[65]

---

[64] Ho (1958-1959); Dibble (1960-1961).

[65] Weber (1964), ch. 5; Miyazaki (1963).

科考成功是進入中國官僚體系的主要方法，而官僚體系裡的職位又獲致了地位、財富、以及權力。實際上，此一體系並不像理論上那樣值得讚許，因爲那些傳授科學考試所需之本領的學校，窮人子弟是不得其門而入的。然中國招募官員的制度——它引起了19世紀中葉英國文官制度的改革——還是前工業化政府所能發展的最複雜的嘗試之一，而且很可能也是在依能力取才上最成功的嘗試之一。[66]

　　在這方面，跟中華帝國相匹敵的，主要是鄂圖曼帝國統治者尤其在15和16世紀徵召的所謂「孩童貢」（devshirme）。在此一制度裡，管理菁英和軍事菁英都是選拔自被征服的基督徒。這些孩童顯然是以他們的能力作爲選取根據，而且給予全面的教育。包括了最聰明孩子的「A等能力小組」，從事蘇丹（Sultan）居家的「內部差事」（Inside Service），而這可能讓他們邁向首相（Grand Vizier）之類的重要職位，而「B等能力小組」則在軍隊裡從事「外部差事」（Outside Service）。所有的被徵召者必須改信穆斯林。他們改信帝國裡居支配地位的宗教，是有切斷他們的文化根基，讓他們更仰賴蘇丹的效果——的確，是有這一功能。既然穆斯林勢必將他們的孩童教養成穆斯林，那麼改宗就會致使菁英成員的子弟不適任於公職。[67]

---

[66] Sprenkel (1958); Marsh (1961); Wilkinson (1964).

[67] Parry (1969); Inalcik (1973).

在前工業化的歐洲裡，社會流動的主要途徑之一是神職人員。根據斯湯達爾（Stendhal）的著名分類，比起軍隊裡著「紅裝」的幹才，教會裡著「黑衣」的幹才其職業生涯更為通暢。農民之子甚至最後還可能在聖職生涯裡成為教皇，就像16世紀後期的聖思道五世（Sixtus V）那樣。政府機構的高階職位，也可能聘用重要的神職人員來擔任。舉例來說，歐洲17世紀時，政府機構中重要的大臣，包括了服務於法國國王的紅衣主教李希留（Richelieu）❺和馬薩林（Mazarin），服務於哈布斯堡皇帝的紅衣主教克賴斯爾（Khlesl），以及服務於查理一世的大主教威廉‧勞德（William Laud）。李希留出身下層貴族，克賴斯爾卻是一位麵包師傅的兒子，而勞德則是瑞丁（Reading）❻地區一位紡織業者的兒子。對歐洲的統治者而言，任命天主教神職人員，尤其任命他們擔任大臣的優點之一，是他們沒有能夠繼承他們職位的合法子女。就此層意義而言，神職人員的運用，可比擬作鄂圖曼帝國對孩童貢的信賴，也可比擬作羅馬帝國和中華帝國任用太監承擔高階職位。這些都是厄尼斯特‧蓋爾納所謂的「去勢」（gelding）的範例。[68]

在前工業化歐洲裡，社會流動的另一條主要途徑是司法

---

❺　譯註：1585-1642，Armand Jean du Plessis，法國樞機主教及政治家。

❻　譯註：英格蘭波克郡首府所在地，在倫敦西部約35哩處。

[68]　Gellner (1981), 14-15.

界。16和17世紀，整個歐洲需要被訓練成律師的人，擔任
漸次增長的國家官僚體系裡的職位。基於此一理由，不論兒
子喜歡與否，對兒子有企圖心的父親都將他們送去研讀法律
（不遵從父親這方面願望的兒子，有馬丁‧路德和喀爾文）。[69]

炫耀性消費與象徵性資本

在近代歐洲裡，另一種提升社會地位的方式，乃是模仿
較高社會等級之群體的生活方式，加入「炫耀性消費」
（conspicuous consumption）。我在本章的稍早處，討論過威托
爾德‧庫拉對古典經濟學之法則的批評，因為這些法則無法
說明若干群體，諸如17和18世紀波蘭權貴的實際經濟行
為。這些貴族並不符合習用的「合乎經濟效益的人」的模
式。他們感興趣的不是受益或節儉，而是穩固的收入，以支
付法國葡萄酒之類的進口奢侈品的開銷；這便是「炫耀性消
費」的一種形式。此一措辭可回溯到19世紀尾聲的美國社
會學家索爾斯坦‧維勃勒身上。

此一措辭構成了某一理論的一部分。維勃勒——一位熱
情的平等主義者，也是一位過著極度儉樸生活的人——爭辯
說，菁英，意即他所謂的「有閒階級」，僅因「爭勝」心的

---

[69] Kagan (1974); Prest (1987).

驅使，而有非理性和浪費的經濟行爲。夸扣特爾族是居住在加拿大太平洋沿岸的印第安民族，而他則將人類學家弗朗茨‧鮑亞士研究夸扣特爾族時所獲致的結論，應用到前工業社會和工業社會。夸扣特爾族最著名的慣例是「冬季贈禮節」（potlatch）❶，意即酋長自毀物品（尤其是毛毯和銅盤）。此一自毀舉動是展現某一特定酋長比他的對手擁有更多的財富，從而羞辱他們的一種方式。這是「以財富作戰鬥」的一種手段。[70]

晚近，法國社會學家皮耶‧布赫迪厄致力於此一研究取向，意即把人們──尤其是上層和中層階級的法國人──將自身跟他者作區分的消費策略，當作更一般性研究的一部分。就像鮑亞士和維勃勒那樣，他爭辯說，「經濟力量是讓自身遠離經濟上之貧困的首要和最重要的力量；這就是爲何經濟力量總是具有下述的特質：財富的自毀、炫耀性消費、浪費、以及各種形式無義務的奢侈品。」表面上的浪費，實際上卻是將經濟資本轉換成政治、社會、文化、或「象徵性」的資本的一種手段。[71]

❶ 譯註：北美洲西北部印地安人冬季的一個節目。在此節目中，主人慷慨地分贈禮物給賓客，亦希望獲得回贈，並大肆破壞自己財物，以炫耀其財富，之後並饗以盛宴。

[70] Veblen (1899)；Boas (1966)；比較 Codere (1950)。

[71] Bourdieu (1979).

　　社會史家漸次採納了炫耀性消費這一概念，而許多有關16和17世紀英格蘭、波蘭、義大利、以及其他地方的菁英的論著，也熟悉此一概念。[72] 這些論著不只是闡明此一理論，而且在許多方面，也對它作了雕琢和調整。舉例來說，歷史學家忠於其詮釋學傳統，強調說至少若干當代人知道當時發生了什麼，而且也以類似維勃勒的角度去作分析。近代時期，「莊嚴」（magnificence）這一關鍵概念，相當貼切地概括了從財富向地位和權力的轉換。小說作家清楚地意識到，地位象徵，尤其是衣著的重要性。西班牙16和17世紀「以流浪漢冒險爲題材的文學」（literature of the pícaresque），其焦點正是集中於英雄（實際上，是個歹徒或流浪漢[picaro]）想冒充貴族時所憑藉的那些手段。不只是小說作家意識到象徵在爭取高尚地位時的用途。17世紀格但斯克市（Gdansk）❸的一位市長，甚至在屋舍的正面題上「讓人嫉妒」（pro invidia）這一箴言。差不多在同時，一位佛羅倫斯作家言及「富人想讓自己跟其他人作區分，」而一位熱那亞作家則將他的城市之貴族，描述成用超出其所需的開銷，「讓那些望塵莫及的人懊惱，也讓他們欽羨不已。」[73] 一位17世紀的英國作家，以類似的心情，批評英國柏克萊家族（the Berkeleys）

---

[72] Stone (1965); Bogucka (1989).

❸ 譯註：波蘭北部一港市，舊稱但澤。

[73] Burke (1987), 134-135.

的一位貴族過於好客，說他「將他所有的收入都耗到廁所上頭去了。」[74]

最後的這幾則評論，顯然有說教和諷刺的況味。它們提醒我們，有必要區分同一社會內部對於炫耀性消費的不同態度。歷史學家已經指出，在近代歐洲，將「莊嚴」當成大人物之義務的看法，跟「莊嚴」示例了精神上之自豪的這種想法同時存在。實際上，炫耀性消費似乎隨地區而有所不同（舉例來說，義大利較高，荷蘭共和國較低），而且社會群體也相互有別；由於競爭性消費在17世紀明顯到達了頂峰，炫耀性消費在長時間裡也有所變化。

進一步精煉這些概念，我們或可說，差異策略具有不同的形式，包括炫耀性地節制消費，意即實際上不局限於新教徒的一種「新教倫理」（如同馬克斯·韋伯對它的稱呼）。這種選擇在18世紀，這個爭辯「奢侈」引起有害後果的年代，似乎愈來愈風行。然而，值得指出的是，這種策略讓競爭性消費得以免於自我毀滅性的後果。

炫耀性消費只是一個社會群體，表明其自身優於另一群體的一種策略。反過來說，此一特定形式的行為，卻又不只是這麼一種策略而已。歸結成理論的危險之一便是化約論，換句話說，就是將世界看成不過是理論之闡述的那種傾向。

---

[74] 引自 Stone (1965), 562。

在這種情況下，「消費者只不過是想誇示他們的財富和地位」的這一預設，遭到了英國社會學家科林‧坎貝爾（Colin Campbell）的抨擊，而他提出，人們購買許多奢侈品的眞正原因，乃在於維持自身的形象。[75]

改正化約論傾向的最簡單手段，便是轉向對手的理論。因此，在這一點上，從另外一種角度，意即交換（exchange）或互惠（reciprocity），看待炫耀性消費，或許會有用處。

互惠

如同上一節那樣，一則具體的範例便提供了一個適宜的出發點。我們就從弗朗茨‧鮑亞士對夸扣特爾族冬季贈禮節的描述，轉向弗雷德里克‧巴思（Fredrik Barth）對斯瓦特的帕坦族（the Swat Pathans）[⑲] 的記述吧。與夸扣特爾族的酋長相似，可汗是地位和權力的競逐者；他們將財富花費在禮物和對客人的款待上，以便增加擁護者。每位可汗都具有一己的權威，而這是他從每位擁護者身上所能「奪取」的事物。「擁護者找尋那些給他們最大利益和最多安全的領袖，」並回報以自己的協助和忠誠。大量的擁護者賦予領袖威嚴

---

[75] Campbell (1987, 1990).

[⑲] 譯註：斯瓦特，昔日印度一侯國，在今之巴基斯坦；帕坦人，信回教的阿富汗人。

互惠

（izat），以及羞辱其對手的權力。反過來說，滿足其擁護者的這一義務，又迫使可汗彼此競爭。在威嚴視排場而定的帕坦社會裡，儘管有經濟困難的可汗，為了供養訪客和隨從而不得不變賣土地，不過，他卻不會減少他對客人的款待，手筆甚至還會更大。有一位可汗向巴思所說的短評，總結了潛藏於這種弔詭底下的邏輯：「唯有不斷地展現實力，才不會讓以大欺小的人過於接近。」[76] 巴思的個案研究同時兼具生動的描寫和鞭辟入裡的分析，它既闡明了互惠的經濟狀況，也闡明了互惠的政治策略。

首先，就古典經濟學的標準而言，許多前工業化社會裡的行為是不理性的，而帕坦族便是其中一例（比較前述，頁112-113）。就像夸扣特爾酋長那樣，可汗對於為財富而積累財富不感興趣；他們將財富花費在款待客人上。

倘若古典經濟學的理論未能說明夸扣特爾族和帕坦族的實際作為，那麼它顯然是需要作修正的。1940年代，卡爾‧博藍尼（Karl Polanyi）[20]──就像20年後的庫拉那樣──批評經濟學家自以為其概括論斷是有普遍效度，且提出了必要的修正。依博藍尼的說法，有三種基本的經濟組織體系。只有其中的一種，即市場體系，是視古典經濟學之法則

---

[76] Barth (1959).

[20] 譯註：1886-1964，匈牙利經濟學家。

而定的。而博藍尼稱另外兩種組織模式爲「互惠」體系和
「再分配」體系。[77]

互惠體系是以禮物爲基礎的。在一部有關西太平洋島嶼
的專論裡，人類學家馬林諾夫斯基指出了一種循環的交換體
系的存在。貝殼臂鐲循著一個方向交換，貝殼手鐲則循著另
一個方向交換。如同他指出的，這種交換雖不具經濟價值，
不過，卻維繫了社會連帶。在討論禮物的名著裡，馬塞爾‧
牟斯（Marcel Mauss）[21]根據這類的範例作了概括，他爭辯
說，此一「古樸形式的交換」有著重大的社會和宗教意涵，
而且它以三種不成文的法令爲基礎，即給予的義務、接受的
義務、以及回報的義務。[78]沒有「免費」的禮物這回事！博
藍尼在三種經濟體系模式裡，作了進一步的概括，將禮物當
成第一種模式的主要特徵。

博藍尼的第二個體系，是以再分配爲基礎的。禮物是地
位同等者之間的交換，而再分配則視社會階層而定。貢品流
入帝國的中心，再向外流到各省。像帕坦族可汗之類的領
袖，便將他們從外人那裡獲得的物品，分配給他們的擁護
者；他們並不期待擁護者後來會歸還物品，而是期待其提供
人類學家所謂的某些其他形式的「回報」（counter-

---

[77] Polanyi (1944)；比較 Block and Somers (1984)。

[21] 譯註：1872-1950，法國人類學家。

[78] Malinowski (1922)；Mauss (1925)；比較 Firth (1967), 8-17。

prestation)。

　　儘管歷史學家往往忽略了博藍尼對於互惠與再分配之間所作的區分，也往往將古代和現代這兩種體系作對比，不過，這些觀念對於關切前工業化社會之經濟生活的歷史學家卻有相當程度的影響。舉例來說，俄國的中古史專家阿宏‧古列維奇（Aron Gurevich）在研究中古斯堪的那維亞的禮物交換時，便汲取了馬林諾夫斯基和牟斯的看法，分析伴隨禮物而來的那些儀式，即舞臺裝置（慣常是一場盛宴）、各種饋贈的物品（劍、戒指等等）、報酬的義務，諸如此類。他的法國同行喬治‧迪比，則強調禮物交換在中古早期的經濟增長中之功能。布勞岱關於近代時期物質生活和資本主義的頗具雄心之作，在相當程度上也受惠於博藍尼的理念，而且對博藍尼的理念作了數度的徵引。[79]

　　不論最初是否得自於對博藍尼的解讀，湯普森具有影響力的「道德經濟」理念，或可在這一傳統中找到位置。如同我在前文所提出的，「道德經濟」的理念是由歷史學家創造且稍後被其他的學科之實踐者採用的概念之一，而這類的範例相對而言並不多。確切地說，湯普森是在安德魯‧尤爾（Andrew Ure）㉒的《製造業的哲學》（*Philosophy of*

互惠

---

[79] Gurevich (1968); Duby (1973); Braudel (1979), 2, 26, 225, 623.

㉒ 譯註：1778-1857，英國經濟學家。

Manufactures, 1835）裡，發現了「工廠體系的道德經濟」這一措辭，而該書將宗教當作此一體系的「道德手段」（moral machinery）的一部分，並從經濟的角度加以討論。然而，湯普森翻轉了尤爾的思維，運用這一措辭來指涉18世紀經濟困難時群眾所強行要求的一種以合理價格理念為基礎的道德化的經濟學。[80] 那些群眾是否如湯普森所言的那樣回顧過去的黃金時代，還是一件有爭議的事。但清楚的是，有關其他社會——其中有距離英國相當遙遠的東南亞社會——的研究，已確定「道德經濟」是個豐富的概念。[81]

恩庇與腐化

從經濟的觀點看，斯瓦特的帕坦族提供了一則引人注目的範例，一種存留至當代世界的再分配體系（巴思的書所根據的田野調查，是在1950年代進行的）。帕坦族社會的政治結構同樣值得留意；它以庇護為基礎。

恩庇或可界定為，以地位等級不同者——領袖（或恩庇主）與他們的擁護者（或扈從）——之間的個人關係為基礎的一種政治體系。一方要為另一方提供一些事物。扈從以各

---

[80] E. P. Thompson (1963, 359ff; 1971).

[81] Stevenson (1985); Scott (1976).

式各樣的象徵形式（服從的姿態、尊敬的語言、禮物等等），表達他們對恩庇主的政治支持和尊從。就恩庇主這一方而言，他們提供給厄從的是款待、工作、以及保障；而這是他們能將財富轉變為權力的原因所在。

　　儘管這似乎相當貼近所觀察到的現實，不過，恩庇體系這一概念卻有內在的難題。任何社會不論多麼「現代」，都存在著某種程度的恩庇。然而，在若干社會裡，「科層制」規範微弱，而「垂直連帶」尤其強烈，這樣的社會或可描述為以恩庇體系為基礎的社會。[82] 然而，問題還是沒有解決。「恩庇主與厄從之間的連結是基礎的」這一預設，就像「等級社會」（參見前文的討論，頁138-139）之理念那樣，會造成觀察者和歷史學家忽略了同一階級的連帶，或統治者與被統治者之間的衝突。[83]

　　人類學家和社會學家對恩庇的運作方式，尤其是地中海世界的恩庇的運作方式，作了許多分析。他們的結論破壞了，或者相對化了所謂的「古典」政治理論，就像博藍尼及其他人有力地相對化了古典經濟理論那樣；它們指出，不能將議會民主制和科層制──就像經濟學裡的市場那樣──當成是一種普世性的政治模式，況且別的體系也有其自身的邏

---

[82] Johnson and Dandeker (1989).

[83] Silverman (1977); Gilsenan (1977).

輯，不能簡單地將這類體系當成是「腐化」，或者「前政治的」（pre-political）組織形式。[84]

倘若我們注意一下15世紀的英格蘭，尤其是帕斯頓（Paston）家族的通信裡所顯現的東英格利亞（East Anglia），那麼我們就會發現，那是一個在某些重要方面跟斯瓦特相似的社會（雖說從火器廣泛運用到後殖民情境的範圍內有重大的差異）。在英格蘭，土地的取得也是成年男子的主要目標之一，而且有時會採取暴力的形式來爭奪土地，就像約翰・帕斯頓（John Paston）的葛瑞斯漢姆（Gresham）莊園遭其有權勢的鄰居莫林斯爵士（Lord Moleyns）佔取的那種情況。在英格蘭，地方性領袖（「爵士」或「雇主」）與其擁護者（被喚作「同伴」或「支持者」）之間的結合，也是那種社會組織的基礎。不起眼的人需要大人物這樣的「尊貴閣下」。擁護者不僅以順從向領袖獻慇勤，而且也以禮物討好領袖。如同帕斯頓家族的某位通信者所觀察到的，「人不能空著手去誘回老鷹。」反過來說，領袖需要擁護者，以便增加他們的名望或「聲望」（就像帕坦族所說的，他們的威嚴）。因此，他們隨時歡迎客人的來臨，而且提供「制服」——換言之，跟領主家族的顏色有關的獎賞衣著，而穿上它就表明了忠誠和支持——給他們的擁護者。歷史學家過去將這一社會

---

[84] Gellner and Waterbury (1977).

行爲詮釋成，對於玫瑰戰爭期間中央政府當局瓦解的一種反應，如今證實它是一種更爲普遍的趨勢中的一則範例而已。

政治生活中存在著恩庇主與扈從的關係，對若干歷史學家而言並不新鮮。實際上，劉易斯‧納米爾（Lewis Namier）㉔在1920年代就提出了令當時的人震驚的論證，即惠格黨和托利黨在18世紀的政治裡並不重要。真正重要的是「宗派」；換言之，真正重要的是恩庇主周圍的一群扈從。這群人不是因爲某一意識形態或計畫而結爲一體的，而是因爲跟某一領袖有共同的關係。類似地，20年後，尼爾（J. E. Neale）從大人物之間的競爭（萊斯特 [Leicester] 伯爵 vs 諾福克 [Norfolk] 公爵，艾薩克斯 [Essex] 伯爵 vs 塞梭家族 [the Cecils]）這類角度，描述伊麗莎白時期的政治圈。每位大人物都受到一群彼此有互動聯繫之扈從的包圍。在一次盛大的社交場合上，萊斯特讓扈從繫上藍飾帶，以顯示他們的人數有多麼的龐大，而諾福克則讓支持者繫上黃飾帶以資對抗。85

有關都鐸（Tudor）和斯圖亞特（Stuart）王朝貴族階級的炫耀性消費，勞倫斯‧史東在其著名的記述裡，本質上仿效維勃勒，從浪費這一角度，亦即從「證明迴音大廳和華麗大房的存在有正當理由，以及驅走半空盪的華廈裡的憂鬱和

㉔ 譯註：1888-1960，英國歷史學家。
85 Namier (1928); Neale (1948).

寂寞」的需要這一角度，描述他們的待客場所。[86] 有關弗雷德里克‧巴思，或者，應該說馬塞爾‧牟斯的一種看法，提出了另一種的解釋。尼爾所描述的恩庇護網絡沒有史東所非難的待客場所還能存在嗎？倘若若干貴族在幾乎無法負擔得起之時，還隨時歡迎客人的來臨，那麼或許他們的行為動機，就跟想用這種方式讓以大欺小的人不會過於接近的可汗沒什麼兩樣。[87]

對歷史學家而言，人類學研究取向對於這些問題的主要價值在於，它強調看起來——對現代的西方觀察者而言——經常像是脫序狀態的底下所潛藏的秩序；也在於強調遊戲的規則，以及所有行為者所受到的壓力，即領袖跟擁護者一樣，都不得不繼續扮演他們的角色。最近，若干有關17世紀法國政治的專論，善用了漸增的討論恩庇的人類學文獻。舉例來說，它們指出，紅衣主教李希留怎樣基於私人而非客觀的理由來拔擢他的部屬；換句話說，他不尋求最有能力的人選來擔任某一特定的職位，而是將它提供給他的一位扈從，或者，用17世紀的一個生動措辭來說，提供給他的一個「爪牙」（creature）。他的拔擢方法跟「科層制的」模式大相逕庭（見前，頁86）。然而，這種方法也有其根據。倘若

---

[86] Stone (1965), 555.

[87] 比較 Heal (1990), 57-61。

李希留不用此一方式行事，那麼他在政治上可能就無法倖存。他需要能夠信任的部屬，而且除了親人之外，他只能夠信任他的爪牙，就像君王只能信任其親信那樣。[88]

再者，莎朗・凱特林（Sharon Kettering）有關恩庇主、扈從、以及她（仿效人類學家艾瑞克・沃爾夫）稱之為他們之間的「掮客」（brokers）的專論則爭辯說，17世紀的法國，庇護網絡跟官方的政治體制是並行而又互補，而且禮物的社會儀式也是為政治目的服務的。在這方面，權力亦依賴交換。然而，凱特林也提出，這一體系雖以助長了衝突和「腐化」為代價，卻為政治統合作出了正面的貢獻。我們面對的是這樣一種弔詭：它被認定是一個既有利於穩定且又助長衝突的體系（比較下文，頁211）。[89]

這小節裡幾度浮現的「腐化」的問題，值得稍作進一步的注意。這一術語不過暗示著過去某一時刻裡黃金時代的道德標準衰敗的一種個人判斷嗎？它僅是所謂「科層制」社會的成員用來輕視組織政治生活的其他方式的一種標籤嗎？

假使我們以一種相對超然的方式，將「腐化」界定為偏離某一公眾角色之合法本分的行為，那在什麼樣的社會情勢下，這類行為會出現或層出不窮呢？或者，這麼說更適當，

---

[88] Ranum (1963).

[89] Wolf (1956)；Kettering (1986)；比較 Lemarchand (1981)。

在什麼樣的社會情勢下，它被視為是層出不窮的呢？倘若我們以這種方式表達問題，那麼我們就會了解，腐化有部分是取決於旁觀者的看法。社會的組織愈正規，公共領域與私人領域之間的區分就愈鮮明，而腐化的問題也就愈清楚。

　　就像王室或宮廷「親信」的情況那樣（見前文討論，頁114），同樣值得一問的是，這種腐化行為是否為有牽連的公眾和政府官員履行了某一社會功能。舉例來說，它應該被視為某一形式的壓力集團之活動嗎？這個問題導出了另一個問題。在不同的文化裡，腐化有不同的形式嗎？例如，我們可將官員贈予其親戚和友人的好處，跟這類好處的出售──換句話說，意即根據市場規則來利用職務──作區分。就後一層意義而言，腐化的浮現似乎是18世紀以降市場社會普遍崛起的一部分。[90]

　　法國歷史學家瓦凱（J.-F. Waquet）的一部專論，更揭露了這個問題的另一面貌。18世紀的佛羅倫斯，有若干高階官員受到審訊，他們不是被指控侵吞公共基金，便是被指控收受所服務之私人饋贈的禮物。瓦凱爭辯說，（幾乎可描述為從上級那裡「竊走」權力的）腐化的政治面向，就跟經濟面向一樣重要，而且此一個案也反映出，（一度是自治的）貴族官員對於16和17世紀期間奪取其權力的大公國君主的

---

[90] Klaveren (1957); Scott (1969).

長期抵拒。[91]

權力

　　有關恩庇和腐化的討論，引領我們到權力的問題。至少在西方，「權力」是深植於日常語彙的一個術語，以致於它表面看來可能是沒有疑義的。然而，外表的明確是會使人產生誤解的。有關其他文化的權力理念的研究就顯露這一論點，例如在爪哇，就將權力視為競爭者能夠從對方身上取得的某一形式的創造性能量。[92] 而類似的預設也潛藏於「卡里斯瑪」理念的底下（見前，頁50-51；詳後，頁185-187）。

　　不論是否視之為能量，權力都是常被具體化的一個概念。要假定某一特定的社會裡，某一個人、某一團體、或某一機構——舉例來說，「統治者」、「統治階級」、或政治「菁英」——「擁有」這種權力，而其他人卻沒有，是很容易的。如同美國政治學者哈羅德·拉斯威爾（Harold Lasswell）曾以其慣常的明確風格斷言，「掌握最多的那些人便是菁英；其餘的都是大眾。」[93] 歷史學家經常作這一假定。

---

[91] Waquet (1984)；比較 Litchfield (1986)。

[92] Anderson (1990), 20-22.

[93] Lasswell (1936), 13.

　　然而，某一特定社會裡權力菁英的存在，最好是視之爲
一種假說而不是一種公理。涉及確認此一假說，意即界定此
一概念的種種問題，或可用美國一場著名的針對權力分配的
論戰來作闡明。舉例來說，羅伯特・達爾（Robert Dahl）爭
辯說，只有當社會裡不同團體之間有看得見的利益衝突而需
要對這些議題作出決定時，才能對「菁英模式」作檢測。此
一明確的陳述，當然使得這一討論更加明晰和精確。然而，
達爾不僅因爲他提出說美國是「多元主義的」而非「菁英主
義的」，而且也因爲他對權力的所謂「單向度」看法，亦即
專注於決策，卻忽略了特定集團可將某些議題或委屈從政治
議程上剔除的方式，而遭到了批評。[94]

　　由前工業化歐洲史家的觀點，更不要說從人類學家的觀
點來看，在此一論辯裡所提出的一般性議題，幾乎不可避免
地會讓形式上的民主制政治體系的假設，跟它們產生的那種
壓力團體的假設，糾纏在一起。但還是值得花一些時間，努
力區分出這兩類的問題。舉例來說，在研究17世紀威尼斯
和阿姆斯特丹的貴族時，我覺得達爾檢測「菁英模式」的方
式是很有用處的。有一些歷史學家將17世紀的威尼斯當作
一種貴族的「民主政體」（雖說他們在二十萬的人口裡只有
兩千人之譜）；另一些歷史學家則提出說，一種小型的寡頭

---

[94] Dahl (1958)；Bachrach and Baratz (1962)；比較 Giddens (1985), 8-9。

政治在此一集團內部行使權力。達爾的文章促使我格外小心地考察各種衝突。此一研究策略不包括，「權力唯有在衝突的情勢時才行使，只不過衝突才使其分配更加顯著」這樣的預設。它也不包括，「所有重要的議題都受到公開的討論」這樣的預設，更遑論它們都被記載於倖存的文獻。此一研究策略所作的是將預設變成能加以檢測——至少在了解某一問題上——的假說。[95]

輪到達爾的批評者因他們的「雙向度」看法而遭到史蒂文・盧克斯（Steven Lukes）的批評，因為此一看法雖包括了操控和決策，但忽略的事物可多著呢，像「用人們接受其在現存體制中之角色的那類方式，形塑他們的感知力、認識力、以及偏好，以避免他們……心懷怨懟」的這種權力。[96] 再者，麥可・曼也提出說，「社會是由社會空間裡重疊且交叉的多重權力網絡所組成的。」他進一步區分出權力的四個來源——意識形態來源、經濟來源、軍事來源、以及政治來源。[97] 曼對於意識形態權力的關切，以及盧克斯對於「感知力和認識力」（perceptions and cognitions）的關切，皆暗示著研究權力的學者必須要考察的，不只是政治結構，而且還有政治「文化」。

---

[95] Burke (1974).

[96] Lukes (1974), 24.

[97] Mann (1986), 1, 518-521.

　　政治文化這一術語——1950年代進入了政治學者的論述，而在1970年代進入了歷史學家的論述——或可界定為某一個特定時地流行的政治知識、觀念、以及情懷。它包括了「政治社會化」，換言之，它包括了將知識、理念、以及情懷代代相傳的手段。[98] 舉例來說，在17世紀的英格蘭，孩童在家長制家庭裡成長的這一事實，勢必讓他們更易於接受家長制社會而不會有任何質疑。他們被教導說，順服於國王是聖經十誡之一「尊敬汝父」（Honour thy father）所指示的（關於母親的討論則相當少）。[99]

　　對於權力所進行的這種更具人類學特色的研究取向，其中的一個意涵乃是，不對更廣泛的文化作研究的話，那麼特定形式的政治組織——舉例來說，西方式的民主制——在不同的地域或時期的相對成功或失敗，就不易了解。此一研究取向的另一意涵是，有必要嚴肅看待象徵，也有必要察覺其在動員政治支持時的力量。舉例來說，現代的選舉被當作一種儀式形式來研究，而這種儀式形式專注於人物而不是議題，因為儀式形式使得選舉更具戲劇性且有吸引力。[100] 有更多沿著這些思路的有關稍早時期——好比18世紀英格蘭

---

[98] Almond and Verba (1963), 12-26; Baker (1987).

[99] Schochet (1975).

[100] Edelman (1971); Bennett (1983); Kertzer (1988).

——之選舉的專論，是很不錯的事。

另一方面，晚近，若干法國大革命的專論已經採納了此一觀點，而且將革命的象徵當作運動的核心而非邊陲。像法國歷史學家夢娜・鄂哲芙（Mona Ozouf）的一本書便致力於分析革命的節日——聯盟節、最高主宰節，諸如此類。該書尤其關注這些社會活動的組織者想以什麼方式重建參與者的時空感；他們還有系統地試圖創造出新的神聖空間，例如，巴黎的軍隊操練場（Champ de Mars）❷❹，以便替代傳統的天主教神聖空間。再者，美國歷史學家林・亨特（Lynn Hunt）❷❺已指出，在法國的1790年代，不同的服飾顯示著不同的政治立場。她強調三色花形帽徽、自由帽、以及自由樹（即開始有政治意義的一種五朔節花柱[maypole]❷❻）在理論家所謂的民眾「政治動員」中的重要性。到了1792年5月，已植下六萬棵的自由樹。而革命的理念和理想，就以這類的方式滲透到日常生活裡。[101]

有關政治的另一種文化研究取向，是于爾根・哈伯瑪斯

---

❷❹ 譯註：位於巴黎的一片大廣場，1790年7月14日在此慶祝聯盟節。

❷❺ 譯註：曾任教於加州大學柏克萊分校（1974-1987），以及賓州大學（U Penn, 1987-1998），現為加州大學洛杉磯分校歷史教授（1998-），並獲選為2002年美國歷史學會（AHA）會長。專長領域為法國大革命、性別史、文化史及史學史。

❷❻ 譯註：用花卉裝飾的柱子，於五朔節日供男女圍繞著跳舞。

[101] Ozouf (1976); Hunt (1984b).

（Jürgen Habermas）❷討論他所謂「公共領域」（Öffentlichkeit）
在18世紀的轉型的作品。哈伯瑪斯討論資產階級侵入原局
限於少數菁英的傳統「公共領域」，換言之，「群聚為大眾
的這些個人，」尤其在大城市裡發展了他們自己的據點，像
咖啡廳、劇院、以及報紙。[102] 間隔了大約20年之後，公眾
領域的概念進入了歷史學家的論述。[103]

　　夠諷刺的是，在概念、方法、以及組織上相當受到這一
模式引導的一部歷史專論，卻批評哈伯瑪斯未能論及婦女。
瓊・蘭德斯（Joan Landes）爭辯說，在大革命期間婦女試圖
進入公共領域（《人權宣言》[*Declaration of the Rights of Man*]
之後，隨即有《婦女權利宣言》[*Declaration of the Rights of
Woman*]），卻發現此路不通。「共和國的建立不僅沒有婦
女，甚至還反對她們。」[104]

　　在更一般的層次上，哈伯瑪斯的說明易遭致下述的批
評，亦即他的「公共領域」概念不像看起來的那樣清晰，而
且不同時期、不同文化、以及不同社會群體（以男人和女人
為例），皆可在不同的地方劃出公眾與個人之間的界限。
「政治」（politics）這一術語的情形亦如此；其意義正在擴

---

❷ 譯註：1929- ，德國社會理論家，也是法蘭克福批判理論學派依然健在的
　　主要代表人物。

[102] Habermas (1962)；比較 Hohendahl (1982)。

[103] Crow (1985), 1-22; Dooley (1990), 469-474; Chartier (1991), 32-52.

[104] Landes (1988)，尤其是頁5-12。

大，包括了權力行使時的非正式、隱匿的面相。米歇·傅柯是最早提倡「微觀政治」——換言之，亦即在各類小規模的機構，包括監獄、學校、醫院、甚至家庭裡權力的行使（見前，頁117-118）——研究的人士之一。此一原為大膽的提法，如今就快變成正統看法了。

核心與邊陲

政治的中央集權過程是一種傳統的研究對象。相反地，「邊陲」（periphery）的概念，在相對晚近才變得風行。這是1950和60年代諸如勞爾·普雷比施（Raúl Prebisch）、保羅·巴蘭（Paul Baran）、以及安德烈·貢德·法蘭克（André Gunder Frank）之類的發展經濟學家之間論辯的一個結果。這些經濟學家循著列寧對帝國主義的分析以及馬克思對資本主義的分析的一般方針，爭辯說工業化國家的繁榮與所謂「低度開發」（underdeveloped）國家的貧窮之間的對比，是同一枚硬幣的兩面，也是馬克思所謂資本主義體系裡的結構「矛盾」之寫照：「都會區從其衛星區徵用經濟剩餘，而且挪為自身的經濟發展之用。」從而就有「低度發展的發展」（the development of underdevelopment）這一措辭。[105]

---

[105] Baran (1957); Frank (1967).

　　來自波蘭和匈牙利的歷史學家，運用此一依賴理論以化解歐洲史上的一種顯而易見的弔詭，也就是這一事實：16和17世紀期間，西歐的市鎮崛起和農奴制衰落，跟東歐或「中東部」歐洲的市鎮衰落和所謂「另一個農奴制」的崛起，近乎同步發生。美國社會學家伊曼紐爾・華勒斯坦在他有關資本主義崛起的敘述裡跨出了一步。華勒斯坦結合了拉丁美洲經濟學家和東歐歷史學家的理論，爭辯說西歐的經濟發展，不僅是以東歐的農奴制為代價，而且也是以作為「核心」（core）與「邊陲」之間新分工之一部分的新世界的奴隸制為代價的。他所謂的「半邊陲地區」（semiperiphery）的變遷，尤其是歐洲地中海地區的變遷，組成了同一個世界體系的一部分。在華勒斯坦重建馬克思主義社會變遷理論的過程中，空間概念就這樣扮演著核心的角色（詳後，頁275）。[106]

　　從政治到文化的其他領域，也在使用核心—邊陲的模式。舉例來說，歷史學家威廉・麥克尼爾（William McNeill）[28]以這一模式為主，發展出一部有關鄂圖曼帝國的專論。他運用這一模式去說明歷經幾世代的一系列變遷的有效性，讓這一模式成為詳細討論的一則適當範例。

　　麥克尼爾來自美國的中西部，而任教於芝加哥大學；他

---

[106] Wallerstein (1974)；比較 Skocpol (1977), Ragin and Chirot (1984)。

[28] 譯註：1917-，美國歷史學家。

有關所謂「歐洲的大草原邊境」的專論，顯而易見受惠於弗雷德里克・傑克森・透納（見前，頁58）。然而，他比透納還更關切核心與邊陲之間的關係的性質。他的主要命題乃是，在鄂圖曼帝國裡，「唯有藉著掠奪邊陲地區的社群，核心才能夠長期地維繫大規模的有組織的軍事力量。」由此徵收的有價值物品，讓政權免於壓迫其自身的核心省份的農民；征服而得之物償付了征服的開銷。此外，從被征服之各省的基督教人口裡所徵收的所謂「孩童貢」，助長了一種英才行政制度（見前，頁146-147），不過，麥克尼爾不太強調這一點。

　　鄂圖曼帝國因此跟著不斷的征服而連動。對於鄂圖曼一世家族的成員而言，問題在於，征服不能持續不斷，而且邊境也不可能無限擴張。如同麥克尼爾具說服力地爭辯說，這一擴張過程會打住，根本上是因為後勤的原因。他寫道，「土耳其勢力擴張的唯一實際極限，是蘇丹的軍隊在作戰期間從其冬季軍營所能夠行進到的距離。」

　　此一極限在16世紀後期達到了；那時鄂圖曼與哈布斯堡這兩個敵對帝國之間的均勢陷於僵局。由於「土耳其軍團的作戰中心往往……因行動的有效半徑的極限範圍，而無法繼續往前推進，」於是兩個帝國之間的邊境地帶，自然遭到雙方的蹂躪。

　　當擴張中止的時候，政治體系就開始崩潰，而社會結構

甚至也開始變動。士兵在特定土地屯居下來，「帝國軍事菁
英想要世襲繼承的驅動力就愈趨強烈。」我們或可補充說，
可供選拔入菁英階層的基督徒孩童可能減少了。稅金取代了
掠奪物成為歲入的主要來源，農民階級的負擔因而加重了。
地方性的貴族冒出頭了，而政治體系集權化的程度也愈來愈
低。質言之，始於邊陲地區的變遷，轉變了核心的體制。[107]

　　來自斯堪的那維亞的理論家和歷史學家，經常自我描述
為歐洲邊陲地區的居住者，而他們對此一概念顯得特別有興
趣。舉例來說，挪威政治學者史坦恩・羅坎（Stein Rokkan）
提出了領土核心與其從屬邊陲地區之間可能會有的不同關係
的一種類型學，以考察西歐國族國家形成時代的「核心之獨
特性」（centre distinctiveness）的程度、「邊陲地區之整合」
（periphery integration）的程度、「標準化之能動作用」
（standardizing agencies）的效能，諸如此類。[108]

　　從兩相對立而又互補之概念的角度作分析的那種思想簡
潔極具魅力。這些概念的運用會助長一種豐富卻又相對受忽
略的歷史探究路線的追求。歷史學家習於研究核心化，不
過，他們幾乎不曾探索過「邊陲化」的過程。一個顯而易見
的範例來自語言史；在19世紀的英國和法國，伴隨政治上

---

[107] McNeill (1964)；比較 McNeill (1983)。
[108] Rokkan (1975)，尤其是頁565-570。

漸趨集權化而來的，是英語和法語的散播，以及不列塔尼語（Breton）、威爾斯語（Welsh）、奧克西坦語（Occitan）、蓋爾語（Gaelic）等等的邊際化或邊陲化。[109] 當然，也有對抗運動，邊陲地區的語言復興運動，如同美式或澳大利亞式英語的情況那樣，其中包括了省分或殖民地形式的語言的獨立宣言。

　　所有這些概念皆有其價值，卻也有其代價，譬如說，模稜兩可。「核心」（centre）這一術語有時取其字面（地理上）的意思，不過，有時卻又取其隱喻（政治或經濟上）的意思。於是，好比「法國的核心化（centralization，中央集權）是路易十四的傑作」這一述句，乍見之下就遠不如表面那樣清楚了。

　　另一個問題起因於下述的這一事實，意即有一些分析，像羅坎的分析，包含著一種強調平衡的社會觀，而另一些分析，像華勒斯坦的分析，則強調了衝突。就低度發展理論家的情況而言，也有人爭辯說，「剩餘」（surplus）這一關係重大的概念需要作釐清，而且現有證據並不足以證明，核心地區對政治上依附的邊陲地區有經濟上的依賴。[110] 然而，這些批評並非暗示說，應該揚棄這些概念，而是說應該小心

---

[109] Certeau, Revel and Julia (1976); Grillo (1989).

[110] McKenzie (1977); Lane (1976).

地運用它們，對不同類型的——政治的、經濟的、甚或意識形態的——核心作出辨別。

舉例來說，美國社會學家愛德華・希爾斯（Edward Shils）分析了他所謂的社會的「核心價值體系」，以及它所證明爲正當的核心制度體系。「它是核心的，因爲它跟社會視之爲神聖的事物有密切關連；它是核心的，因爲它受到社會的統治當局的擁護。這兩種核心性有不可或缺的關係；一方既顯示了另一方的特徵，也支持著另一方。」[111] 舉例來說，敬重是根據個人跟社會核心的距離來作分派的。希爾斯以此一方式，將涂爾幹（討論社會等級的神聖性）和韋伯（討論卡里斯瑪的現象）的作品裡之重要（甚或是「核心的」）主題作了連結。

運用希爾斯理念的歷史論著裡，最廣爲人知的當然是人類學家克利福・紀爾慈關於19世紀峇里的神性王權的論著。在這部論著裡，作者強調他所謂的峇里政體的「表現性本質」（expressive nature）以及「示範性核心」（exemplary centre）的理論，而上述的理念也就是說，統治者和他的宮廷，「既是超自然秩序的縮影，……又是政治秩序的物質體現。」[112] 宮廷典禮期間，統治者一動也不動地端坐著，以便「在宏大

---

[111] Shils (1975), 2.

[112] Geertz (1980).

活動的核心，傳達出某種巨大的平靜。」有關這種巨大活動，相當生動的解說之一，是對於一個精心安排之列隊行進的描述。這一列隊行進在約略五萬名觀眾的旁觀下，以1847年駕崩的一位峇里國王（rajah）的火葬、嬪妃跳入火焰作結尾。然而，君主統治的領土不大，他的權力也有限。「在象徵上高度集權的事物，在制度上卻極為分散。」[113]

　　神聖的或示範性核心的概念，也相當切合於歐洲。舉例來說，在17世紀，皇家宮廷被視為宇宙的一種縮影。皇宮裡像行星般分布的房間，以及國王像神只那般的再現，也強調著類似的事。例如，西班牙的菲利普四世（Philip IV）就以「行星國王」（planet king）之名為人所知，當他罕見地作公開的露面時，他看起來就像一尊動也不動的雕像──或者說，就像一位峇里國王。「太陽王」路易十四的凡爾賽宮，恰恰是示範性核心的一則更鮮明的範例。國王的起床時刻（lever）（或可描述為「國王的浮現」[kingrise]，以資與「日出」作類比），就像他用餐和就寢那樣，是一種日常的儀式。廷臣的行止、衣著、以及語彙，在巴黎，還有──稍稍延遲了幾年之後──也在各省受到效法。

　　然而，對於廷臣之生活方式的仿效，並不表示每位法國人都讚賞或尊敬路易十四和他所代表的政治組織。實際上，

---

[113] Geertz (1980), 121-122, 132.

大體而論，希爾斯就像涂爾幹那樣，高估了社會共識而低估了社會衝突。相對之下，荷蘭社會學家沃特海姆（W. F. Wertheim）則強調某一特定社會內部的各種價值體系，以及這些體系之間的「相對處」（counterpoint）或衝突。[114]

　　要在這方面對希爾斯作另一種方式之批評的話，或可說，他有關核心性的迷人分析，並未給予邊陲相等的注意；在他的作品裡，邊陲看起來不過是一種剩餘的概念，即「非核心」（non-centre）。用一部有敏銳分析的義大利藝術史著的話來說，「邊陲僅被呈現成顯示都會光輝的一種影子區域。」[115]

　　有關邊陲的一種更正面、更具解釋性的研究取向，或許可像弗雷德里克・傑克森・透納的時代以降對邊境所作的分析那樣，將邊陲當作一種擁護自由和平等的地區、一個反叛者和異教徒的避難處來作分析。16和17世紀將邊境當作避難處的烏克蘭，便是一則理想範例。哥薩克人（Cossacks）的一個平等主義社群，雖身處兩三個強權（波蘭人、俄羅斯人、以及土耳其人）之間的夾縫，但從逃亡的農奴裡招募成員因而得以蓬勃發展。倘若我們採取一種超然的、全球的社會觀，那麼這類的邊陲似乎是一種相對物（也許是一種必要

[114] Wertheim (1974), 105-120.

[115] Castelnuovo and Ginzburg (1979).

核心與邊陲

的相對物），相對於跟中心有關的正統，以及權威和傳統的尊從。這類的邊陲為抗議（「發聲」）或服從（「忠誠」）的這種傳統的二選一，添加了第三種選項（「離去」）。[116]

從文化的角度——就像從經濟和政治的角度那樣——分析核心和邊陲之間的關係，似乎也是有說服力的例證。[117] 舉例來說，16和17世紀的鄂圖曼帝國，在首都伊斯坦堡（Istanbul）和各省核心，波斯式的精緻文化是居於支配地位的。反過來說，在邊境地區，佔主導地位的，則是兼具大眾、有時帶非正統色彩的伊斯蘭教托缽僧（dervishes）信念的武士大眾文化。[118] 實際上，基督教與伊斯蘭教之間的界域相當容易滲透。的確，由於穆斯林參訪基督教聖地、也對基督教聖徒致意，且基督徒對伊斯蘭教亦是如此，因而文化交流的地點正是邊境。波蘭人和匈牙利人向其對手土耳其人學得作戰方法（輕騎兵、彎刀等等的運用），就像美國和加拿大邊境民居民向印第安人學得作戰方法那樣。誠然，大體而論（就像法國與西班牙之間的庇里牛斯山的情況那樣），邊界兩方的男男女女，相較於各自的核心，彼此間有更多的共同處。[119]

---

[116] Hirschman (1970).

[117] Wolf (1969), 278ff.

[118] Inalcik (1973).

[119] Sahlins (1989).

霸權與抵拒

　　一如我們所知，運用「核心」和「邊陲」這一成雙的概念所提出的一個問題，是兩者之間的關係為何；它是一種互補性的關係，還是一種衝突的關係呢？運用「菁英文化」和「大眾文化」這類術語，也提出了類似的問題。為了從「社會控制」或「文化霸權」之角度分析兩者間的關係，那麼一種可行的方式便是用「支配的」和「從屬的」文化，代替「菁英的」和「大眾的」文化這類的術語。

　　「社會控制」（social control）❷是一個傳統的社會學措辭，描述社會經由法律、教育、宗教等等途徑來行使駕御個人的權力。¹²⁰ 然而，它規避了一個相當重大的問題：誰是「社會」呢？此一措辭的用途全賴接受本書已多次質疑一種看法的程度而定，意即存在著一種社會共識，而且社會有一個核心。倘若我們要接受這些預設，那麼我們或可將社會控制界定為加強各種規範於社會共識的措施，以及重新建立遭到社會「偏差者」（deviants）威脅之某種平衡的機制。反過來說，倘若我們認為社會是由有各自價值觀的相互衝突的社

---

❷ 譯註：指各類社會群體用以強制或鼓勵從眾（conformity），以及處置違反公認規範之行為的措施。

¹²⁰ Ross (1901).

會群體所組成，那麼「社會控制」這一措辭看起來就顯得危險且易引起誤解。

　　社會控制的概念，在最容易回答「誰是社會？」這一問題的下述情況裡，是有用處的，亦即分析一個不符合傳統規範者在面對社群時的面對面情況，像產量超過同事的工廠工人，竭盡全力取悅老師的學生，或者，裝備過於乾淨、有條不紊的士兵（這些例子雖是反諷的，卻也揭示，「偏差者」在面對面情況裡，也是遵從官方規範的人）。

　　就近代歐洲而言，這類社會控制最引人注目的形式之一是「嘲弄音樂會」（charivari）❸。娶了年輕女孩的老頭，或者，容忍自己挨老婆揍的丈夫，都被視爲是違背了社群的規範。因此，窗外便彈奏起「粗雜音樂」（rough music）；諷刺詩文、甚或嘲弄自找苦吃者的隊伍佈滿了鄰區的街道。演奏者和歌唱者所戴的面具，隱藏了他們的個別性，意指他們是奉社群之名行事。121 雖說這類事件的規模不大，不過，這還是不能說清楚誰是社群；是村莊或教區裡的每個人，或者，就是安排嘲弄音樂會的年輕人呢？他們眞的表達了一致的意見嗎？鄰區裡的年長男性和婦女，跟那些年輕人一樣，從相同角度看待這類的事件嗎？

---

❸ 譯註：一種羞辱社群中犯法者的表演會或實例宣傳，而被羞辱者通常是違反了婚姻法的人。

121 Pitt-Rivers (1954), ch. 11; Davis (1971); Thompson (1972).

在這些面對面的情況以外，社會控制的概念還是相當不可靠。若干歷史學家用它來描述18世紀英國鄉紳推動反偷獵者之狩獵法的活動，或者，19世紀市鎮議會在懺悔星期二（Shrove Tuesday）[31] 及其他的節慶時機，禁止某些大眾消遣，像說禁止在德比（Derby）[32] 和其他城市的街道上踢足球。有關這種用法的反對意見乃是，這一術語變成了「一個階級對另一階級之作為的一種標籤」，宛如將鄉紳或資產階級之類居支配地位之階級的價值觀，當成是整體社會的價值觀。[122]

被統治階級是否在某一特定時地接受統治階級之價值觀的問題，顯然是相當難以答覆的。倘若這些價值觀被接受，為何抵拒（更不用說公然的反叛）會頻傳呢？倘若不被接受，那統治階級要怎樣繼續統治呢？統治階級的權力仰賴壓制或一致意見，或者，仰賴存在於兩者間的某些事物呢？義大利馬克思主義者安東尼奧·葛蘭西（Antonio Gramsci）[33] 便指出，可能有這類型的某些事物，而他用的術語是「霸權」。

---

[31] 譯註：四旬齋的前一日。

[32] 譯註：英國中部的城市。

[122] Yeo and Yeo (1981)；參見 Donajgrodzki (1977), Jones (1983)。

[33] 譯註：1891-1937，義大利革命的馬克思主義者和政治理論家，他的「霸權」概念在現代社會學中深具影響力。

　　葛蘭西的基本理念是，統治階級不是用武力（或者說，至少不光是用武力），而是用勸服在作統治的。勸服是間接的：由於教育，也由於社會體系裡的地位，從屬階級學會通過統治階級的觀點來看待社會。[123] 葛蘭西提出這一「文化霸權」概念時，它並未引來太多的注意，但後來它卻又再度流行起來。的確，它被抽離出原有的脈絡，或多或少不分青紅皂白地用在分析範圍相當廣泛的情況。要矯正此一概念的這類膨脹或稀釋，提出下述三個問題大概會有用處的。

　　一、文化霸權被假定是一種恆常不變的因素，或者，它只在某些時地才有影響呢？倘若是後者，那麼它存在的條件和指標是什麼呢？

　　二、此一概念純粹是描述性的，或者，它應該是解釋性的呢？倘若是後者，那麼它所提出的解釋，指涉的是統治階級（或其內部的集團）有意識的策略，或者，可稱之為他們行動的潛伏理性呢？

　　三、我們怎樣說明這種霸權成功地達到目的呢？倘若沒有被支配者，至少，一些被支配者的勾結或默認，它能夠發生嗎？它能被成功地抵拒嗎？統治階級單純地將其價值觀施加於從屬階級，或者，有某種妥協的結果呢？

---

[123] Femia (1981); Lears (1985).

　　將「象徵暴力」(symbolic violence)和「協商」(negotiation)
這兩個概念用在此處的分析，可能會有幫助的。由皮耶・布
赫迪厄首倡的第一個概念「象徵暴力」，是指統治階級將自
身文化施加給從屬集團，尤其是指從屬集團被迫承認統治者
文化具有合法地位，而其自身的文化則無的這一過程。[124]
從語言史到施行民俗療法的人的歷史，都有許多範例。語言
史上，例如施加壓力，使操方言者覺得自己的方言是不合宜
的；而在施行民俗療法的人的歷史上，他們因被貼上「巫術
師」(witches)的標籤而變成了異端者或罪犯，而且被迫招
認其活動實際上是有魔鬼性格的。

　　社會學家最初根據字面意義，運用「協商」這一術語來
分析律師及其訴訟委託人的「答辯協議」(plea bargaining)，
而該術語現已被用作討論醫生與病人之間、菁英集團與從屬
集團之間無聲的施與受之過程。因此，有關英國階級體系的
一項分析便爭辯說，下層社會的人通常不否定居支配地位的
價值觀，而是「從他們自身的存在條件這一角度，對這些價
值觀作協商或更改。」[125]

　　歷史學家也覺得這一術語相當有用，不論用在分析維多
利亞時期愛丁堡老練工人對「體面」(respectability)之價值

---

[124] Bourdieu (1972), 190-197.

[125] Strauss (1978), 224-233; Parkin (1971), 92.

的重新界定，或者，17世紀那不勒斯（Naples）官方與非官方的天主教教義之間的關係。對抗宗教改革的教派典律化聖徒的過程，是邊陲（出現地方英雄之宗派的地區）與中心（聖職律師決定接受或否定該宗派的羅馬）之間這類協商過程的結果。[126]

　　相反地，從屬階級——奴隸、農奴、普羅大眾、農場工人，諸如此類——大概會選擇抵拒而非協商。「抵拒」（resistance）這一術語包含了各種形式的集體行動，好比「盜竊、裝傻、……拖延、……破壞、……縱火、逃亡」，諸如此類。說到拖延，在詩人蓋拉·伊利埃斯（Gyula Illyés）的回憶錄裡，可找到有關該過程的一個格外生動的描述。詩人在20世紀初匈牙利平原的一座大型農莊長大成人。農場傭人的工作持續不斷，工時又長，平日和假日亦復如此。他們的反應——就像農場動物的反應那樣——是以慢動作進行每一步的行為舉止。伊利埃斯描述說，他看著羅卡（Róka）叔叔「像烏龜那樣沈著地」（tortoise-like deliberation）填著他的煙斗，「他拿著火柴，宛如手中的火柴棒是升起火苗的最後一道辦法，而整個人類的命運就全看它了。」[127] 這種行為方式或可視之為對於地主和工頭過度要求的一種形式的抵

---

[126] Gray (1976), ch. 7; Burke (1987), 48-62.

[127] Scott (1990), 188; Illyés (1967), 126-127.

拒，一如伊利埃斯所言，「一種本能的防衛」。我們好奇的
是，歷史上究竟多少的農奴和奴隸，有類似的行為方式。

　　不只個人行動或團體行動，連文化形式也可用這種方式
作分析。的確，若干大眾文化的研究者甚至將它定義為，對
官方或菁英文化的支配作抵拒的一種文化。[128] 其採取的策
略是防禦性的，適於其從屬的地位——顛覆而非對決，游擊
戰術而非公開的戰鬥——不過終歸是抵拒。

　　保羅·威利斯（Paul Willis）是英國民族誌裡相當引人注
目的先例之一的作者，而他對此一研究取向作了進一步的提
升。他有關學校的工人階級子弟的專論，提供了既帶同情而
又鉅細靡遺的敘述，他大部分以他們自身的用語，說明這些
青少年對於學校的權威特質的抵拒，以及對於「耳洞」（ear-
holes）——亦即與制度合作的男孩——的不屑。然而，他進
一步指出，拒絕合作造成了課業「不及格」，只能進入收入
相對較低、工人階級的工作。換言之，青少年在學校裡反叛
的一個無心後果，便是不平等隨著一代又一代再生產。[129]

社會運動

　　當然，日常的抵拒經常變成了公開的反叛，或者，變成

---

[128] Hall (1981); Sider (1986), 119-128; Certeau (1980); Fiske (1989).
[129] Willis (1977).

了其他形式的「社會運動」。1950年代，美國的社會學家開始使用這一術語。最早運用這一術語的歷史學家之一，乃是艾瑞克・霍布斯邦，而他的《原始的叛亂》（*Primitive Rebels*）所下的副標題便是「19至20世紀社會運動的古樸形式之研究」，範圍從盜匪涵蓋到相信千禧年降臨的信徒。[130] 他的書不久受到一大批有關千禧年運動之論著的仿效，尤其是人類學家、社會學家、以及歷史學家合著的作品。

《原始的叛亂》對「社會運動」這一術語的運用相當廣泛，從僅持續幾小時的騷動到持久的組織，從燒炭黨（Carbonari）到黑手黨，都算進來了，這是它有的一個可能缺點。反過來說，霍布斯邦之論著的價值，還有這一術語更一般的價值在於，將注意力導向了宗教運動和政治運動都具備的特徵（舉例來說，卡里斯瑪式的領導能力），而先前則是孤立地研究這兩種運動。

馬克斯・韋伯向教會史家援借了「卡里斯瑪」這一概念，將它用在政治方面的研究。韋伯將卡里斯瑪界定爲「某種個人人格特質，這使得他被視爲是不凡的，而且被當作擁有超自然的、超人的、或至少是格外優異的才能或特質。」[131]此一概念描述而非解釋宗教或政治領袖用以吸引信徒、成爲

---

[130] Heberle (1951); Hobsbawm (1959).

[131] Weber (1920), 1, 241; Tucker (1968).

受崇拜之對象的魅力（magnetism）。然而，提示說這類行為相當常見，至少有助於排除了解下述現象時的障礙，例如，路德信徒對路德的崇敬、納粹黨人對希特勒的崇敬、或廷臣對路易十四的崇敬。的確，也有擴大使用「卡里斯瑪」這一術語的情形，用以指涉有些人將超自然能力跟另一些人連在一起，不論他們是聖徒或巫術師。[132]

然而，韋伯也遭到批評說，其聚焦於領袖的特質，而非信徒的期待，然而將這些特質跟領袖「連在一起」的正是這些信徒。[133] 這時候該問道，是否有特別容易受到卡里斯瑪式領袖影響的各類信徒或組織。

社會學家和歷史學家長久以來一直在研究正式的組織。隨著「民眾史」的發現，群眾和暴亂方面的研究也蓬勃發展起來。反過來說，只持續幾小時但沒有持久組織的運動，相對而言，受到歷史學家的忽略，或許，因為它們不符合正式組織的模式。本質上，這些運動是變化無常而又偶然，具有「社群」的特徵（見前，頁131）。於是，它們無法以這種形式長久延續下去；有一些衰微了，另一些解體了，或者，由於它們自身的成功而轉型了。茁壯導致了「社群的慣例化」（routinization of communitas）——如同維多·透納調整了韋

---

[132] Klaniczay (1990b), 7-9.

[133] Shils (1975), 126-134; Anderson (1990), 78-93.

伯的「卡里斯瑪的慣例化」對它所作的描述——或者，更平鋪直敘說，導致了聖芳濟修道會、路德教派、以及共產黨之類的新團體的發展。「運動」不再有進展了。[134]

後來，成功的組織自己製作其正式的沿革時，這些沿革經常給人這一印象，這些團體打從一開始就受到有意識的規劃和制度化。不以這種方式回到過去就很難解讀現在，不過，我們必須不受此一傾向的影響，而「運動」的概念也有助於認識草創時刻的變動性和自發性。「時刻」或可持續一世代之久，但它有義務向慣例化或「結晶化」（crystallization）階段讓步。

有時也有人提出說，在這類運動裡年輕人會很突出，正是因為他們自發行動的能力還未因慣例而變遲鈍。宗教改革史家尤其採取了這一理念，而且，至少在此一運動的早期階段，亦即草創、抗議和殉教的時刻，找到了支持該理念的證據。當路德推動改革運動時，他本身是三十來歲，而他的信徒一般都比他還要年輕（不過，這種特色或許並不出人意表，因為16世紀歐洲的人口裡低於三十歲的有很高的比率）。[135]

按照該社會運動本質上是觸發了一個變遷過程，還是回

---

[134] Turner (1969), 131ff；參見 Touraine (1984)。

[135] Spitz (1967); Brigden (1982).

應了一個進行中的變遷，而分成兩種，應當會有幫助的。毋
庸多言，這是程度而非類型的一種區分。

　　儘管將日耳曼宗教改革當成一種社會運動來討論並不是
慣例，不過，以這種方式看待它的早年，意即強調集體行動
以直接的而非體制內的手段改變了現有秩序的重要性，可能
會有幫助的。[136] 1520年代早期，路德的改革運動尚未凝結
成一種教派。路德當然正在起身反對他所謂舊體系的「弊
端」，不過，這些陋規為時已久，它們的存在不足以解釋為
何那時發生了宗教改革。變遷的動力來自改革者這一邊。

　　然而，更常見的是「回應」型的社會運動，尤其是反對
有摧毀傳統生活方式之威脅的經濟或社會變遷的民眾運動。
這些運動裡相當引人注目的一次，當然是1896至1897年巴
西東北部內陸地區的反叛。它的卡里斯瑪式領袖是雲遊聖人
安東尼奧・孔塞萊羅（Antonio Conselheiro）。這位修道僧作
了以下的預言而獲得聲譽，亦即巴西迫在眉睫的災難，會因
塞巴斯蒂安王（King Sebastian，1578年戰死於北非）的歸來
而獲得解救。孔塞萊羅帶領著信徒到一個很快就成為聖地
──卡努杜斯鎮（Canudos）──的老牧牛場。這個新耶路
撒冷的居住者，擊敗了派來弭平他們叛亂的遠征軍，不下三
次。這個邊陲對核心的反叛，最重要的乃是反對1889年藉

---

[136] Scribner (1979).

軍事政變而建立的巴西共和國。在這層意義而言，它相當於
1793年法國西部旺代省反對法國大革命的叛亂。[137] 然而，
這一反叛裡的救世主和千禧年的要素、它濃烈宗教的氣氛、
jagunços（即「住在偏遠地區的人」，甚或是「盜匪」）所展
現的游擊戰能力、以及一位出色的新聞記者歐克利德斯·
達·庫尼亞（Euclides da Cunha）所作的生動的第一手敘
述，聯手賦予卡努杜斯事件以一種自身的氛圍。

心態與意識形態

　　支配和抵拒的政治問題，引領我們回到文化的畛域，即
社會風氣、心態或意識形態的問題。我們已經了解，恩庇主
—扈從制仰賴著以聲譽為基礎的價值體系。前文（頁86）討
論過的科層制，也仰賴著一種特定的社會風氣，包括對於顯
示這類管理制度之特徵的形式規則的尊重（有人會說，過度
的尊重）。再者，統治階級的霸權端視從屬階級對它接受的
程度而定。在上述的情況裡，不了解參與者的態度和價值
觀，就不可能理解社會制度的運作方式。

　　因此，我們或可公平地宣稱，假設將理念史（history of
ideas）這一措辭可理解為每個人的理念的歷史，而非某一特

----

[137] Cunha (1902); Tilly (1964).

定時代裡相當有原創性之思想家的理念的歷史，那麼書寫社
會史而不採用理念史則是不可能的。倘若歷史學家打算關切
活在某一特定社會裡的所有人的態度和價值觀，那麼他們最
好先熟悉兩個相匹敵的概念，亦即心態和意識形態。

　　本質上，心態史是一種有關理念的涂爾幹式研究取向，
雖說涂爾幹本身更喜愛用「集體表述」（collective
representations）這一術語。它是由涂爾幹的信徒呂西安・李
維布魯（Lucien Lévy-Bruhl）在其論著《原始思維》（*La
mentalité primitive,* 1927）及其他地方加以開展的。[138] 當代的
社會學家和人類學家，有時也提及「思維模式」、「信仰體
系」、或「認知圖像」（cognitive maps）。

　　不論怎麼運用該術語，此一研究取向至少在三種特徵
上，不同於傳統的思想史。其一，它強調集體的態度而非個
人的態度；其二，它強調未言明的預設而非明晰的理論，即
強調「常識」或在某一特定文化裡看起來像常識的事物；其
三，它強調信仰體系的結構，包括關切用以解釋經驗的範疇
以及證明和勸服的方法。心態史的這三種特徵，跟米歇・傅
柯在《事物的秩序》（*The Order of Things*）裡稱作思想或「知
識型」（epistemes）體系之「考古學」的研究取向之間，顯
而易見有一種相似處。[139]

---

[138] Burke (1986b).

[139] Foucault (1966).

　　心態研究取向有助於解決的那類問題，有一範例是中古的試罪法。在中世紀早期，不論有罪或清白，有時會用抓熾熱鐵塊或將嫌犯的手浸入沸水這類的折磨來作判定，上述的事實長久以來一直是了解這一時期的障礙物。如同18世紀蘇格蘭歷史學家威廉·羅伯森（William Robertson）的短評：「所有歸因於人類理智的過失而存在的古怪荒誕制度裡，這……看起來是最過分而又最豈有此理的！」然而，過去幾年來出現的一系列研究，已嚴肅地看待試罪法習俗，而且試圖藉由探究參與者的預設使其更易於讓人理解。舉例來說，古代史家彼得·布朗（Peter Brown）已提出，試罪法有輿論工具的功能。別的歷史學家雖否定這一獨有的結論，但也跟布朗一樣切盼將試罪法放回其原有的文化脈絡。因此，或可總結說，心態史已經熬過了它自身的試罪法之審判。[140]

　　1920年代，一個類似的問題激發出一部心態史的先驅性論著，那就是法國歷史學家布洛克的作品，而前文已經討論過他對涂爾幹的欽慕（頁60）。布洛克撰寫了一部有關相信「御觸」（royal touch）之功效——亦即法國和英國國王擁有創造奇蹟的能力，藉著觸摸便能治療患病者的頸部淋巴腺結核（scrofula，一種皮膚病）——的史著。這種能力是他們的卡里斯瑪的一種跡象，而那是韋伯剛提出不久，但布洛克並

---

[140] Brown (1975)；比較 Morris (1975)；Radding (1979)；Bartlett (1986)。

不知道的一個概念。御觸信仰持續了好幾個世紀。在英國，
這種習俗持續到安妮女王（Queen Anne）在位期間（薩繆
爾・強森[Samuel Johnson]兒時患了這一疾病，便被她觸摸
過），至於法國，它則持續到大革命，而1825年查理十世
（Charles X）又予以恢復。

　　布洛克從這一預設——亦即英法兩國的國王和女王實際
上不擁有治療皮膚病的能力——出發，進而思索為何他所謂
的這種「集體幻覺」（collective illusion）得以持續如此之
久。他強調人們企盼奇蹟的這一事實。倘若疾病的症狀消
失，那他們就會相信國王。反過來說，倘若症狀並未消失，
那就說明，還需要再觸摸一次患者。布洛克也指出，相信某
些跟經驗相抵觸之事物的傾向，是李維布魯討論過的「所謂
『原始』心態的一種基本特徵。」[141]

　　1960年代，在法國的歷史學家之間，心態的研究取向變
得普及起來了，而且也帶動了一整個書架的專論。然而，它
在吸引英國歷史學家的注目上卻相對緩慢，最後，它是繞了
遠路才達成這一點的。在涂爾幹和李維布魯的激發下，英國
人類學家愛德華・伊凡普里查研究了（住在中非的）阿贊德
人（Azande）的信仰體系。伊凡普里查以一種令人想起布洛
克（他還是個中古史學者時，就研讀過布洛克的著作）討論

御觸的方式，強調贊德（Zande）毒論的自證特徵。他寫道，「在信仰的網上，每一根網絲都相互依賴；贊德人不可能跳脫出信仰的羅網，因為那是他唯一知道的世界。」[142] 由於伊凡普里查及其弟子的關係，對於思維模式和信仰體系的關切，終於影響了英國歷史學家（尤其是凱斯·湯瑪斯 [Keith Thomas] 及其追隨者）有關16和17世紀英國的巫術、魔法、以及宗教之類的主題的研究取向。[143]

心態史已自我證明，它是有關過去的一種極端豐富的研究取向，而布洛克的書籍便是這一文類的代表作之一。然在解決傳統問題的過程，還是引起了新的問題。其中最嚴重的或可稱之為靜止化（immobilization）、靜態描述（static picture）的問題。歷史學家在描述過去的某一特定情況的心態上，顯得要比解釋心態怎樣、何時、為何變化來得成功。如同許多批評家已指出的，傅柯的《事物的秩序》（1966）也受害於這一弱點。這個弱點跟這一研究取向的一個長處 —— 即這一預設，有一個每一部分都相互依賴的信仰體系 —— 有密切關係。此一預設讓歷史學家得以解釋某些心態隨著時間的持續，而不顧令人難堪的經驗證據。然而，有關持續狀況的解釋愈是充分，就愈難解釋心態最後所出現的變

---

[142] Evans-Pritchard (1937), 194.

[143] Thomas (1971).

化。

　　缺乏對變遷的關切，伴隨而來的是缺乏對差異的關切（更不用說衝突了）。心態史所引起的第二個主要問題，或可稱之爲「同質化」（homogenization）的問題。將焦點集中在集體心態，也就有忽略不同層次之變動的危險。首先，每個個人的思維不可能正好都相似。對於這種反對意見，我們可用法國歷史學家雅克・勒高夫（Jacques Le Goff）❸的話來回應，他提出說，「心態」只是用來描述個人跟集團中的其他人有共同信念的一個術語。[144] 其次，同一個人在不同的溝通情況裡會有不同的表達。倘若我們偶然看到另一時期或文化所造成的明顯弔詭印象，那就有必要從宏觀層次和微觀層次，將它置於其社會脈絡。[145]

　　還有一個更嚴重的問題，起因於下述的事實，意即心態史家很容易就以爲，「傳統的」和「現代的」兩種信仰體系之間存在著二元對立，而這是換了個說法，再生產了李維布魯在他所謂「前邏輯的」（prelogical）和「邏輯的」（logical）思維之間所作的區分。由於個人更輕易地發覺他們自身的信仰有其他選擇，而且有許多相互競爭的可用體系，就此而論，現代的思維是更抽象，較不仰賴脈絡，也更加「開放

----

❸ 譯註：1924-，年鑑學派歷史學家。

[144] Le Goff (1974).

[145] Lloyd (1990), ch. 1.

心態與意識形態

的」。[146] 爲了實例解說這類對立的內在問題，我們或可作個
簡單的實驗，接連研讀這一領域裡的兩部典型樣本，即葛蘭
言（Marcel Granet）㉟的《中國人的思維》（*La pensée chinoise*,
1934）和呂西安‧費夫賀的《無宗教信仰的問題》（*Le
problème de l'incroyance*, 1942）。傳統中國人和16世紀法國人的
特性，似乎極爲類似。他們都是在跟20世紀法國知識分子
對照後所作的界定，而他們與我們之間的這種對照，將各式
各樣的「他者」化約爲齊一狀態。這類的化約是作結構分析
會付出的代價（詳後，頁220-222）。

　　跟「集體心態」這一概念有關的若干難題，從「意識形
態」角度作分析就可避免，而這一思想史研究取向建立在馬
克思主義的基礎上，由葛蘭西以及卡爾‧曼海姆（Karl
Manheim）㊱之類的德國「知識社會學家」開展出來了。它
的進展出現在兩次世界大戰之間，換言之，差不多就跟法國
的心態史同時。

　　「意識形態」是一個有許多——太多了！——定義的術
語。有些人從貶義在運用該術語——我有各種信念，而他
（或她）則有一種意識形態。另一些人則將它看作是中性

---

[146] Horton (1967, 1982); Gellner (1974), 156-158.

㉟ 譯註：1884-1940，法國漢學家。

㊱ 譯註：1887-1947，匈牙利籍社會學家，1933年被迫移居英倫。他對社
　會學最重要的貢獻是在知識社會學，主要著作爲《意識形態與烏托邦》。

的，看作是一種「世界觀」的同義詞。[147] 曼海姆在兩種意識形態概念之間作出了一種有用的區分。[148] 首先，他稱之爲意識形態的「總體」概念提出說，一系列特定信仰或世界觀，與某一特定社會團體或階級之間有某種關連，從而也就暗示著，布洛克和費夫賀未作社會區分而討論中古或16世紀法國的心態是錯誤之舉。

其次，曼海姆稱之爲意識形態的「特定」概念，是下述的想法，意即或可用來維繫某一特定社會或政治等級的理念或表述。舉例來說，民主的理念或可用來「蒙蔽世人」，用來隱瞞一小撮人行使權力的程度。反過來說，各種理念也經常藉由敘述說政治等級是自然而非文化的——舉例來說，國王即太陽（頁175）——來正當化（或者，如同韋伯所說的，「合法化」）社會制度。1960年代尾聲，社會理論家于爾根・哈伯馬斯和路易・阿圖塞，詳細說明了這些意識形態概念。對哈伯瑪斯而言，意識形態攸關因支配的運作下遭「系統性地扭曲」了的溝通，而用阿圖塞著名的措辭來說，意識形態是指「個人跟其眞實生存狀況的想像〔或『想像出來的』〕關係。」[149]

---

[147] Geuss (1981), ch. 1; Thompson (1990), ch. 1.

[148] Mannheim (1936).

[149] Habermas (1968); Althusser (1970).

　　心態與意識形態之間的關係或對立，還需要加以釐清。[150]
基於這一目的，回到御觸的例子應當會有幫助的。馬克・布
洛克的心態史經典論著，將御觸信仰看作宛如是「無心機的」
（innocent）。反過來說，從意識形態角度作分析，則會強調
這一事實，意即基於皇權的利益，應該讓凡夫俗子相信國王
擁有創造奇蹟的能力。卡里斯瑪不是法英兩國國王的一種天
賦特質，就某種意義而言，它是由皇袍、儀式等等營造出來
的。

　　儘管心態與意識形態之間的對照是有幫助的，不過，對
各種理念維繫政治制度的方式作分析的嘗試，已經使許多難
題——就像跟「霸權」概念有關的難題那樣（見前，頁178）
——得以真相大白。意識形態經常被看成是一種將社會結合
在一起的「社會黏合劑」（social cement）。然而，它在這方
面的重要性，最近已遭到一系列批評馬克思主義者和涂爾幹
信徒的論著的挑戰。例如，這些論著提出說，自由主義民主
制度的社會聚合（social cohesion）[37]，是否定性而非肯定性
的；換言之，它所仰賴的並非對於政權所體現之基本價值的
一致意見，而是仰賴對於政府的批評缺乏一致意見。[151]

---

[150] Vovelle (1982)，尤其是頁1-12。

❸❼ 譯註：指群體行為的整合，這是社會約束、吸引或其他力量在一個時期
　中使群體成員發生互動的結果。

[151] Mann (1970); Abercrombie (1980); Thompson (1990), 3.

傳播與接受

　　意識形態的研究，使人對傳佈理念的手段——即傳播——作研究。出身政治學領域的哈羅德‧拉斯威爾，曾用他慣有的有力方式，將這類研究的對象界定爲「誰對誰說了什麼，而且有什麼影響」（暗示著這些「影響」是可度量的）。出身文學領域的雷蒙‧威廉斯（Raymond Williams）**❸**，提出了一個稍微寬大一點且更強調形式（文體、文類）的定義：「傳送與接受理念、訊息及看法的體制和形式」。出身語言學領域的約書亞‧菲什曼（Joshua Fishman），對此一主題提出稍微不同的觀點，他提議的是，「有關誰在何時、對誰說了什麼話的研究，」亦即強調許多說話者在不同的情況或「交談畛域」裡，轉換語言或語言形式的傾向。出身人類學領域的德爾‧海姆斯（Dell Hymes），對這一話題所採取的看法甚至更廣泛，他推薦一種不僅考慮訊息、發訊者、以及接受者，而且也要考慮「途徑」、「符碼」、以及「背景」的傳播事件的民族誌。152

　　在海姆斯、菲什曼、以及他們的同僚的激發下，若干歷

---

❸ 譯註：1921-，英國文化評論家。

152 Lasswell (1936); Williams (1962); Fishman (1965); Hymes (1964).

史學家著手研究語言的社會史，研究其變化形式和不同功能。[153] 舉例來說，語言就像消費那樣，是若干社會群體將自身跟他者作區分的一種手段。我們可舉索爾斯坦·維勃勒的主張作為一則例證，意即有閒階級的說話方式，必定是「繁瑣而又老派的」，因為這類用法暗指著時間的浪費，於是「排除了直接又有效的言辭表達能力的使用和需要。」[154] 社會語言學家對於語言作為地位象徵的用途也討論了很多。

最有名的範例之一，是1950年代有關上層和非上層階級的英語慣用法的討論，其主張，「looking-glass」（窺鏡、鏡子）這個詞是上層階級的，而「mirror」（鏡子）這個詞是非上層階級的；「writing-paper」（信紙、寫字用紙）是上層階級的，而「note-paper」（信紙、便條紙）是非上層階級的，諸如此類。[155] 在17世紀的法國，路易十四的私人秘書法蘭索瓦·德·卡利埃（François de Callières），已經指出了他所謂的「資產階級的說話方式」（façons de parler bourgeoises）與貴族階級的語彙特色之間的差異。

在這些例子中，任一特定詞語的選擇，看起來都是任意的，受到貴族想要將自身跟資產階級作區分之願望的驅使；資產階級反倒將說話模式更改得像是貴族階級的模式，貴族

階級因而不得不經常作創新。至於（19世紀俄國、18世紀普魯士、17世紀尼德蘭等等的）某些貴族在日常生活會使用某一外語（法語），既是將他們跟社會下層民眾作區分的一種手段，也是對文明中心巴黎的一種敬意。維勃勒還可補充說，用外語跟操母語的人溝通，凸顯了「有閒階級」（leisure class）的空閒。[156]

截至目前，我們一直在思索溝通者，思索其意圖和策略。閱聽大眾和他們的回應又是如何呢？對這個領域作出相當重要之貢獻的正是文學理論家，他們強調讀者以及他或她的「期望視域」在意義建構中的角色。[157] 類似地，法國理論家米歇・德・塞爾托（Michel de Certeau）❸（其興趣太過廣泛，以致無法歸入任一門學科），強調凡夫俗子在消費領域裡的創造性、他們對傳送給他們的訊息所作的主動性再詮釋、以及他們讓物質對象之體系配合自己需要的策略。在這類的討論裡，一個核心概念是「挪用」（appropriation），有時伴隨而來的是跟它互補的對立概念，亦即支配性文化或官方文化對於對象和意義的「恢復」（recuperation）。「逾越性的重新銘寫」（transgressive re-inscription）這一措辭，被創造來強調一個集團採用和調整，或反轉、倒置和顛覆另一集團

---

[156] Burke and Porter (1987), 1-20.

[157] Jauss (1974)；參見 Culler (1980), 31-83 以及 Holub (1984), 58-63。

❸ 譯註：1925-1986。

之語彙的方式。[158]

　「眞正」的意義到底是在文本中找到的，還是被投射到文本上的，這一問題文學批評家當前的看法頗爲分歧，歷史學家在這一終究是形而上的問題上選邊站，顯而易見是愚蠢的。反過來說，觀者、聽衆和讀者在不同時地接受的訊息與被傳送的訊息之間的差異，這一經驗問題在歷史層面上顯然有其重要性。舉例來說，路德曾抱怨說，德國農民宣稱農奴制應該廢除，因爲耶穌是爲所有人而死，而他們正是誤解了他的教義。

　這一問題是漸爲人知之「閱讀史」（history of reading）的重心。在《乳酪與蟲子》著名的段落裡，卡羅·金斯伯格討論異端磨坊主曼諾齊歐在閱讀某些書籍時所穿越的精神「座標方格」（grids），以及他對中世紀後期宗教文獻的讀解與宗教審判官的正統讀解之間的差異。[159] 羅歇·夏爾提埃（Roger Chartier）和羅伯特·達恩頓（Robert Darnton）作了更有系統的這類探索，他們聚焦於18世紀的法國，考察書籍的評註、圖書館的借閱記錄、以及原著與譯本之間的差異，諸如此類，以便重建讀者對某些文本的看法。[160] 藝術

---

[158] Certeau (1980); Fiske (1989), ch. 2; Hebdige (1979), 94; Dollimore (1991), 285-287.

[159] Ginzburg (1976)；參見Foucault (1971), 11。

[160] Chartier (1987); Darnton (1991).

史家也漸次關切對塑像的反應；舉例來說，他們將偶像之破壞（Iconoclasm）——不論它是反對魔鬼的偶像，還是反對聖徒的偶像——當作證據來研究，使我們得以重構早已死去之觀者的觀點。[161]

口述性與文本性

德爾‧海姆斯所提出的傳播民族誌的定義（見前，頁96），包括了「途徑」，亦即媒體。媒體理論家馬歇爾‧麥克魯漢（Marshall McLuhan）[40]作過這一引起爭議的斷言，「媒體即訊息」。宣稱——不論是言語、書寫、或繪畫的——媒體是訊息的一部分，看似更有道理。即使如此，它還是歷史學家在檢視證據時必須考慮的一個主張。

舉例來說，口頭傳播有其自身的形式，自身的風格。一篇有關謠言的著名研究爭辯說，在口頭傳達的過程裡，訊息以下述的流程順應了接受者的需要，亦即簡化（齊平化）、篩選（明確化）、以及將未知化為已知。[162]艾伯特‧洛德（Albert Lord）同樣廣為人知的有關南斯拉夫口述史詩的專論提出說，由於「慣用法」（formulae）（安排像荷馬的「暗紅

---

[161] Freedberg (1989), 378-428.

[40] 譯註：1911-1980，加拿大傳播理論家。

[162] Allport and Postman (1945).

色的海洋」之類的措辭）和「主題」（議會和戰役之類重複發生的插曲）的運用，歌手得以即席創作這些故事。另一個媒體理論家華特・翁格（Walter Ong）則運用洛德等人的研究，對於「以口述爲基礎的思維和表述」的主要特徵作了概括，他描述其具有添加性而非從屬性的特徵、充滿累贅，諸如此類。[163]

　　這些分析和論辯對歷史書寫的影響有點受到了耽擱。儘管有喬治・勒費夫爾（Georges Lefebvre）[⑪]這一範例，用了整本書的篇幅討論所謂的1789年「大恐慌」（great fear）的散佈，不過，有關謠言的歷史論著卻還是很罕見。勒費夫爾對於貴族階級之陰謀，以及強盜（brigands）迫在眉睫之來襲的謠言傳播，作了年代學、地理學、以及社會學式的謹慎分析。他從人們不滿於麵包不足之時刻的經濟、社會和政治情勢的角度，解釋這些恐慌（panics）怎樣轉變成革命。[164]然而，他較少談到不同形式的這類謠言，我們還在期盼，有人會從奧爾波特（Allport）和波斯特曼（Postman）所描述的「齊平化」和「明確化」之過程（或者，其他的過程，要是適當的話）的角度，分析1789年的焦慮，或1678年英國新教徒對「教宗陰謀」（Popish Plot）的恐懼。

---

[163] Lord (1960)，尤其是頁30-98；Ong (1982), 31-77。

[⑪] 譯註：1874-1959，法國歷史學家。

[164] Lefebvre (1932)；參見 Farge and Revel (1988)以及 Guha (1983), 259-264。

儘管「口述歷史」在上一世代就已存在，不過，直到最近歷史學家才嚴肅地注意到作為一種藝術形式的口述傳統。在這方面，將比利時人類學家珍·范希納（Jan Vansina）[42]發行於1961年的有關口述傳統之專論的第一版，跟1985年的第二版作比較，是有啓示性的；第一版幾乎毫無例外地專注於可靠性的問題，而第二版則更關切傳播的形式和文類。[165]

書寫也漸次被當成是一種有獨特的特性和缺陷的媒體來作探究。舉例來說，傑克·古迪發表了一系列有關讀寫能力之影響的研究。他宣稱，李維布魯、李維史陀、以及其他人在兩種「心態」之間所作的對照，能夠從口頭和書寫這兩種溝通模式的角度加以解釋。舉例來說，比起靠記憶的清單，重新安排一份書面清單要容易得多了，於是書寫就以這種方式助長了心不在焉。再者，書寫也提昇了對於將封閉系統轉化為開放系統的可行方式的認識。就此而論，一如翁格所言：「書寫重構了意識。」[166]

這些論點遭批評說，太過強調口頭與書寫模式之間的差異、忽略了口頭傳播的特質、以及將讀寫能力視為可跳脫出其脈絡的中性技巧。[167] 這些批評限定了而非破壞了核心命

---

[42] 譯註：1929-，比利時歷史人類學家。

[165] Vansina (1961).

[166] Goody (1977); Ong (1982), 78-116.

[167] Finnegan (1973); Street (1984).

題，不過，它們也提出了像口頭與書寫之間的互動和「分界面」的新研究方向。[168] 舉例來說，在書面文本和口述行為裡都能找到慣用法和主題。它們採取了不同的形式，或者，受到不同方式的運用呢？一則民間故事被寫下來，尤其被菁英的一員寫下來時，有什麼變化呢？舉例來說，在17世紀尾聲出版了《小紅帽》(*Little Red Riding Hood*) 的夏爾・佩羅 (Charles Perrault) ❸，就是一位知識分子，也是效命於路易十四的一位官員。[169]

對於歐洲史家而言，這種爭論的一個引人注目的特徵，乃是口述性與書寫能力之間的對照，排除了第三種媒體，即印刷。就西非的情況而言，在此一脈絡經常討論到的是，讀寫能力和印刷幾乎是同時發生的，因此它們的影響就難以釐清。反過來說，就歐洲的情況而言，長久以來對印刷「革命」一直爭論不休。過去通常僅從書籍、理念、以及運動（尤其是新教改革）的散布的角度加以討論，不過，注意力現已從訊息轉到了媒體上頭。

舉例來說，麥克魯漢曾宣稱，印刷術造成視覺的重要性超過了聽覺（部分是由於圖樣的運用增加了），而且也造成「情感與理智的分離」。美國歷史學家伊麗莎白・愛森斯坦

---

[168] Goody (1987).

❸ 譯註：1628-1703，法國詩人，童話《鵝媽媽》之作者。

[169] Soriano (1968).

（Elizabeth Eisenstein）在她有關「印刷機作為變遷的原動力」的論著裡，將麥克魯漢的主張改變成學院形式，強調「印刷文化」（print culture）的這類特徵，像標準化、保存、以及更精巧的復得訊息的方法（舉例來說，按字母順序排列的索引）。[170] 類似地，華特·翁格（其早期的歷史作品首先激發了麥克魯漢），描述印刷是怎樣加強了書寫，使其導致一個明確的文本裡「從聽覺空間向視覺空間的轉變，」而且也助長了一個明確的文本裡的「結尾感」。[171]

需要用文學批評家的技巧來解讀的「文獻即文本」這一命題，是所謂的「新歷史主義者」（new historicist），尤其是史蒂芬·格林布雷特（Stephen Greenblatt）對歷史學家的另一個挑戰。不論格林布雷特對於特定的伊麗莎白時期文獻的詮釋是否有信服力，他有關文獻修辭學的一般性命題，相當值得歷史學家嚴肅地看待，而這方面會在下文更詳細地加以討論（頁249-250）。[172]

神話

為了讓討論再稍稍往前推進，放入「神話」這一術語應

[170] Eisenstein (1979), 43-159.

[171] Ong (1982), 117-138.

[172] Greenblatt (1988).

該會有用處的。歷史學家經常運用「神話」這一術語，指涉那些非眞實的事蹟，以清楚有別於他們自己的敘述或「歷史」。將這樣用法跟人類學家、文學理論家、或心理學家的用法作比較，大概會有啓發的。[173]

　　舉例來說，馬林諾夫斯基聲稱，神話是——就算不是全部，主要也是——具有社會功能的故事。他提出說，神話是有關過去的故事，如其所言，是充當現今的「憲章」；也就是說，這個故事履行的功能是，證明今日的某些制度有正當理由，從而使其存留下來。他所考慮到的，可能不是只有初布蘭島民告訴他的故事，而且也有「大憲章」（Magna Carta），亦即幾個世紀以來一直被用來證明各種制度和習俗有正當理由的一份文獻。因爲不斷地受到誤釋，或者說，重新解釋，這份文獻始終是跟得上時代的。英國貴族的「自由」或特權，變成了臣民的自由。在英國史上有舉足輕重的，與其說是大憲章這一文本，不如說是大憲章的神話。[174] 類似地，在19和20世紀早期英國風行的所謂「惠格派的歷史詮釋」，換言之，亦即「撰文討論新教徒和惠格黨人這一方、讚頌——假若已經成功了的——革命、強調過去的某些進步原理的傾向，」有證明當代政治制度爲正當的作用。[175]

---

[173] Cohen (1969).

[174] Malinowski (1926)；Thompson (1948)，尤其是頁373-374。

[175] Butterfield (1931), v；參見 Burrow (1981)。

　　神話的另一種定義，乃是有寓意的一種故事，舉例來說，邪不勝正，還有，不管是英雄或惡棍，都被誇大（或簡化）成超過實際的刻板人物。就此而論，我們或可提「路易十四的神話」或「希特勒的神話」作範例，因為這些統治者實際上是以全知全能的英雄形象，出現在當時的官方媒體上。[176] 希特勒的另一個惡魔形象之神話也在流傳。類似地，在近代歐洲的獵巫時期，巫術師是撒旦奴僕的這一共同信念，也可描述作一種「神話」。[177] 當然，這些範例都可納入馬林諾夫斯基的定義裡。希特勒的神話正當化了（或者，就像馬克斯・韋伯所說的，「合法化了」）他的統治，而巫術師的神話卻合法化了對老婦人的迫害，然在後世看來這些老婦人則是無害的。既從功能的角度，而且也從反覆出現之形式或「文類情節」（希臘語mythos一詞的意義）的角度來界定神話，還是具有啟發性的。榮格（Jung）[44] 會稱它們為「原型」（archetypes），而且將它們解釋為集體潛意識的恆常產物。歷史學家更可能將它們視為長時期緩慢變遷的文化產

---

[176] Burke (1992b); Kershaw (1989).

[177] Cohn (1970).

[44] 譯註：1875-1961，瑞士精神醫學家。榮格將對多種文化的宗教、神話、哲學和象徵系統的廣博知識都融入其集體潛意識理論中。他認為，潛意識的最深層次包含了普遍的原型，也即一切文化共有的理念或象徵，而這些是通過夢境、神話、傳說反映出來的。

物。[178]

　　無論如何，相當重要的是，意識到口述敘事和書寫敘事，包括敘述者視之爲不加掩飾之眞相的那些敘事，皆含有原型、定型或神話的要素。因此，第二次世界大戰的參戰者，以（有意識或無意識地）取自第一次世界大戰之敘述的意象，描述了他們的經驗。人經常從另一事件的角度回想——甚至感受——一個親臨的事件。[179] 英雄有時以一種類似於佛洛伊德解析夢境時稱之爲「凝聚」的一種過程相互合併。有一些時機，亦即一系列有關過去的記述愈來愈接近某一原型時，我們便能夠觀察到這一運作中的「神話化」過程。

　　若干批評家——尤其是海登・懷特（Hayden White）**❺**——會爭辯說，形諸文字的歷史是方才討論過的「虛構」和「神話」的一種形式。而社會學家和人類學家對於「現實的文本建構」也提出了類似的觀點。[180]

---

[178] Passerini (1990), 58.

[179] Fussell (1975); Samuel and Thompson (1990).

❺ 譯註；1928-，美國歷史學家和歷史理論家。

[180] White (1973, 1976); Clifford and Marcus (1986); Atkinson (1990).

4

核心問題

　　在許多例子——前一章已闡述過其中的若干例子——裡，我們既能夠不徹底改變我們自身的智識傳統，而又由能夠藉著從其他學科援借概念來增加我們的詞彙，也企盼由此而精巧我們的分析。有一些理念則具有較大的危險性；它們較仰賴哲學的前提，所以抵拒跟某一外來傳統結合——的確，它們有被改變成其引進之智識體系的危險。

　　本章所關切的正是這些理念，或者至少是其中的若干理念，其專注於三方面的智識衝突。首先，功能的（或結構的）理念與人類能動性（行為者）的理念之間的對立。其次，僅僅作為「上層建築」的文化觀，跟作為歷史中之積極動力（不論其促進變遷或延續性）的文化觀之間的緊張狀態。第三，歷史學家、社會學家、人類學家和其他人提供給我們關於社會在過去或現在之中的「種種事實」的理念，跟那種把他們所提出之事物看成是某種虛構的看法之間的衝突。一如

本書的其他章節那般，在此討論的重點是提出問題、探索各種可能性，而非告訴任何人應該作什麼。

功能

「功能」在社會理論裡是（或者說，至少曾是）一個關鍵的概念。它看來就像一個無害的概念，不過是暗示著各種體制有其自身的用途罷了。然而，倘若界定得更準確的話，這個理念就有了一種截然不同的轉變，它變得讓人更感興趣，也更具危險性。結構的每一部分功能，如同定義所言，乃是維持（maintain）其整體；而要「維持」整體便是要使其處於「均衡」（equilibrium）（自然界與人類社會之間的一個從力學到生物學的有影響之比附）。讓此一理論既有吸引力又具危險性的乃是這一事實，即它不只是描述性的，同時也是解釋性的。依功能論者的說法，一種特殊的風俗或體制的存在原因，正是在於它對維持社會均衡所作的貢獻。

歷史學家對社會均衡的理念並不完全陌生。在17世紀和18世紀，權力、財產、與貿易之「平衡」（balance）的理念，是政治分析和經濟分析的核心。舉例來說，當吉朋從「大而無當」（immoderate greatness）的角度解釋羅馬帝國的衰亡時，他便是從平衡或上下變動（see-saw）的角度來進行思考的。然而，許多社會理論家不只偶爾把「均衡」當作一

個隱喻來使用，而且也把它當作潛藏在他們所提出之問題和視之爲可接受之答案底下的一個基本預設。

功能論有時遭到批評說是將明顯的事物解釋得很複雜的一種方法。然而，在某些情況下，功能論解釋就像在分析有關衝突的社會功能時的情況那樣，蔑視常識而非確認它。[1] 有一本著作對這些議題作了相當出色的討論，它刻意迴避「結構」和「功能」這些術語。這本書顯然關涉非洲，但有更廣泛的意涵。

該書作者已故的馬克斯・格拉克曼，圍繞著一系列的弔詭來建構他的著作。舉例來說，題爲「宿怨中的和平」的這一章爭辯說，宿怨不像常識所認爲的那樣，是對和平的一個威脅。相反地，它是一個具有保持和平、維持社會聚合之功能的慣例。關鍵在於，個人經常因血緣或友誼的紐帶而發現他們有相互的連結，而且這種情義衝突使其有維護和平的主張。再者，格拉克曼爭辯說，「反叛（rebellions）的作用絕非瓦解已建制的社會秩序，其甚至還支撐著這種秩序；」換言之，其功能乃是扮演著一種維持社會秩序的安全閥。此外，在討論祖魯人（Zulu）❶的某些顛倒的儀式時，作者指出，一年一次的習俗禁忌的撤銷，「有助於強調它們。」[2]

---

[1] Coser (1956).

❶ 譯註：南非的班圖族。

[2] Gluckman (1955).

一如我們所知（見前，頁54-56），約略從1920到1960年，社會學和社會人類學籠罩在功能論研究取向的支配下，於是到了這一時期尾聲，它不是被描述成各類分析中的一種模式，而是唯一的社會學方法。[3] 在現象學、結構主義、詮釋學、以及後結構主義競逐霸權的時代，不可能有這一類的聲稱。然而，這麼說大概是公平的，功能論傳統依舊潛藏於社會學和社會人類學裡，甚至持續對或多或少已被遺忘的事物有著更重要的影響力。

另一方面，儘管有吉朋這一範例，不過，歷史學家在採納這種研究取向上一直是緩慢的。的確，只有到1960年代，社會學家對社會功能的理念愈來愈不滿時，許多實作歷史學家才開始嘗試用這類的解釋。

舉例來說，凱斯·湯馬斯在有關巫術和魔法的經典論著裡爭辯說，在英國的村莊社群中，「當其他的社會及經濟的力量共同削弱了傳統的慈善和敦親睦鄰的義務時，巫術信仰卻協助維持了這些義務，」因為更富裕的村民害怕，倘若他們把相當窮困的村民空手打發出家門的話，會遭到他們詛咒或施魔法。亞倫·麥克法蘭也提出說，「對巫術師的恐懼，在強化睦鄰行為上扮演著鼓勵的效果，」不過他也因另一種（實際上是對立的）功能解釋而想到這一結果，即巫術的告

---

[3] Davis (1959).

功
能

發是引起從更注重鄰里關係之社會到更個人主義之社會的深刻社會變遷的一種手段。[4] 這些對立的解釋容於相同的證據，這一事實應當會讓我們不安。功能的解釋很容易提出，卻難以證實（或證偽）。

功能論對歷史學家的吸引力在於，它彌補了他們太過於從個人意圖的角度解釋過去的傳統傾向。傳統的「意圖主義」（intentionalism）──就像人們稱呼它的──與功能論起衝突的一個範例，是有關第三帝國（Third Reich）的歷史研究。[5] 既然研究角度轉向了地區，意即體系的「邊陲」，那麼想全然從領袖（Führer）之意圖的角度解釋國家社會主義之國家的結構及1933至1945年之間的事件，看來便愈來愈難以置信了。現在愈來愈傾向思考加諸於希特勒身上的政治和社會壓力，以及有意識的計畫，甚至於潛意識的動機。儘管就該術語的嚴格意義來說，這種對結構和壓力的關切可能不是功能論式的，不過，它有助於闡明對於不局限於政治領袖之行為和想法的政治史之需求。

倘若說功能論解決了問題的話，那麼它也提出了問題。其中一個問題或可用前面章節討論過的一本小書來闡述，意即史東有關英國革命之原因的分析。依該書的說法，英國在

[4] Thomas (1971), 564-6; Macfarlane (1970), 105, 196.

[5] Mason (1981).

1529至1629年這百年裡的經濟增長和社會變遷，導致了經濟體系與政治體系之間的「失衡」。一位書評作者的反應是問道：「何時有過均衡狀態呢？」而且下結論說，這個概念不能應用到中古或近代的歐洲。類似地，艾德蒙・李區（Edmund Leach）也曾宣稱，「現實的社會從未處於均衡狀態」。[6]這些批評是有一點點誇大。舉例來說，巴烈圖並非從「完全」或靜態的均衡，而是「動態」的均衡之角度，檢視各個社會，從而將均衡界定爲「這樣一種狀態，即倘若它遭到某些人爲變更的話，⋯⋯那麼傾向於恢復它的眞實、正常狀態的反應就會立即發生。」[7]

　　看起來幾乎是爲了證明功能論的優點而編造的一個歷史範例，是16和17世紀的威尼斯共和國。[8]威尼斯在當時因其社會和政治體系非比尋常的穩定而相當受到欽慕。威尼斯人從其混合的或者說是「均衡的」政體之角度，解釋他們所宣稱的不朽穩定性；在此一政體裡，共和國總督提供了君主政體的要素，參議院提供了貴族政治的要素，至於由大約2000名成年男性貴族組成的大議會（Great Council），則提供了所謂的「民主的」要素。實際上，威尼斯是由大約200位輪流

[6] Stone (1972)；Koenigsberger (1974)；Leach (1954)；比較 Easton (1965), 19-21。

[7] Pareto (1916), section 2068.

[8] Burke (1974).

擔任重要政治職位的主要貴族（在當時被稱爲顯貴[grandi]）組成的寡頭政治所統治的。因此，這一混合政體的理念或可說是爲維持該體系而服務的一種「意識形態」，或者，（就馬林諾夫斯基所用之該術語的意義而言）一個「神話」。

這種神話本身未必有足夠的力量來展現這一功能，意即說服低層貴族、市民和平民所有一切都很令人滿意，不過，其他體制的存在緩和了來自這些非特定團體的對立，或者，繼續用我們核心隱喻來說，「抵銷」（counter-balance）了來自這些非特定團體的對立。在威尼斯一如在格拉克曼的非洲那樣，相互衝突的忠誠促進了社會聚合的目標。低層貴族被集團連帶拉到一個方向，不過，他們又被庇護紐帶——將作爲個體的他們跟個別顯貴結合一起——拉到了反方向（參見前文的討論，頁156-158）。他們身陷於這種衝突裡，跟妥協之結果有利害關係。

那除此之外的人呢？平民之中最能以清晰的言語表達思想、有可能挑戰威尼斯寡頭政治的集團是市民，亦即一個相對較小的、有2000至3000個成年男性的集團。他們享有某些正式或非正式的特權，以彌補他們遭大議會排除在外。行政部門中的某些職位僅保留給了他們；他們的女兒嫁給貴族的頗爲常見。某些對貴族開放的宗教團體，同樣也對市民開放。這或可爭辯說，這些特權讓市民覺得他們接近貴族，從而使他們從其餘的平民裡分離出來。

　　這些平民之中大約有15萬人被安撫了,就像古羅馬的老百姓被麵包和競技場的組合安撫了那樣。[9] 穀物有政府的津貼,政府也贊助壯觀的公共儀式。在威尼斯非比尋常地精心設計的狂歡節,是一個顛倒的儀式,在儀式中多少可以批評當局而不受懲罰,它就像格拉克曼所分析的祖魯人宗教儀式那樣的一種安全閥。威尼斯的漁民被允許選舉他們自己的總督,這個總督受到真實總督的嚴肅接待和親吻;這一儀式或可描述為增進了這一功能,亦即說服凡夫俗子相信,他們參與了事實上他們被排除在外的政治體系。[10]

　　還有許多地區的人口臣屬於威尼斯,包括北義大利的大部分(帕度亞[Padua]❷、威欽察[Vicenza]❸、威洛納[Verona]、柏加摩[Bergamo]❹、以及布雷沙[Brescia]❺)。這些城市的貴族可能憤恨喪失了獨立性,但他們擁有受雇為威尼斯軍隊軍官的機會。至於凡夫俗子,在許多情況下,他們因敵視當地的貴族而使他們擁護威尼斯。因此,我們或可說,體系的穩定性有賴權力的複雜平衡。

---

[9] Veyne (1976).

[10] 比較 Muir (1981)。

❷ 譯註:位於義大利東北部。

❸ 譯註:位於義大利東北部。

❹ 譯註:位於義大利米蘭東北30哩。

❺ 譯註:位於義大利中北部。

在這一穩定性的範例與功能分析的方法之間，似乎有一種選擇的親近性。這一範例仍然可用來闡明這種方法的缺點，以及其優點。舉例來說，有一個關於變遷的問題。威尼斯不是整個世界，而且佛羅倫斯和熱那亞這兩個姊妹共和國——別處姑且不談——裡頻仍的衝突和危機，很難從功能論的角度來加以解釋。即使在威尼斯這一例子裡，體系也不是不朽的。這個共和國在1797年被廢除了，而且甚至在之前的幾個世紀，她經歷了許多導致結構變遷——大議會不再招募新成員，十人議會漸次重要，從海上帝國向北義大利帝國的移轉，諸如此類——的危機。

變遷經常是衝突的結果，這可提醒我們，即使更精巧的功能論研究取向仍舊跟涂爾幹的社會共識模式有關。研究義大利的歷史學家實際上察覺到這一點，他們創造了「威尼斯神話」（myth of Venice）這一措辭來指涉一個穩定、均衡社會的意象，同時暗示這是一個遭到扭曲的意象。以為凡夫俗子分享了統治階級的所有價值，或者，以為他們很輕易地受到諸如漁民總督的就職典禮之類儀式操弄，的確是很不智的。一如我們所知，社會的穩定性不必然包含著社會共識。它可仰賴謹慎小心或慣性，而非一個共享的意識形態（見前，頁197）。它也受到特殊類型的政治結構和社會結構的協助。

要之，倘若「功能」這一概念不因胡亂運用而磨鈍，那

麼無論它是在歷史學家還是在理論家的工具箱裡，都是一個
有用的品目。它帶著誘惑，即忽視社會變遷、社會衝突、以
及個人動機，不過，這些誘惑是可以抵拒的。沒有必要以
為，在某一特定的社會裡每一種體制都有正面功能而不需要
任何代價（「反作用」[dysfunctions]❻）。沒有必要以為，某
一特定的體制對於某一個特定功能的實行是必不可少的；在
不同的社會或時期，不同體制可能充當功能相等物、類似
物、或替換物。[11] 然而，功能解釋不應被視為其他類型的歷
史解釋的替代品，它們是相互補充而非相互矛盾，因為它們
傾向於回覆不同的問題，不是對同一問題作不同的回覆。[12]
在此所要提出的不是歷史學家把意圖主義解釋丟下船，而僅
是他們把一些沒有「功能相等物」（functional equivalent）的
事物帶上船。

結構

功能分析關切的不是人們而是「結構」。實際上，不同
的社會研究取向利用了不同的結構概念，區分其中的至少三

---

❻ 譯註：指對於維持一個社會體系或其有效運作產生負面作用的一切社會
活動。

[11] Merton (1948); Runciman (1983-9), 2, 182-265.

[12] Gellner (1968).

種研究取向會有用處的。首先,是馬克思派研究取向,其中「基礎」和「上層建築」的建築學隱喻是中心,而且傾向於從各種經濟角度來構思這種基礎或下層構造。下一章會更詳細地分析這種研究取向。其次,是前面討論過的結構功能論研究取向,其中「結構」的概念相當普遍地用來指涉各制度的複合體——家庭、國家、法律體系,諸如此類。

第三,是從克洛德·李維史陀到羅蘭·巴特(Roland Barthes)❼(有人可能還會提到米歇·傅柯的《事物的秩序》一書)的所謂「結構主義者」,其主要關切思維和文化的結構或體系。潛藏在他們思想底下的基本模式或隱喻,是把社會或文化當作一種語言的模式。語言學理論家——索緒爾、雅各慎(Jakobson)、耶爾姆斯勒夫(Hjelmslev)——為這種把文化當作「符號系統」的「符號學」研究取向提供了靈感。索緒爾對「langue」(語言的資源)和「parole」(從這些資源中挑選出來的一種特殊表達)之間所作的著名區別,已經被概括化為「符碼」(code)和「訊息」(message)之間的區別。索緒爾所強調的重點是,訊息的意義不(或者說,不只)依靠於個體要轉送它的意圖,而是(而且)依靠於組成符碼的規則,換言之,即其結構。[13]

---

❼ 譯註:1915-1980,法國文學和社會理論家,符號學的主要倡導者。

[13] Runciman (1969); Lane (1970); Culler (1976).

　　類似地，李維史陀受到語言學家的激發，而撰寫了有關
「親緣關係的基本結構」（elementary structures of kinship）的
論著。他在書中將親緣關係系統分析作相同基本要素的置
換，舉例來說，男性／女性、父／子等等的二元對立。他繼
續撰寫了關於神話的論著，他在書中將神話拆成構成單元或
「神話素」（mythemes），爭辯說美洲印第安人的神話乃是相
互地轉化，而且尤其跟自然與文明之間的二元對立有關。[14]

　　尤其在法國，許多不同的領域吸收和應用了，或者改造
了這些理念，造就出（舉例來說，羅蘭・巴特作品裡的）結
構主義文學批評、（雅克・拉康 [Jacques Lacan]❽）結構主義
精神分析，以及（路易・阿圖塞 [Louis Althusser]）結構主義
的馬克思主義。在俄羅斯，也有一個從語言學家羅曼・雅各
慎和尼古拉・特魯別茨科伊（Nicolai Trubetzkoi），到弗拉基
米爾・普羅普（Vladimir Propp）關於民間故事的論著以及尤
里・羅特曼（Juri Lotman）關於俄羅斯文學和文化的論著所
帶動的獨立發展。舉例來說，普羅普研究俄羅斯民間故事的
「形態學」（morphology）時，確認了三十一種反覆出現的要
素或「功能」──英雄被禁止從事某些事物，這種禁令受到
忽視，諸如此類。[15]

---

[14] Lévi-Strauss (1949; 1958, 31-54; 1964-1972).

❽ 譯註：1901-1981，法國精神分析學家。

[15] Propp (1928); Lotman and Uspenskii (1984).

這一切跟歷史學有什麼關係呢？結構歷史學相當有名，不論它遵循的是馬克思或布勞岱的模式，不過，結構主義歷史學還能佔一席之地嗎？相當明顯的是，結構主義的結構含有反歷史的立場。索緒爾顯示了反對他那時代之語言學家的立場，因那些人的語言模式是演化式的。他的革新之處在於提出，語言的狀況在任何時刻都可用其不同要素之間的關係來加以解釋，而毋庸涉及過去。索緒爾的語言學是一種均衡的模式，其刻意賦予結構（「共時性」[synchronic]）凌駕於變遷（「貫時性」[diachronic]）之上的特權。同樣地，李維史陀也賦予結構凌駕於變遷之上的特權，因為人類學家所研究的社會相對上是靜止的——一如他所言，「冷的」（cold）——而複雜的社會是「熱的」（hot）。至少，他和其他結構主義者不時把文化的基本範疇寫得好似是無時間性的。

　　結構主義和歷史學之間的對立不該被誇大。李維史陀沒有忽視歷史，相反地，他把注意力集中在諸如有關婚姻的比較史這類論題上。巴特進入了歷史學家的領域，提供了一種關於歷史論述的結構主義分析。至於羅特曼，他已把大部分時間投入對於俄羅斯傳統文化的研究。[16] 對他們來說，他們在學術界佔支配地位的年代，尤其在神話研究裡，有一些歷史學家心動於結構主義的研究取向。舉例來說，他們根據普

---

[16] Lévi-Strauss (1958, 1-27; 1983); Barthes (1967); Lotman (1984).

羅普和李維史陀的典範，分析古希臘神話以及（經常是講述不同個人的相同故事的）中古聖徒傳記，強調反覆出現的要素和二元對立。[17]

　　有位歷史學家所進行的一個相當令人印象深刻的結構分析，是有關另一位歷史學家的研究，即法蘭索瓦・阿爾托格（François Hartog）討論希羅多德（Herodotus）的著作，他專注於希羅多德描述「他者」（other）——換言之，非希臘人——的方式。舉例來說，西徐安人（Scythians）不僅被描述成不同於希臘人，而且在許多方面跟希臘人相反。像希臘人住在城市，而西徐安人住在荒野；希臘人是開化的，而西徐安人則是「蠻族」。然而，當希羅多德開始描述攻擊過希臘的波斯人對於西徐安人的攻擊時，這一事件反轉了被倒置的狀態，西徐安人看起來又相當受到讚許。阿爾托格的作品，就像羅蘭・巴特和海登・懷特的作品那樣，闡明了歷史學家的文本策略，以及懷特所謂的「形式的內容」（the content of the form）對於訊息的影響。[18]

　　某些問題在運用結構主義的過程中變得明顯起來。若干語言學家和文學批評家對於這一理念，即意義可抽離自地點、時間、說者、聽者、以及情境之脈絡，表達了他們的不安。[19]

---

[17] Vernant (1966); Gurevich (1972); Boureau (1984).

[18] Hartog (1980).

[19] Bakhtin (1952-1953); Hymes (1964).

另外一些人──尤其是雅克‧德希達（Jacques Derrida）❾以及所謂的「後結構主義者」──則對結構決定論感到不安，因為該決定論反對傳送者和接受者在意義上的自主行為（free play）；這一點討論傳播的那節已經談過了，而且在下文以「文化」為題的小節裡還會再談到（頁199-200、235-236）。[20]

　　普羅普的一則範例可用來闡明結構主義方法中的若干困境。他比較了兩則故事，在一則故事裡，一個魔法師給了伊凡（Ivan）一艘船，這艘船把伊凡帶到另一王國，而在另一則故事裡，一位女王給了伊凡一枚戒指，這個戒指帶來相同的結果。對普羅普而言，這些例子闡明了第14項功能，即「一個有魔力的事物被交由主人翁處置。」的確，很難否認這兩個情節在結構上的相似性。以這種方法分析這些故事當然是有啟發性的。但故事裡某些重要內涵還是遺失了；雖然像一枚戒指或一匹馬這種要素在許多文化裡有豐富的聯想，卻都被化約成代數上的x或y那樣。就像語言學家和文學批評家那樣，歷史學家也希望專注於這類的對象和聯想；既專注於故事的表面，也專注於故事的結構。因此，我在上面描述的這種「拼貼」（bricolage）❿，與其說是怯懦的例子，不

❾ 譯註：1930-，法國哲學家，解構理論代表人物。
[20] Culler (1980); Norris (1982).
❿ 譯註：指通過對於不相關事物別出心裁的運用或非傳統的安排，而改變了對象或符號的意義。

如說是在思想上作保留的例子。

　　有關強烈表現出這類保留的範例，我們可回到珍・范希納身上，就她的例子來說，她將結構主義描述成一個「謬誤」（fallacy）、一個「無效的」方法，因為它的程序「既不能仿製，也不能證偽。」[21] 我自己則不會推得那麼遠。一方面，我不認為，有關文本或口述傳統的任何分析，能像范希納所期望的那樣科學。另一方面，我還是相信——雖說二元對立不是文化裡唯一找得到的模式——對這類模式的敏感度漸次提升，是我們所受惠於結構主義運動的。

　　過去幾年，若干社會學家一直嘗試超越既與結構功能論者有關，又與結構主義者有關的結構概念。舉例來說，亞蘭・圖雷納（Alain Touraine）就要求「行為者的回歸」，他提出有關社會運動的研究是社會學的核心。[22] 安東尼・紀登斯（Anthony Giddens）**❶** 也提出，專注於社會行為者在「結構化」（structuration）過程中的角色，能夠解決或分解能動性（agency）與結構之間顯而易見的對立（下一章會回到這一主題上）。[23]

　　再者，皮耶・布赫迪厄批評涂爾幹和李維史陀兩者的研

---

[21] Vansina (1985), 165.

[22] Touraine (1984).

❶ 譯註：1930-，英國社會理論家和社會學家，倫敦政經學院院長。

[23] Giddens (1979), ch. 2.

結構

究取向，太過僵硬、太過機械化。他偏好的一種更彈性的結構概念，是一種「場域」或各種場域（宗教場域、文學場域、經濟場域等等）。社會行為者是「根據他們在這個空間中的相對位置來加以界定的」；布赫迪厄也把這種空間描述為一種「力場」（field of forces），因這種力場把一定的關係施加到那些進入者的身上，而「這些關係不能化約為個別能動者的意圖，甚至也不能化約為能動者之間的直接互動。」有人作了有趣的嘗試，運用布赫迪厄的場域概念，分析作為自覺群體的法國作家和法國知識分子依次在17世紀和19世紀的「誕生」，而這一過程卻顯示出了界定「文學」或「智識」（intellectual）空間的困難。然而，目前還沒有人以這種方式建構更全面的研究，以測試這種研究取向對於歷史學家的價值。[24]

歷史學家也一直反對結構的概念。馬克思和布勞岱的支持者遭指控說決定論把人們從歷史裡排除，極端的例子裡還被指控說研究靜態結構而不管隨時間更迭的變遷，因而是「非歷史的」（unhistorical）。儘管這些指控通常被誇大了，不過，把結構分析跟歷史分析結合起來的嘗試，提出了需要討論的問題，尤其是個別行為者與社會體系之間的關係，換言之，就是「決定論vs自由」的問題。顯然，這類的問題，不

---

[24] Bourdieu (1984), 230; Viala (1985); Charle (1990).

斷出現的一個哲學問題，在本書這樣的簡短討論裡是無法解決的。把它提出來還是有需要的。以下兩節會從心理學和文化這兩個角度審視這個問題。

心理學

到目前為止，心理學在這本書裡扮演著一個有點邊緣的角色。這個明顯疏忽的理由在於心理學與歷史學之間的關係。1950年代，代表著一種令人興奮的新研究取向的一個新術語，開始在美國流行，也就是「心理史學」（psychohistory）。心理分析家艾力克·艾力克森（Erik Erikson）關於青年路德的論著引發了一場參與踴躍的論戰，而美國歷史學會主席，一位受人敬重的史學界大老，卻出人意表地告訴他的同事說，歷史學家的「下一個任務」將是比往昔更嚴肅地看待心理學。[25] 自那時以來，致力於心理史學的學報紛紛創辦，從這種觀點研究諸如托洛斯基（Trotsky）、甘地（Gandhi）和希特勒這類的領袖人物。[26] 歷史學與心理學之間廣受宣傳的會面，看來還是延期了。甚至到了1990年代，它仍然是下一個而非當前的任務。

---

[25] Erikson (1958); Langer (1958).

[26] Wolfenstein (1967); Erikson (1970); Waite (1977).

心
理
學

　　歷史學家不願努力看待心理學的一個理由——除了經驗論者對於理論的抵拒之外——當然是因為心理學有各式各樣相互競爭的版本，像佛洛伊德心理學、新佛洛伊德心理學、榮格心理學、以及發展心理學等等。另一個理由是，將佛洛伊德的方法應用在死者而非生人身上，意即對文獻作心理分析，有明顯的困難。還有一個理由是這一事實：歷史學與心理學之間相遇的時刻不利，那時歷史學家正遠離「大人物」，而把焦點集中於大人物之外的人們。對他們來說，重要的問題與其說是希特勒的人格，不如說是德國人對他的領導風格的接納度。

　　那麼，集體心理學的情況又是如何呢？1920和1930年代，若干歷史學家，尤其是兩位法國人——馬克·布洛克和呂西安·費夫賀——倡導且想要踐行他們稱之為有關群體的「歷史心理學」；其不是從佛洛伊德，而是從諸如夏爾·布朗岱爾、亨利·瓦隆（Henri Wallon）和呂西安·李維布魯——我們已經討論過他的「原始思維」理念（頁189-190）——等法國心理學家或哲學家那裡獲取心得。然而，作為他們後繼者的心態史學家，通常都把注意力從心理學轉向了人類學。

　　至於人類學家和社會學家，他們也跟心理學保持距離。涂爾幹將社會學定義為有關社會之科學，以有別於有關個體之科學的心理學。1930和1940年代，有過許多和睦共處的嘗試，像美國「文化與人格」（culture and personality）學派

——例如，潘乃德（Ruth Benedict）❶——的作品、諾伯特·
艾里亞斯所提出的韋伯與佛洛伊德的綜合（詳見下文的討
論，頁274-275）、埃里希·佛洛姆（Erich Fromm）❸提出的
馬克思與佛洛伊德的綜合、或者西奧多·阿多諾（Theodor
Adorno）❹領導下有關「權威人格」（authoritarian personality）
的集體研究。[27] 這種研究取向跟歷史學家的關連是明顯的。
倘若「基本的」人格因社會而異，那麼它也勢必因時期而
異。文化與人格學派的作品——舉例來說，它對「恥感文化」
（shame cultures）與「罪感文化」（guilt cultures）之間所作的
對比——成爲多德茲（E. R. Dodds）有關古希臘之經典論著
的基礎，而他便徵引了潘乃德和佛洛姆的論點。[28] 然而，一
般說來，這些作品對歷史實作幾乎沒有值得注意的影響。

　　無論如何，這種和睦共處並未持續下來。人類學家愈來
愈不滿於國家性格或者「社會性格」（social character）的理
念，而寧可運用更彈性的文化概念。以這種文化概念爲導向

---

❶ 譯註：1887-1948，美國文化人類學家，她跟隨鮑亞士的傳統，在比較
　人類學上採取一種文化相對主義的取向。她在研究上的貢獻主要是對於
　文化和人格的探討採取一種心理學的取向，她在種族的研究上也一直頗
　具影響力。

❸ 譯註：1900-1980，德裔美國心理學家和社會評論家。

❹ 譯註：1903-1969，德國社會哲學家、社會學家、音樂評論家，法蘭克
　福批判理論學派的主要成員。

[27] Benedict (1934); Elias (1939); Fromm (1942); Adorno (1950).

[28] Dodds (1951).

心理學

中心之歷史人類學的崛起，是近年來科際整合最有斬獲的發展之一。然而，我們不該因它的成就而看不見歷史心理學這個被遺棄之方案的潛力。對歷史學家而言，心理學理論至少在三個不同方面有所助益。

首先，讓他們擺脫了有關人性的「常識性」假設，因心理學理論的種種未有定論的假設——即令不是精確的佛洛伊德意義上的潛意識——更有作用的。一如彼得・蓋（Peter Gay）所言：「一位專業的歷史學家始終也是一位心理學家——一位業餘的心理學家。」[29] 理論（更準確地說，相互競爭的理論）可顯示表面上非理性之行為的理性根源，以及表面上理性之行為的非理性根源，從而讓歷史學家不會輕易地以為，某個個人或團體是根據理性行動，而把其他的個人或團體摒之為非理性（「狂熱」、「迷信」，諸如此類）。

其次，心理學理論對史料考證的過程作出了貢獻。一位傑出的精神分析學家這麼建議說，為了正確運用作為歷史證據的自傳和日記——例如，聖西門（Saint-Simon）的回憶錄——不僅有必要考量書寫該文本的文化，以及文化中的文類規約，而且也有必要考量作者的年齡，意即他或她在生命周期中的位置。[30] 類似地，一位社會心理學家也建議說，我們

---

[29] Gay (1985), 6.

[30] Erikson (1968), 701-2.

所有人一直是以史達林時代的蘇聯百科全書的方式重新書寫我們的自傳。口述史家也開始考量他們所收集到之證詞中的幻想成分，以及潛藏在這類幻想底下的心理需求。[31] 再者，最近有一本書選擇性地運用了從威廉・賴希（Wilhelm Reich）⑮到吉爾・德勒茲（Giles Deleuze）⑯的種種相互競爭的理論，其考察自願軍團（Free Corps）之成員——緊接著第一次世界大戰後，涉入好戰的右翼政治的德國退伍軍人——富有攻擊性的厭惡女人的幻想。[32]

從白日幻想到夢只有很小的一步。各種學派的精神分析家的範例，或可激勵歷史學家去利用某種罕受研究過的材料，也就是夢（更準確地說，夢的紀錄）。以這種方式作研究的一個恰當案例，乃是威廉・勞德（William Laud）的案例；他是坎特伯里（Canterbury）的大主教，又跟主子查理一世聯手打擊清教徒。勞德似乎是個有自卑感的典型實例，因為他是一個才能低下、出身卑微而又有攻擊行為的人。不過，歷史學家怎麼有可能說明勞德實際上覺得自卑、焦慮、或不安呢？在這一點上，夢可告訴我們一些事物。1623到1643年之間，勞德在日記裡記載了30個夢。其中三分之二

---

[31] Samuel and Thompson (1990), 7-8, 55-7, 143-5.

⑮ 譯註：1897-1957，美國精神分析學家。

⑯ 譯註：1926-1995，法國哲學家。

[32] Theweleit (1977).

的夢呈現了災難，或者，至少是令人困窘的處境。舉例來說，「我不可思議地夢到國王被我惹惱了，要拋棄我，但不告訴我任何原因。」對有些心理學家而言，夢境裡的國王意味著夢者的父親。對其他心理學家而言，夢境中的所有人物都意指夢者各方面的人格。在這一特定的案例中，還是很難抗拒這一結論，即勞德的確擔憂他跟國王的關係，而且他同時代的人所抱怨的傲慢，顯示他基本上缺乏信心。[33]

　　第三，對於個人與社會之間的關係的討論，心理學家作出了貢獻。舉例來說，他們考量了追隨者的心理，也考量了領袖的心理──例如，對一個父親形象的需求。由此一視角觀之，前文討論過的有關卡里斯瑪的責難（頁185-187）就變得比較容易理解了。

　　再者，若干心理學家討論了喬治・德韋魯（Georges Devereux）所謂「心理學式的」動機與「社會學式的」動機之間的關係，換句話說，就是日常語言裡所謂的「公眾的」動機和私人的動機之間的關係。在一本有關1956年匈牙利自由鬥士的論著中，德韋魯爭辯說，他們經常有反叛的私人理由，不過，這一公眾目標讓他們得以無罪地將慾望實現。[34]換句話說，有關個人動機的分析，以及有關社會運動背後之

---

[33] Burke (1973).

[34] Devereux (1959).

理由的分析，是相互補充而非相互矛盾的。佛洛伊德著名的
「多重決定」（overdetermination）❶概念，看來可以在這裡應
用。

　　心理學家有助於重新界定個人與社會之間的關係的另一
方式，乃是討論不同文化裡的孩童養育，而這種討論也可闡
明歷史問題。注意到17世紀阿姆斯特丹相對上較有創業精神
的政治菁英，與更為謹慎小心的威尼斯菁英之間的差異時，
我發現自己懷疑起這跟不同的孩童養育方式是否有關。有趣
的是，我發現殘缺的證據表明，阿姆斯特丹人一般斷奶較
早，而威尼斯人則相對較晚。類似地，菲利普‧格雷文
（Philip Greven）受到佛洛伊德和艾力克森激發的有關殖民時
期美國的專論，區分出三種基本的「性格」（temperaments），
而且從孩童養育的角度解釋了它們的起源。以敵視自我為特
徵的「狂熱型性格的人」（evangelicals），是嚴格規訓下的產
物；主要特質為自我控制的「穩健型性格的人」（moderates），
經歷過較溫和的規訓，其意向在童年時期受到改變而非馴
服；最後，根據自信心作界定的「優雅型性格的人」
（genteel），孩提期受到溫情的對待，甚至是溺愛。當然，其
他文化裡也能找到這些性格類型，而且比較研究給這種描繪

---

❶ 譯註：指多種複雜的思想（例如在反覆出現的夢中）濃縮為單一形象的
　　過程。

增添微妙之處。然而，目前為止，童年的比較研究還不是歷史性的，而歷史研究也還不是比較性的。[35]

　　個人與社會之間的關係的這些討論，在有關自由或決定論的慣用主張之間，佔據著中間立場。它們關切公眾理由與個人動機之間可能的「調和」；指出社會加在個人身上的壓力，或多或少是難以（而非不可能）抵拒的；也注意到社會約束的存在，不過，是把這些約束視為選擇範圍的減少，而非要求個人以某種方式行動。這種自由與決定論之間的中間立場，也是近年來關於文化本質的爭論的戰場。

文化

　　過去幾年，社會學家和歷史學家普遍都反對與功能分析、馬克思主義、計量方法有關的，總之與某一社會「科學」理念有關的決定論。這種反應或反叛，在「文化」的旗幟下發生，而「文化」就像「功能」這一術語那樣，是與一種特殊的解釋方式有關的。

　　「文化」是一個有著多到令人困窘之定義的概念。19世紀，這一術語通常用來指涉視覺藝術、文學、哲學、自然科學、以及音樂，而且表達了漸次認識到社會環境形塑藝術

---

[35] Burke (1974); Greven (1977).

和科學的方式。[36] 這種漸次的認識導致了有關文化的社會學或社會史的崛起。這種將藝術、文學、音樂等視爲一種上層建築、反映經濟和社會「基礎」之變遷的傾向，本質上是馬克思主義或馬克思派的。這一文類的一個典型範例是阿諾德‧豪瑟（Arnold Hauser）著名的《藝術的社會史》（*Social History of Art*）。舉例來說，他將15世紀佛羅倫斯藝術的特徵描述成「中產階級的自然主義」（middle-class naturalism），或者，將固定型式的表達風格（Mannerism）解釋爲，隨著美洲的發現及法國依次在1492和1494年入侵義大利而來的經濟和政治「危機」而產生的藝術表現手法。[37] 這種研究取向在最近幾十年裡遭到兩個平行而又有相互關連的發展破壞了。

首先，當歷史學家、社會學家、文學批評家和其他人擴大其興趣時，「文化」這一術語的意義也就隨著豐富起來。就凡夫俗子的態度和價值，及其在民間藝術、民歌、民間故事、以及節日等的表達這一層面而言，大眾文化愈來愈受到注意。[38] 對大眾藝品和表演——在畫架畫出來的繪畫、歌劇等大眾對等物——的關切，反過來被批評爲太狹隘。當前的傾向是要遠離所謂「歌劇院式的」（opera-house）文化定

---

[36] Kroeber and Kluckhohn (1952); Williams (1958).

[37] Hauser (1951), 2, 27, 96-9；相關批評，參見 Gombrich (1953, 1969)。

[38] Burke (1978); Yeo and Yeo (1981).

義，而從長久來受到美國人類學家偏愛的廣泛層面運用這一術語。一個世代以前，英國「社會人類學家」與弗朗茨・鮑亞士和潘乃德傳統下的美國「文化人類學家」之間，存在著鮮明的對比。英國人強調社會體制之處，美國人卻強調「文化模式」，換句話說，即「人類行為的象徵表達面相」或灌注於日常生活實踐裡的共享意義。[39] 克利福・紀爾茲關切意義體系的《文化的詮釋》（*Interpretation of Cultures*, 1973）受到大西洋兩岸同樣的矚目，間接表明「定量的」（hard）英國學派和「定性的」（soft）美國學派之間的差異，如今已不斷消弭了。社會史和文學史之間的差異亦然，至少在「新歷史主義者」的論著中是如此，其強調他們所謂「文化詩學」（poetics of culture）的事物，換句話說，強調潛藏於文學或非文學的文本、正規或非正規的表演底下的規約。[40]

其次，當這一術語的意義擴大時，漸次有一傾向，將「文化」視為是積極而非消極的。當然，結構主義者試圖調整一世代以前的平衡，而且大可爭辯說，特別是李維史陀，已把馬克思顛倒過來，意即回歸向黑格爾（Hegel），而李維史陀提出說真正的深層結構，並非經濟和社會配列而是心智

---

[39] 有關「歌劇院式的」定義，參見Wagner (1975), 21；有關「人類行為的象徵表達面相」，參見Wuthnow et al. (1984), 3。

[40] Greenblatt (1988); Stallybrass and White (1986).

範疇。然而，結構主義者和馬克思主義者如今經常被湊在一起，一同被棄之為決定論者，轉而以大眾對「體系」的抵拒和集體創造性為重點。[41] 過去經常被認為是客觀、不容否認的社會事實，像性別、階級或社群，如今都被認為是文化「建構」或「構成」。

　　已故的米歇・傅柯討論西方人關於瘋狂和性意識之觀念變遷的論著，以及他對各種貧乏的「眞實」概念──其壓抑了想像出來之事物的眞實──的批判，在這方面有極大的影響力。[42] 然而，傅柯的作品是一個更寬泛趨勢裡的一部分。現象學家長久以來強調有時被稱之為「眞實的社會建構」（social construction of reality）的事物。[43] 諸如路易・阿圖塞和莫里斯・戈德利耶（Maurice Godelier）這類「文化」馬克思主義者，都是強調我們所謂「社會」的產生過程中思想和想像之重要性的理論家。[44] 在這個方面，批判理論家柯尼利斯・卡斯托利亞迪斯（Cornelis Castoriadis）也一直有影響力。然而，想像（l'imaginaire）這一術語的啓用，可能主要得歸功於雅克・拉康這一先例。[45]

---

[41] Certeau (1980); Fiske (1989).

[42] Foucault (1961; 1976-1984).

[43] Berger and Luckmann (1966).

[44] Althusser (1970); Godelier (1984), 125-75.

[45] Castoriadis (1975).

文化

　　由於李維史陀和其他結構主義者的作品裡隱含的文化「規則」太過機械性了，皮耶‧布赫迪厄對他們的批判便指向了同一方向。作為一種替換物，他提出了一個更彈性的概念，亦即「習性」（habitus）；這是一個起源於亞里斯多德（通過聖湯馬斯‧阿奎那 [St Thomas Aquinas] 和藝術史家埃爾溫‧帕諾夫斯基[Erwin Panofsky][18]）而推導出的概念。「習性」被界定為一連串「方案，其能讓能動者產生跟不斷變遷的情境相順應的無窮實踐；」[46] 其本質是一種「有規則的即席創作」，一種令人回想起艾伯特‧洛德研究口傳詩人的慣用法和題目時所用措辭（見前，頁202-203）。

　　像傅柯那樣（還不要提哲學家梅洛-龐蒂[Merleau-Ponty][19]），布赫迪厄破壞了跟笛卡兒（Descartes）有關的精神與肉體之間的的典型區分，而且仿製了「機器的鬼魂」一語來嘲弄這一學說。他所提到的種種實踐，很難歸類為「精神的」或「物質的」。舉例來說，阿爾及利亞的卡拜爾人（Kabyle）[20]——布赫迪厄在他們裡頭作過田野調查——的榮譽感，既表現在他們挺直的行走方式上，也表現在他們所說的事物上。再者，像羅卡叔叔這類的匈牙利農業工人，在有

---

[18] 譯註：1892-1968，美國藝術評論家和藝術史家。

[46] Bourdieu (1972), 16, 78-87.

[19] 譯註：1908-1961，法國哲學家和心理學家。

[20] 譯註：北非突尼西亞和阿爾及利亞的巴爾巴族一支派。

意無意地抵拒當局時所培養的「像烏龜那樣地沈著」(參見
前文的描述,頁183),爲布赫迪厄所謂的「習性」提供了一
個生動的解說。

　　在文學和哲學的領域,或兩者之間的間隔裡,一個有關
文化創造性的類似預設,成爲雅克‧德希達及其追隨者所踐
行的「解構」──換言之,他們獨特的文本研究取向──的
基礎。這一研究取向關切的是,闡明文本的矛盾、將注意力
放在其曖昧處、以及以逆向的方式解讀文本本身及其作者。
倘若對於二元對立的興趣是結構主義的標誌,那麼後結構主
義者或可視爲對破壞這些範疇的興趣。從而,德希達感興趣
的「增補」(supplement),既意指補充說明,又意指替換。[47]
尤其這一解構的傾向,還有在最後幾段所描述的其他事物,
有時被貼上「後結構主義」、甚或「後現代主義」的標籤。[48]

　　歷史學家對這些發展怎樣反應呢?倘若我們以一種精確
的方式界定解構、後結構主義、以及相關發展,那麼就沒有
太多可談的。舉例來說,後現代主義與歷史學之間的關係的
明晰討論,幾乎還沒有開始呢。[49] 儘管(就「裂解成碎片」
這一意義而言)「解構」這個詞愈來愈風行,不過,在歷史
學家的實質研究裡,卻只有少數顯示出受到德希達的啓發。

---

[47] Derrida (1967, 141-64; 1972); Norris (1982); Culler (1983).

[48] Dews (1987); Harland (1987).

[49] Spivak (1985); Attridge (1987); Joyce (1991); Kelly (1991).

文化

　　例如，瓊・史考特從「增補的邏輯」的角度，分析婦女史與歷史學之間的關係。哈魯圖尼安（H. D. Harootunian）提出了對於德川時代日本「本土主義」（nativism）（換言之，認同感）論述的一個新的、有爭議的解讀方式；他將「作爲遊戲形式的概念架構」的概念，當成「意識形態即社會之反映」的傳統觀點的解毒劑。再者，提摩太・米契爾（Timothy Mitchell）有關19世紀埃及的論著，建立在德希達的延異概念——「不是事物之間的差別或時空間隔的一種模式，而是一種始終不穩定的內部遲延或分異」——上，以便重新思考關於殖民地城市的公認觀點。米契爾證實了此一弔詭：「爲了把自身表現爲現代的，殖民地城市有賴於繼續維持閉關狀態。這種依存關係使得外界，意即東方……成爲現代城市不可或缺的部分。」[50] 關於德希達對於歷史學家的用處想要有一個平衡的評價，至少，我們必須等到多一點歷史學家試著用他的理論來進行研究，或者，德希達以身作則，就像對文本那樣，也對「歷史過程」作解構。[51]

　　另一方面，假定我們採納一個較寬泛的定義，把這些新趨勢視爲一種跟具有廣布意義的自由和不穩定性——一種矛盾、流動性和不確定性的意識，一種對於馬歇爾・沙林斯所

---

[50] Scott (1991), 49-50；Harootunian (1988)，尤其是頁 1-22；Mitchell (1988), 145, 149。

[51] 引自 Dews (1987), 35。

謂的將範疇用在日常世界時所具有的「風險」的意識——有
關的反結構主義，[52] 那麼歷史學家的集體回應，如今變得愈
來愈明顯了。例如，從前文討論過的那種「文化的社會
史」，朝羅歇・夏爾提埃所謂的「社會的文化史」的轉變，
愈來愈盛行。[53] 歷史學家對紀爾茲之作品愈來愈感興趣，既
顯示了賦予文化的新重要性，也顯示了對文化所下的新定
義。[54] 針對關於19世紀後期以降英國「工業精神的衰落」
的書籍而來之爭論的例子裡，「物質主義者」和「文化論者」
之間在解釋經濟增長或衰落上所示例的一場參與踴躍論戰亦
是如此。[55] 一如喬治・迪比討論社會「三個等級」之理念的
論著（見前，頁140），或晚近討論國族或文化之意象的著
作，歷史學家漸次察覺到有關「想像」的力量。[56] 有關語言
之社會史的專論，不僅一直關切社會對語言的影響，而且也
關切相反的狀況——例如，在社會集團的構成裡，像「中產
階級」和「工人階級」這類對立術語的重要性。[57] 像「部落」
或「種姓」這類一度被認為是「社會事實」的社會組織的形

---

[52] Sahlins (1985), 149.

[53] Chartier (1989)；比較 Hunt (1989)。

[54] Geertz (1973); Walters (1980); Darnton (1984); Levi (1991).

[55] Wiener (1981).

[56] Duby (1978); Anderson (1983); Nora (1984-7); Inden (1990).

[57] Burke and Porter (1987); Corfield (1991).

式，如今被視爲幻想，或者，至少是集體表述。[58]「社會文化的」這一複合詞的流傳也間接表明，漸次察覺到了「文化」的重要性；反過來說，也漸次察覺到了「社會」的可鍛性（malleability）。

　　爲了生動地說明文化建構的過程，我們可轉向賽門・夏瑪（Simon Schama）有關17世紀荷蘭人的論著《富人的尷尬》（*The Embarrassment of Riches*）。夏瑪特別關切這一時期還是新國家的荷蘭，以什麼方式爲自身打造認同。他討論了各式各樣、範圍廣泛的主題，從愛乾淨到抽煙，從古代巴達維亞人的宗派，到荷蘭共和國是新以色列的神話，同時從認同建構的角度來審視這些主題。舉例來說，夏瑪接受人類學家瑪麗・道格拉斯（Mary Douglas）❹關於猶太人之飲食規定的詮釋，指出「整潔而又尚武，是對於當家作主的肯定。」類似地，他把飲酒和抽煙斗視爲「荷蘭人藉以認出其共同身分」的習俗。「有建構意涵的飲酒」，道格拉斯會這麼說。[59]

　　在有關文化的研究裡，這兩個轉變是相當有啓發性的；不過，這兩個轉變提出了至今還沒有找到令人滿意之解決方法的問題。先舉「建構」的問題吧。很難否認，一些傳統的──像涂爾幹式和馬克思主義的──文化研究取向裡隱含著

---

[58] Southall (1970); Inden (1990).

❹ 譯註：1921-，英國社會與文化人類學家。

[59] Schama (1987), 200, 380; Douglas (1966, 1987).

化約論（reductionism），不過，這種反方向的反應可能太過度了。現今所強調的文化創造性以及在歷史裡作為一種積極力量的文化，需要輔以某些認識，即那種創造性是在種種約束內部操作的。並非簡單地用社會的文化史來取代文化的社會史，我們需要的是同時一起運用這兩種理念，不論這有多麼地困難。換句話說，這麼做是最有幫助的，意即從辯證的角度——雙方是積極而又消極的、決定而又被決定的伙伴——看待文化與社會之間的關係。[60]

　　無論如何，文化建構應該被視為一個問題而非一個假設，一個值得更詳細分析的問題。我們怎樣建構關於（比方說）階級或性別的一種新概念呢？而「我們」又是誰呢？我們怎樣才能解釋對於這種革新的接納呢？或者，換個方式想，可不可能解釋為何傳統概念在某些時候不再讓某些集團信服呢？

　　在心理學家與藝術史家之間有關感知力的論戰——其造就了貢布里希（E. H. Gombrich）㉒的經典論著《藝術和幻覺》（*Art and Illusion*, 1960）——裡，上述若干的問題早在「後結構主義」之類的術語聞名以前，就已經公開提出過了。就像文化史家阿比・瓦爾堡（Aby Warburg）和完型心理學家那

60　比較 Samuel（1991）。

㉒　譯註：1909-，英國美學家和藝術史家。

樣，貢布里希所強調的是，藝術家及其觀眾的感知力，即他們視覺的「期望層次」，受到他變化地稱之為「圖式」（schemata）、「刻板印象」（stereotypes）、「模式」、以及「慣用法」（formulae）的塑造之方式。他甚至聲稱，「所有的具象都是以藝術學家學習運用的圖式為基礎的。」顯而易見地，這相似於上一章有關口述性和接受的討論。然而，圖式亦可同時看作是對文化建構的約束與輔助。因此，貢布里希有關視覺圖式變遷的解釋，有相當大的重要性。為了解釋變遷，他採用了這一理念，即藝術家注意到了模式與現實的差異而對圖式作「校正」。就如一位批評家所指出的，在這裡有一個循環性（circularity）的問題：倘若藝術家的現實觀本身是圖式的產物，那麼他們怎能檢核出圖式違反現實之處呢？[61] 同樣的看法或可適用於有關「他者」——食人族、巫術師、猶太人、精神異常者、以及同性戀者，諸如此類——的刻板感知。就像心態研究的情況那樣（見前，頁192-193），歷史學家愈解釋持續性，他們就愈難解釋變遷。看來顯而易見的是，那樣的刻板印象遲早無法令人滿意，而原因仍有待更深入的探究。

　　就像有關「建構」的理念那樣，作為一個共享意義的體系，文化概念也需要當作問題意識來看待，尤其我們在研究

---

[61] Gombrich (1960); Arnheim (1962).

整個國族之文化的時候。這一概念兼具涂爾幹式研究取向的
缺點和優點，都是強調共識而忽視衝突。在夏瑪有關17世
紀荷蘭文化的描述裡，這些優點和缺點顯露得尤其清楚。

　　夏瑪在討論荷蘭人努力建構出一種集體認同以區分他們
跟他們的鄰國人時，表現得最爲出色。然而，在這一聯省共
和國內部，富人與窮人、鎮民與農民、喀爾文教派與天主教
徒、荷蘭人與弗里西亞人（Frisians）之間的社會文化分野，
在他的作品裡卻幾乎看不到。最近傑拉爾德・西德爾
（Gerald Sider）針對他所謂的「關於文化的人類學概念」嚴
厲地提出了批評，而《富人的尷尬》是很容易遭致這類批評
的，因爲強調共享價值，至少「對了解以階級爲基礎的社會
不是很有效，」於是需要轉而強調的是文化衝突。[62]

　　面對這一批評，我們或可回覆說，衝突這個概念包含了
團結的概念，而且西德爾單單用社會階級取代地區或國家裡
的共同體。倘若其成員沒有共享的價值，那麼社會階級的概
念也不會有效的。那麼該怎麼辦呢？想尋找一個萬全之計，
好似所有的文化都同樣劃一或同樣零碎，顯然是錯誤的。
「次文化」的定義是一個較大的整體內部的半自主文化；而
在許多情況下——至少是在現代史裡——要擴大和精煉「次
文化」（sub-culture）這一社會學概念，還是有很多可以談

---

[62] Sider (1986), 5, 109.

的。[63]

　　社會學家通常研究較容易見到的次文化，諸如少數族裔或少數教派、社會偏差者、以及青年團體。歷史學家也研究諸如中古西班牙的猶太人或伊麗莎白時期倫敦的乞丐之類的團體，不過，他們通常不太注意這些少數人的文化與周遭社會的文化之間的關係。這些文化邊界有多麼鮮明呢？次文化包括了其成員生活的所有方面，還是只有一部分呢？主流文化與次文化之間的關係，是互補還是衝突呢？在16世紀的兩個猶太人之間，其中一個是義大利人，或者兩個義大利人之間，其中一個是猶太人，他們有更多的共通點嗎？行業的次文化通常比種族或宗教的次文化要來得較不具自主性嗎？一個新移民團體——好比17世紀在倫敦或阿姆斯特丹的法國清教徒——的次文化，能夠維持多久的自主性呢？同化（或者說，「涵化」[acculturation]）的過程，或者對同化的抵拒過程，可不可能加以概括化呢？

　　然而，或可公平地爭辯說，一些相當重要的次文化本身很少受到研究，那就是社會階級的文化。皮耶‧布赫迪厄有關社會差異的著名論著裡，出現了中產階級和工人階級之間在習慣和習性上的對比，不過，他並未討論，跟法國人及其鄰國人之間的差異相比這種差異的重要性。[64] 想要度量這些

---

[63] Yinger (1960); Clarke (1974); Tirosh-Rothschild (1990).

差異也許是不可能的。對一個特定國家的本國人而言，不同
階級的文化對比，看起來可能是壓倒性的，而局外人首先注
意到的卻是他們所擁有的共同處（就像夏瑪的例子以及荷蘭
人）。次文化的觀點，對有關階級的歷史學研究或社會學研
究，大概還是能增添一些有價值的事物。

　　提出有關文化的最後一個論點，將我們導引至有關變遷
的研究；它關切傳送──換言之，即「傳統」或「文化的再
生產」。此一措辭一般是指社會趨向，尤其是指藉由向年輕
一代灌輸有關過去的價值以再生產自我的教育體系。[65] 有
時，就像歷史學家所言，傳統不會自動地、由於「慣性」而
堅持不變；[66] 它們獲得傳送，乃是父母、老師、牧師、雇
主、以及其他社會化代理人艱辛工作下的成果。「文化再生
產」這個概念有助於將注意力放在集中於一點的作用力，換
言之，意即讓一個社會或多或少地保持原狀。「或多或少」
必須加以限定，因為如同沙林斯所爭辯的，「就活動的範圍
而言，文化的每一次再生產都是一次變更，而讓當前世界協
調地結合的種種範疇，則獲得了一些新的經驗內容。」[67] 倘
若每一世代在接受和重新傳送規範的過程中，只對它們作些

---

[64] Bourdieu (1979).

[65] Bourdieu and Passeron (1970)；比較 Althusser (1970)。

[66] Moore (1966), 485-7.

[67] Sahlins (1985), 144.

微的重新解釋，那麼要經過很長的時間才能感覺到所發生的社會變遷，就像我們在下一章會看到的那樣。

事實與虛構

　　就像社會學家和人類學家那樣，歷史學家經常以為，他們討論事實，而且他們的文本反映了歷史實在。在哲學家的抨擊下，這種預設已經瓦解了——不論他們是否可說是「反映」了心態上的一個更廣泛、更深刻的變遷。[68] 如今有必要思考這一宣稱，即歷史學家和民族誌學者，跟小說家和詩人沒什麼兩樣，都是在從事虛構的工作；換句話說，他們也是根據文類和文體的規則（不論他們是否意識到了這些規則）在製造「文學作品」。[69] 晚近有關「民族誌的詩學」的論著，將社會學家和人類學家的作品描述為對事實的「文本建構」，而且將它跟小說家的作品相提並論。舉例來說，流亡的波蘭人布洛尼斯拉夫・馬林諾夫斯基的作品，愈看愈像他的同胞約瑟夫・康拉德（Joseph Conrad）——馬林諾夫斯基在田野裡讀過他的小說——的作品，而人類學家阿爾弗雷德・梅特勞（Alfred Métraux）則一直被描述為「民族誌的超

---

[68] Rorty (1980).

[69] White (1973, 1976); Brown (1977); Clifford and Marcus (1986).

現實主義者」。[70]

　　就歷史學家的情況來說，主要的挑戰者是海登・懷特；他曾指控他的專業同僚活在19世紀，活在以「寫實主義」聞名的文學規約體系的時代，他也指控他們拒絕嘗試現代的再現形式。隨著這一聲明而來的震波，至今猶未平息（雖說他早在1966年就作出了這一指控）。[71]

　　就像文學理論家諾斯洛普・弗萊（Northrop Frye）那樣，懷特也宣稱，歷史學家——就像詩人、小說家或劇作家那樣——圍繞重複出現的情節或文類情節（mythoi）[23]來組織有關過去的記述。舉例來說，蘭克在撰寫法國或英國內戰時，講述了一個三部曲的情節——它宛如一個喜劇（或悲喜劇），「從一種表面和平的狀態，通過衝突的顯露，進展到在一個真正和平、已建立的社會秩序裡解決了這一衝突，」就這層意義而言，「他的歷史作品大部分是以喜劇情節來當作情節結構。」於是，蘭克的敘述包含著一種不可化約的虛構要素或創造性要素。他的文獻不會告訴他何時開始或何時

---

[70] Clifford (1981, 1986); Atkinson (1990).

[71] White (1966).

[23] 譯註：弗萊對於"mythoi"一詞作兩種界定，一是「文類情節」（generic plots），另一是「文類敘事」（generic narratives），詳見Northrop Frye, *Anatomy of Criticism: Four Essays* (Princeton: Princeton University Press, 1957), pp. 162, 140。

結束敘述。[72] 想要像蘭克那樣——而且許多歷史學家現在也還是那樣——號稱寫下了「實際上發生過的事物」，不多也不少，便會成為一位人類學家最近所稱的「寫實主義神話」（巧妙地將歷史學家所運用的「神話」這一術語，轉過來回敬他們自己）的受害者。[73]

換句話說，事實和虛構之間一度看起來很明確的邊界，在我們所謂的「後現代」時期，已經受到侵蝕了（換個說法，直到現在我們才看出，這個邊界始終是開放的）[74]。在這一邊界區，我們發現受到所謂「非虛構小說」理念吸引的作家，諸如楚門・卡波提（Truman Capote）❷的《凶殺》（*In Cold Blood*, 1965），講述了克拉提（Clutter）家族遭謀殺的事蹟，或者，諾曼・梅勒（Norman Mailer）的《夜幕下的大軍》（*The Armies of the Night*, 1968）❷，以「作為小說的歷史／作為歷史的小說」為副標題，講述了一次到五角大廈的抗議遊行。[75] 我們也發現，小說家將文獻（法令、剪報，諸如此類）

----

[72] Frye (1960); White (1973), 167, 177.

[73] Tonkin (1990)；比較 LaCapra (1985), 15-44。

[74] Hutcheon (1989); Gearhart (1984).

❷ 譯註：1924-1984，美國文學家，一生共獲兩次歐亨利短篇小說獎，作品中《第凡內早餐》和《冷血》均先後被改編搬上銀幕，甚獲好評。

❷ 譯註：中譯本參見任紹曾譯，《夜幕下的大軍》（南京：譯林出版社，1998）。

[75] Weber (1980), 73-79, 80-87.

編入了他們的故事內容裡；探索另一種過往，如同卡羅斯・富恩特斯（Carlos Fuentes）的《我們的土地》（*Terra Nostra*, 1975）；或者，將他們的敘事建立在獲取歷史真相的障礙上，如同馬里奧・巴爾加斯・略薩（Mario Vargas Llosa）在《亞歷揚德羅・馬艾塔的真實生活》（*The Real Life of Alejandro Mayta*, 1984）中之所為，敘述者想重構一位秘魯革命分子的生涯——面對相互矛盾的證據時，或許可作為小說，或許可作為「這個時期的一段自由的歷史。」「為什麼要竭力去發掘發生過的每一件事呢？」一個通報者問道，「我懷疑我們是否真的知道你所謂的大寫歷史，……或者，歷史是否就跟小說一樣，裡頭有很多是虛構的。」[76]

　　另一方面，一小群歷史學家、社會學家和人類學家，回應了懷特的挑戰，而且也運用了「創造性的非虛構」（creative non-fiction），換言之，意即從小說家或電影製作人那裡學來的敘事技巧。舉例來說，小說家湯馬斯・曼（Thomas Mann）的兒子，即歷史學家高羅・曼（Golo Mann），曾寫過一部關於17世紀的將軍阿爾布萊希特・馮・華倫斯坦（Albrecht von Wallenstein）㉕的傳記，他將它描述成「一部完全真實的小說」，而且他在傳記裡因歷史議題而

---

[76] Vargas Llosa (1984), 67.
㉕ 譯註：1583-1634，奧國將軍。

調整了意識流的技巧，尤其在談到主人翁最後幾個月的生活時，亦即這位病痛纏身的將軍似乎在考慮要改變立場時。然而，曼的註解比他的正文還要來得傳統。[77]

　　亦為小說家——娜塔莉婭・金斯伯格（Natalia Ginzburg）——之子的卡羅・金斯伯格，則是另一位以自覺的文學手法寫作而引人注目的歷史學家，而這一手法幾乎動搖了他自己對海登・懷特的批評。[78] 再者，人類學家李察・普萊斯（Richard Price）將諸如威廉・福克納（William Faulkner）的《聲音與憤怒》（*The Sound and the Fury*, 1929）和黑澤明的《羅生門》（1950）之類的小說和電影裡相當有效果的多重觀點的手法，用在有關18世紀蘇利南（Surinam）❷的敘述。普萊斯並非將個別敘述作排列，而是通過三種集體行為者——黑奴、荷蘭官員、 以及摩拉維亞（Moravia）傳教士——的眼睛來呈現事態，接著再加上他自己對這三種文本的評論。[79] 換句話說，他為俄羅斯批評家米哈依爾・巴赫汀所稱讚的「多義的」或「複調的」敘述，提供了一則範例。[80]

　　不免讓人遺憾的是，大多數的專業歷史學家（我不能替

---

[77] Mann (1971)；比較 Mann (1979)。

[78] Ginzburg (1976; 1984).

❷ 譯註：南美洲東北部的共和國。

[79] Price (1990).

[80] Bakhtin (1981).

人類學家和社會學家代言），目前還是不願承認他們作品裡的詩學，意即他們所從事的文學規約。就某個層面而言，很難否認，歷史學家建構了他們研究的對象，並將種種事件組合成「科學革命」或「三十年戰爭」之類的運動，而這些運動唯有藉著事後之認識才變得明顯。很久以前，肯尼斯·柏克（Kenneth Burke）在《動機的修辭學》（*The Rhetoric of Motives*, 1950）裡便提出了一個更基本的問題，即人類行為是否不像說話和書寫那樣，遵循著修辭的規則（讓厄文·高夫曼和維多·透納激發出擬劇法視角的一個理念）（見前文的討論，頁117）。

要否認虛構「在檔案中」的角色——就像娜塔莉·戴維斯在晚近的一本書裡所言——同樣也是困難的，而她在這本書裡處理了文學批評家史蒂芬·格林布雷特所提出的某些問題（見前，頁206）。在這部有關16世紀法國的論著裡，本質上她關切的是，在文本的建構過程中修辭與敘事技巧的地位。此處涉及的文本是證人口供、對嫌犯的審問、或敕罪請求等文獻，換言之，即向來被實證主義歷史學家視為相對可信的證據。戴維斯以這一短評作為其論著的開場，她像其他歷史學家那樣，被教導說「剝除我們文獻裡的虛構成分，我們便能得到不容置疑的事實。」不過，她繼而坦承，她發現——或許，是因格林布雷特和懷特挑戰的一個結果——說故事的技藝本身便是一個相當有趣的歷史主題。[81]

　　另一方面，同樣也令人遺憾的是，懷特及其追隨者，更不用說敘事理論家，都未嚴肅地處理這一問題，即歷史到底是一種文學文類，還是自成一格的一簇文類，它是否有自己的敘事形式和自己的修辭學，還有種種規約是否也包括（它們當然包括了）有關陳述與證據之間的關係的規則，以及再現的規則。舉例來說，蘭克不是向壁虛構；文獻不僅支撐著他的敘事，而且還迫使敘述者不作缺乏證據的陳述。

　　社會學家和人類學家的情況亦復如此。不論他們運用文獻，還是完全根據訪談、交談、以及個人觀察來建構他們的記述，他們都遵循了一種包括了可靠性、代表性等標準的研究策略。因此，我們應該討論的（並非事實與虛構、科學與藝術之間的古老兩難），而是這些標準與不同形式的文本或修辭之間的相容性和衝突。然而，「事實的虛構再現」（不偏不倚地偽裝、宣稱內幕、運用統計數字讓讀者印象深刻，諸如此類）這個中間地帶才剛開始受到有系統的方式探索呢。[82]

---

[81] Davis (1979；1987，尤其是頁3)。

[82] Hexter (1968), 381ff; White (1976); Weber (1980); Siebenschuh (1983); Megill and McCloskey (1987); Rosaldo (1987); Agar (1900).

5

社會理論與社會變遷

　　在前幾章裡，會一再批評從功能論到結構主義的個別研究取向，乃因它們不能說明變遷。我們怎樣說明變遷呢？它能留給歷史學家和他們的傳統概念嗎？或者說，社會理論家也為它作出了貢獻嗎？有沒有一種社會變遷理論，或者，至少是一種社會變遷模式呢？

　　在這一章中，我會從兩個相反的方向著手這一問題。首先，著手的方式是由普遍向內到特殊，將一般的變遷模式跟特定社會的歷史作並置，以了解這些模式未能配合歷史實在的程度，以及它們在哪方面需要作修改和更動。我們會看到，歷史學家投身於他們喜好的——如同赫克斯特所言（見前，頁73）——「分析」工作，一如雕塑家鑿挖一塊大理石那般對理論進行敲削。接下來便轉到互補的「總括」過程，意即堆積而非分解、由特殊向內到普遍的著手過程。此一演練的目標在於提出有關特定社會裡之變遷過程的理由，且企

盼這些理由有助於建構一個經過修訂的一般模式。最後一節則試圖尋出一種——至少是暫時的——公平解決辦法，也對事件與結構之間不確定的關係提出一點反思。

　　一開始需要加以強調的是，「社會變遷」這一術語是個有多種解釋的術語。有時運用它的狹義，指社會結構（舉例來說，不同社會階級之間的平衡）的改變，不過，有時也運用它相當廣泛的意義，其中包括政治組織、經濟、以及文化。本章所強調的是該術語的廣泛定義。

　　理論或模式無法完全與歷史哲學有別。就像歷史哲學那樣，社會變遷的理論或模式，分成許多主要的類型。有一些類型是線性的，像猶太—基督教的歷史哲學，或者，上一代的社會學家和發展經濟學家裡非常流行的「現代化」模式。另外也有一些類型是循環的，像馬基維利及其他人在文藝復興時期使其再度流行的古典變遷理論，或者，14世紀偉大的阿拉伯歷史學家伊本·赫勒敦（Ibn Khaldun）的理念，或更晚近的奧斯瓦爾德·史賓格勒（Oswald Spengler）❶的《西方的沒落》（ *Decline of the West*, 1918-1922）❷ 及阿諾德·湯恩比的《歷史研究》的理念。至於應用範圍相當有限的循環理

---

❶ 譯註，1880-1936，德國歷史學家和哲學家。

❷ 譯註：中譯本參見齊世榮等譯，《西方的沒落：世界歷史的透視》（北京：商務印書館，1963）；陳曉林譯，《西方的沒落》（台北，桂冠，1980）。

論，則包括了康朵鐵夫的「長波段」（long waves）、朱格拉（Juglar）的較短經濟周期、以及維爾弗雷德・巴烈圖的「菁英循環」（circulation of elites），而少數歷史學家發現這些理論在其作品裡很有用處。

將模式區分成兩類或許也是有用的：一類強調變遷中的內部因素，而且經常從「成長」、「演化」和「衰退」之類的有機修辭之角度描述社會；另一類則強調外部因素，而且運用「援借」、「擴散」或「模仿」之類的術語。後一傳統的代表有加百列・塔爾德（Gabriel Tarde），他的《模仿的原理》（*Laws of Imitation,* 1890）使其涉入了跟涂爾幹的論戰，還有另一代表索爾斯坦・維勃勒，他的《德意志帝國和工業革命》（*Imperial Germany and the Industrial Revolution,* 1915）這部論著，則專注於「援借」（borrowing）這一概念。既然傳播論（diffusionism）如今經常遭指責為一種膚淺而又機械的理論，那麼這一事實可能值得強調，意即在塔爾德和維勃勒手中時，它既不膚淺亦不機械。早在「接受理論」風行之前，這倆人便對新理念在容受性（receptivity）上的不同感到興趣；舉例來說，維勃勒討論過德國人、斯堪的那維亞人和日本人的特殊「援借傾向」（propensity to borrow）。就更近的狀況來看，文化模式在某一社會內部的擴散，開始受到了密切的觀察。印度社會學家斯里尼瓦斯（M. N. Srinivas）和法國歷史學家喬治・迪比，已詳細地討論過由上往下的擴散，

而前者則稱其爲「梵文化」（sanskritization）。[1] 稍後這個問題在本章還會重新露面（頁300-302）。

然而，在一個相對簡短的敘述裡，最好可能是以討論當前正在運用的兩種主要模式——即衝突模式和演化模式——作開場，或者，爲了一目了然，稱之爲馬克思和斯賓塞。毋庸多言，它們必然以一種簡化的方式呈現。

斯賓塞的模式

「史賓塞」[❸]是強調社會演化之模式的一個便利標籤。這種模式的社會變遷是漸進而又累積的（即作爲相對於「革命」的「演化」），且本質上是由內部決定的（即作爲相對於「外生」[exogenous] 的「內生」[endogenous]）。它經常從「結構分化」——亦即由簡單、非專業化和非正式到複雜、專業化和正式的轉變，或者，用史賓塞自己的話來說，由「不連貫同質性」到「連貫異質性」的轉變——的角度，描述此一內生的過程。[2] 廣泛地說，這就是涂爾幹和韋伯這兩者所使用的變遷模式。

---

[1] Srinivas (1966); Duby (1968).

[❸] 譯註：1820-1903，英國社會理論家，主要爲人傳頌的是他根據「演化」的觀點對社會變遷研究做出的貢獻。

[2] Spencer (1876-85); Sanderson (1990), 10-35.

斯賓塞的模式

在許多議題上跟史賓塞意見相左的涂爾幹，卻跟隨著史賓塞從本質上演化的角度描述了社會變遷。由於社會漸次地分工，他因而強調一種更複雜的「有機的連帶」、互補性的連帶，以漸進取代簡單的「機械的連帶」（mechanical solidarity）（換言之，類似性的連帶）。[3] 至於韋伯，雖傾向於不用「演化」這一術語，不過，他還是將世界歷史視為一種漸進但不可逆轉的趨勢，其發展朝向了更複雜且非人際化的諸如科層制（見前，頁74）和資本主義之類的組織形式。於是，一如塔爾科特‧帕森思（Talcott Parsons）❹ 及其他的一些人所為，要對涂爾幹和韋伯的社會變遷理念作綜合並不會太困難。[4]

其結果便是現代化模式，而在此一模式裡，變遷的過程本質上被視之為一種內部的發展，外部世界的介入只是提供了一種「適應」的刺激。在以下的段落裡，「傳統社會」和「現代社會」被呈現為兩種對比性的類型。

一、傳統的社會階層是以出身（「根源」[ascription]）為基礎，且社會流動不大。相對照之下，現代的階層則以功績（「成就」）為基礎，且社會流動較大；「階級」社會已經取

---

[3] Durkheim (1893)；比較 Lukes (1973), ch. 7。

❹ 譯註：1902-1979，美國社會學家，也是功能論的倡導者。

[4] Parsons (1966).

代了「等級」社會（見前，頁138-139），而在階級社會裡，
在機會上有更多的平等性。再者，在傳統社會裡，基本單元
是每個人都相互認識的小集團，亦即費迪南・滕尼斯所謂的
「禮俗社群」（Gemeinschaft）（見前，頁48）。現代化之後，
基本單元則是大型的非個人的「法理社會」（Gesellschaft）。
在經濟領域，這種與個人無關之性質，採取了有著亞當・斯
密所謂的「看不見的手」的市場形式，而在政治領域，它則
採取了韋伯所謂的「科層制」形式。質言之，以帕森思的慣
用法來說，「普遍主義」取代了「特殊主義」。當然，成員
相互認識的集團（face-to-face groups）並未消失而是適應了
新的情勢。為了對社會有更廣泛的作用，他們採取了有特定
目的之自發協會——專業組織、教派、俱樂部、政黨，諸如
此類——的形式。

　　二、這些對比性的社會組織模式，跟對比性的態度（即
令不是「心態」的話，見前，頁189-190）——好比說對變
遷的態度——有關。在變遷緩慢的傳統社會裡，人們往往要
嘛敵視變遷，要嘛就是未察覺它已經發生了（意即有時被描
述為「結構性失憶」的一種現象）。[5] 反過來說，在迅速而又
經常不斷變遷的現代社會裡，其成員清楚地察覺到變遷，期
盼變遷，也贊同變遷。的確，以「改善」或「進步」為名的

---

[5] Barnes (1947), 52.

行動被認為具有正當理由，而慣例和原則便被非難為「過時的」。人文學科──或者說，其中的大部分學科──已經從「新穎」這個詞是貶義的情況，轉變成它本身就是褒義的情況。18世紀以降，（在西歐的菁英群體裡）未來不僅開始被看成是對今日的再生產，也被看成是各種方案和趨勢之發展的一種空間。[6]

　　三、上述的這些基本對比，還可再增補一些。傳統社會的文化經常被描述成宗教的、巫術的、甚至是非理性的，而現代社會的文化則被視之為世俗的、理性的、以及科學的。舉例來說，由於新教意義的「天職」，亦即他們的「俗世禁欲主義」（innerweltliche Askese [disenchantment of the world]），乃是現代化過程的一個關鍵階段，因而韋伯認為，世俗化或他所謂的「世界的除魅」（Entzauberung der Welt [this-worldly asceticism]），以及更理性的組織形式或他所謂的「科層化」的崛起，都是此一過程的核心特徵。順便一提，「理性的」這一術語的運用，並不意謂著韋伯全心全意地贊同此一過程，實際上，他對此是有深刻的矛盾情感的。

　　這種社會文化變遷的模式，跟某些著名的經濟成長和政治發展的模式之間有相似之處，是毋庸置疑的。舉例來說，

---

[6] Koselleck (1965).

經濟成長理論學家強調，從被視爲停滯的前工業社會，到以成長爲常態的工業社會的「起飛」；「複合的利益好像已經固定嵌裝在習慣和制度結構裡。」[7] 而政治發展理論學家則強調，政治參與的普及（用一個更老式的術語來說，「民主制」），以及科層制的崛起。

在其他學科之貢獻的協助下，傳統社會與現代社會之間已經可作精巧的對照。舉例來說，地理學家提出說，與空間觀念中之變遷有關的現代性，逐漸地被看作是抽象的或「空洞的」，因爲它可以適於各式各樣的目的，而非局限於某一特定的功能。[8] 社會心理學家則描述了「現代」人格的發展，這是以愈來愈強的自我控制，還有對其他人有情感移入的能力爲特徵的一種社會人格。[9] 而社會人類學家也將傳統思維模式跟現代思維模式作了對照（見前，頁229-230、189-190）。

然而，社會理論家對於潛藏在這種模式底下的預設漸次感到不安，尤其是它的志得意滿（triumphalism）和目的論預設。[10] 甚至在經濟史領域，也有一種替代的生態學模式被提出來，以挑戰朝向更富足社會發展的進步理念，而根據此一模式，經濟革新本質上被解釋爲因若干資源的消失而需要

---

[7] Rostow (1958).

[8] Sack (1986).

[9] Elias (1939); Lerner (1958), 47-52.

[10] Tipps (1973).

找尋替代品的一種反應。[11]

的確，演化模式在過去幾年已經遭到相當嚴厲的批評，因此先指出它的長處作為開始才算公平。一系列的社會變遷——即令不是不可避免，至少也像是一個接著一個——的理念，不是歷史學家立即該丟棄的事物，而仿效自達爾文（Darwin）的「演化」理念也不是歷史學家該輕率地放棄的。[12] 朗西曼（W.G. Runciman）❺爭辯說，「社會演化的過程雖類似於自然淘汰，不過，絕不等同於自然淘汰，」而且他也強調所謂的「各種策略間的競爭淘汰」[13]。尤其在相當多的軍事史和經濟史裡，倘若以這一方式著手競爭理念最為清晰的這些領域，那將是極為恰當的。

此一模式之長處的另一個引人注目之實例，是約瑟夫‧李（Joseph Lee）有關1840年代大飢饉以降之愛爾蘭社會的專論。該書圍繞著現代化這一概念來作編排，且企盼顯示這一術語會「免於相當捉摸不定且帶情緒性、像蓋爾化（gaelicisation）和英國化（anglicisation）之類的概念所隱含的偏狹先入之見。」就此一例子而言，比較視角能讓人從特殊中見普遍，而且也提出了比地方史家先前對地方性變遷所作

---

[11] Wilkinson (1973).

[12] Wertheim (1974); Sanderson (1990), 75-102; Hallpike (1986).

❺ 譯註：1934-，英國社會學家和工業家。

[13] Runciman (1980), 171; Runciman (1983-89), 2, 285-310.

的解釋，還要深刻或結構性的解釋。[14]

　　有關這一模式的其他優勢的說明，我們可轉到德國。就像湯馬斯·尼彭戴（Thomas Nipperdey）和漢斯–烏爾里希·韋勒（Hans-Ulrich Wehler）從現代化的角度討論18世紀後期以降德國社會的變遷那樣，歷史學家著手研究過去的方式是相當不同的。舉例來說，尼彭戴解釋了自發性協會在1800年左右這幾年的成長，而基於各式各樣及其特定之目的而成立的這些協會，是傳統「等級社會」朝現代「階級社會」的普遍轉變的一部分。[15]

　　至於韋勒，他用他的「防禦性現代化」（defensive modernization）概念，對此一理論作出了貢獻，而他則運用它來描述1789到1815年之間普魯士和日耳曼各邦所推行之改革的特徵。依韋勒的說法，這些有關農地、行政和軍事的改革，是統治階級因應法國大革命和拿破崙所帶來之威脅的一種回應。[16]

　　防禦性現代化的理念，顯然能作更廣泛的應用。舉例來說，仿自「反革命」的這一傳統概念，意即「對抗宗教改革」，間接提出16世紀中期天主教教派的自我改革或現代化，是對於宗教改革的一種回應。再者，19世紀的許多改

---

[14] Lee (1973).

[15] Nipperdey (1972).

[16] Wehler (1987).

革運動，像鄂圖曼帝國的「土耳其青年黨人」（Young Turks），或日本的明治「維新」，都可視爲對西方興起所帶來之威脅的回應。

　　該是轉向此一理論之缺陷的時刻了。在19世紀後期工業化國家裡形成的這一模式，在1950年代經過雕琢，用以說明第三世界（意即那時所謂的「低度發展」國家）的變遷。發現這一點絲毫不會讓人驚訝，意即特別是前工業化歐洲史家原本就該發現，此一模式跟他們研究的特定社會之間並不符合。他們的疑惑，尤其表達在三方面：社會變遷的方向、解釋、以及機制。

　　一、開闊我們的視界，越過最近的一兩個世紀，就會了解，變遷不是線性的，歷史並不是一種「單行道」。[17] 換言之，社會並不總是朝日益中央集權、複雜化、專門化等方向移動的。一些現代化理論的信徒，像艾森史塔就察覺到他所謂的「去集權化的倒退」，不過，這個理論的主要目的卻在相反的方向。倒退尙未獲得應有的透徹分析。[18]

　　對歷史學家而言，相當著名的倒退趨勢的一則範例，是羅馬帝國衰落及「蠻族」（值得從歷史人類學的角度加以重

---

[17] Stone (1977), 666.

[18] Eisenstadt (1973); Runciman (1983-89), 2, 310-20.

新考察的一個範疇）入侵時的歐洲。伴隨羅馬帝國在3世紀的結構性危機而來的，是中央政府的瓦解、城鎮的衰落、以及經濟和政治層次上地方漸增的自治傾向。倫巴底人（Lombards）、西哥德人（Visigoths）及其他入侵者被允許根據他們自己的法律過生活，於是從「普遍主義」到「特殊主義」的轉變發生了。而皇帝想確保子承父業的嘗試，間接表明也有從成就到根源的一種轉變。同時，隨著君士坦丁大帝的改宗而來的，是基督教變成了帝國的官方宗教。在文化生活、政治生活、甚至經濟生活裡，教派變得愈來愈重要，而俗世的態度則屈從於彼世的態度。[19]

　　換句話說，羅馬帝國後期的情況，幾乎在每一社會畛域都闡明了跟「現代化」相反的過程。一如史賓塞信徒所以為的，這種全盤的倒轉可證實，不同的趨勢是有相互關連的，從而也證明了社會演化的想法。但這些理論還是經常以一種暗示倒退沒有發生的形式加以提出。「都市化」、「世俗化」及「結構分化」這些術語在社會學語彙裡沒有反義詞，這一事實讓我們更了解的是社會學家的預設，而非社會變遷的性質。

　　正是「現代化」這一術語讓人有線性進步的這一印象。然而，思想史家相當了解，不同的世紀為「現代」這個詞

---

[19] Brown (1971), 111-12.

斯賓塞的模式

——夠諷刺的是，中世紀已經運用它了——填入相當不同的意義。即使蘭克和布克哈特運用這一概念的方式，在今日看來也是古怪而又不合時宜的，因為他們都認為，現代史始於15世紀。蘭克強調國族打造，而布克哈特則強調個人主義，不過，兩者皆未論及工業化。未論及工業化並不讓人驚訝，因為蘭克撰寫《拉丁民族和條頓民族》（*Latin and Teutonic Nations*, 1828）及布克哈特撰寫《義大利文藝復興時期的文化》時，工業革命尚未滲透進德語世界。然而，這意謂著他們的現代性，並不是我們的現代性。

換句話說，現代性的難題乃是它不斷地變遷。於是，歷史學家不得不杜撰「近代」（early modern）這一自相矛盾的術語，以指涉介於中世紀末期與工業革命肇端之間的這段時期。基於類似的理由，若干分析家不僅逐漸將當代社會描述為「後工業的」和「後期資本主義的」，而且也將它描述為「後現代的」。[20] 創出新的概念以分析過去約略二十年左右在經濟和藝術等顯然互異之領域的變遷，當然大有理由。然而，對於歷史學家，尤其是關心長時期的歷史學家而言，選用「後現代」這一術語必然看起來像是又一則誇張法的範例，因為，自文藝復興時期以降，各代的知識分子都訴諸於

---

[20] Bell (1976); Habermas (1981); Kolakowski (1986); Harvey (1990).

這種誇張法，來說服其他世代的知識分子，他們的時期或世代是獨特的。要不是爲了讓人記得先前的事物，每一世代的修辭聽起來就不會如此狀似眞實。

二、歷史學家懷疑固定嵌裝於史賓塞模式裡的社會變遷解釋，懷疑下述的假設，意即變遷本質上是內在於社會體系，是潛力的發展，也是長出枝條之樹木的成長。倘若吾人能夠將特定社會跟世界的其餘部分作隔離的話，那可能會是這種狀況，不過，不同文化間的相遇所引起的社會變遷，實際上倒是能夠找到許多例證。爲了討論這一過程，人類學家開展出「涵化」的概念，而他們的學科正是在文化接觸的脈絡裡茁壯起來的。此一術語的價值在討論下述狀況時得到完整的闡明，也即不熟悉人類學的歷史學家討論過西班牙的基督徒與穆斯林之間的接觸。而在這一點上，歷史學家運用不同的術語，作了跟人類學家一樣的工作，不過，他們的確對變遷的機制著墨不多。[21]

被征服者是不同文化間的相遇裡的一個尤其引人注目的階級，而社會理論家卻很少討論到他們。[22] 舉例來說，1066年諾曼人（Norman）❻對英格蘭之征服，一直被描述爲「歐

---

[21] Dupront (1965); Glick and Pi-Sunyer (1969).

[22] Foster (1960).

❻ 譯註：10世紀時定居在法國北部的斯堪的那維亞人。

洲史上因外來軍事技術突然引進而造成社會秩序瓦解的代表性範例。」[23] 而歐洲之外，西班牙對墨西哥和秘魯的征服，以及英國對印度的征服，同樣也都是外部因素引起社會變遷的代表性範例（這兩者皆藉助於新的軍事技術）。在這些情況裡，新來者都將傳統菁英推擠到一旁。

社會階層底端的變遷並非不深刻，而且至少有一部分看起來是誤解的結果，而在社會史裡，誤解就像「無知」（ignorance）那樣，也是一個未得到應有重視的因素。舉例來說，東印度公司的官員通過英國人的眼界，將印度的社會結構看成是地主與佃農的體系。他們將或多或少是地租包收者的柴明達爾（zamindars）❼當成是地主。這些新來者有權將柴明達爾當作地主，而他們的看法也就轉變成了事實。於是，在這一文化「建構」或重新建構的代表性例子裡，對社會結構的誤解造成了社會結構的變遷。[24]

儘管諾曼人對英格蘭之征服這個例子的可用證據較少，不過，我們也可猜想，1066年之後的英格蘭有這一類的情況。然諾曼人並未能了解盎格魯–薩克遜人複雜的社會體

---

[23] White (1962), 38.

❼ 譯註：原為地租包收者，英國征服印度之後，則轉變為向英國政府繳納地租的地主。

[24] Neale (1957); Cohn (1987), 1-17.

系。在這個體系裡，不同數額的「撫卹金」(wergild)❽──
換句話說，有人被殺的話，支付給死者親屬的補償金數額
──顯示了不同的地位。由於未能了解這一體系，諾曼人乃
將盎格魯–薩克遜的英格蘭，化約成一種由農奴、自由人與
騎士組成的社會。就像上一則範例那樣，這一則間接表明，
在社會的文化「構造」(constitution)裡，某些群體可能比
其他群體來得重要(見前，頁242-243)。它也間接表明，相
對短暫之變革時期的重要性，因歷經了這段變革時期，社會
就「結晶化」為相對僵硬的結構。

　　傳染病闡明了來自外部的不同類型的滲透。舉例而言，
老鼠所傳播的黑死病，在1348年從亞洲侵入了歐洲，而且
在很短的時間裡奪走了約略1/3人口的生命。因之而來的人
力不足，造成了歐洲社會結構影響深遠的長時期變遷。西班
牙對新世界的征服，伴隨而來的是天花之類的歐洲疾病的傳
播，而土著人口則極易遭受這類疾病的襲擊。死亡人數的估
計雖有所不同，但一般都同意，數百萬人，這大概是人口中
的大多數，死於墨西哥被征服後的前幾世代。[25]

　　在這些例子裡，來自社會外部之力量的猛烈衝擊，讓僅

---

❽ 譯註：依盎格魯–薩克遜人及日耳曼人之法律，殺人者家屬賠償死者家屬
　 一筆錢，以免其親族報復。

[25] McNeill (1976); Postan (1972); Crosby (1986).

從對刺激的調適這樣的角度討論它們變得不適當，而這卻是
史賓塞模式裡分派給外部因素的唯一功能。

　　三、倘若我們想了解社會變遷為何發生，那麼以考察它
怎樣發生作為開始，或許是一個好的策略。不幸的是，史賓
塞模式很少提及變遷的機制；這助長了線性發展的錯誤預
設，也讓變遷過程看起來像一系列順暢而實際上是自發的階
段，宛如整個社會只要踏上電扶梯即可。

　　我們或可稱之為「電扶梯模式」（escalator model）的一
則非常明顯的範例，是羅斯托有關經濟成長階段──從「傳
統社會」，通過「起飛階段」（take-off），到「高度大眾消費
的時代」──的專論。至於對照性的研究取向，我們可轉到
經濟史家亞歷山大‧格申克龍（Alexander Gershenkron）身
上，而他爭辯說，諸如德國和俄國之類的後起工業化國家，
跟早期工業化國家，尤其英國的模式不同。在後起的例子
裡，政府組織的角色較重，而利潤動機則較不重要。早期的
工業化模式對後起國家之所以不適切，乃因它們急於迎頭趕
上先行的工業化國家。[26] 相較於早期工業化國家，後起工業
化國家既有優勢也有劣勢，不過，不論處於優勢或劣勢，兩
者的處境並不相同。

---

[26] Rostow (1958); Gershenkron (1962), 5-30.

荷蘭歷史學家揚‧羅曼（Jan Romein）將後起國家的優勢概括成一種理論，提出了他所謂的「延遲性優勢」（retarding lead）法則，意指一個變革的社會在前一世代經常是「落後的」。有關這種跳躍前進之效果或「進步的辯證」的論證乃是，變革的社會往往對那一特定的革新投入太多——無論就隱喻層面，還是按字面意思而言——於是，當報酬遞減開始發生時它便未能順應了。[27] 或可爭辯說，西方文化史貼切地印證了此一理論，像文藝復興出現在義大利（該地的文化並未像法國那樣，對哥德式建築或經院哲學投入太多），而浪漫主義則是在日耳曼（該地的文化並未對啓蒙運動投入太多）逐漸開始的。

類似地，里格利（E. A. Wrigley）對比了英國和尼德蘭的社會變遷過程。18世紀中葉，尼德蘭的一個農業地區費呂沃（Veluwe）的勞動人口，不僅涉足農業，也涉入紙張和紡織品的生產。這個地區發生了結構分化，而且大多數成年人能夠讀寫，就這層意義而言，其雖缺少城鎮和工廠，卻是「現代的」。換言之，費呂沃顯示了沒有工業化的現代化。相反地，19世紀早期英國的北部卻顯示了沒有現代化的工業化；在那裡，城鎮和工廠跟文盲和強烈的社群意識並存。[28]

---

[27] Romein (1937).

[28] Wrigley (1972-3).

這些範例的寓意似乎在於，我們不應該找尋工業化的後果（亦即以爲其後果是不變的），而應該找尋不同的社會文化結構與經濟增長之間的「配合度」或相容性。日本的範例指出了相同的方向，其顯現了不凡的經濟表現跟非常不同於西方的價值和結構之間的關連。於是，韋伯式的社會學家尋求一種有關新教倫理的功能類似物；其中有一位，即羅伯特・貝拉，爲世俗禁欲主義（包括跟新教的「天職」[calling]極爲相似的一個概念，即「天職」[tenshoku]）找到了證據，不過，他也注意到跟西方歷史成極端對比的，是日本「政治價值對經濟的滲透」。[29]

質言之，社會變遷似乎是多線性而非直線性的。現代性的道路不是只有一條。一如1789年後的法國和1917年後的俄國這些範例提醒我們的那樣，這些道路不必然是平坦的。有關強調社會變遷裡的危機和革命的分析，我們可轉到馬克思模式。

馬克思的模式

就像「斯賓塞」那樣，「馬克思」也是一個方便的速記，在此用來指恩格斯（Engels）、列寧（Lenin）、盧卡奇

---

[29] Bellah (1957), 114-17.

（Lukács）❾、以及葛蘭西（還有其他人）都作出過貢獻的一種社會變遷模式。一言以蔽之，它或可描述爲一種一系列的社會（「社會形構」）的模式或理論，而這一系列的社會是視經濟制度（生產方式）而定的，其中包含了導致危機、革命、以及不連續性變遷的內在衝突（「矛盾」）。當然，此一理論裡有模稜兩可之處，讓不同詮釋者得以依次強調經濟、政治、以及文化的力量之重要性，爭論生產力決定了生產關係，還是情況恰恰相反。[30]

在若干方面，馬克思不過提出了一種變體的現代化模式，而那部分只消作相對簡略的討論即可。就像斯賓塞那樣，馬克思包括了一系列社會形式——部落社會、奴隸社會、封建社會、資本主義社會、社會主義社會、以及共產主義社會——的理念。封建社會和資本主義社會，這兩種已受到詳細討論的社會形構，事實上是被界定——就像傳統社會和現代社會那樣——爲對立的事物。就像斯賓塞那樣，馬克思基本上也從內生的角度解釋社會變遷，強調生產方式的內在動力。[31] 然而，至少某些版本的馬克思模式，確實挺過了上文所總結的三種有關斯賓塞的主要批評。

---

❾ 譯註：1885-1971，匈牙利馬克思主義者、哲學家和文學理論家。

[30] Cohen (1978); Rigby (1987).

[31] Sanderson (1990), 50-74.

首先，此一模式爲沿著「錯誤」方向的變遷留了一個位置。舉例來說，西班牙和義大利的所謂「再封建化」，以及中歐和東歐農奴制的崛起，跟英國和荷蘭共和國資產階級的崛起同時出現。的確，一如我們所知，若干馬克思主義式的分析，尤其是伊曼紐爾‧華勒斯坦的分析，強調核心區的經濟和社會發展，跟邊陲區的「低度發展的發展」互爲表裡（見前，頁169）。

其次，馬克思爲社會變遷的外生性解釋留了一個位置。就西方的情況而言，普遍同意外生性解釋是次要的。1950年代，在馬克思主義者內部針對封建社會向資本主義社會過渡的著名大論戰裡，保羅‧史威齊（Paul Sweezy）從地中海的重新開放及隨後貿易和城市的崛起之類的外部因素角度，對封建社會的衰落所作的解釋，遭到了異口同聲的反駁。[32]另一方面，馬克思本身則認爲亞洲社會缺乏內在的變遷機制。描寫到英國對印度的統治時，他提出征服者的功能（或者，就像他所說的，他們的「使命」）在於摧毀傳統的社會架構，從而使變遷成爲可能。[33]

一般說來，斯賓塞將現代化過程呈現爲不同地區的一系列平行發展之處，馬克思則給予了一種更全球性的說明，強

---

[32] Hilton (1976).

[33] Avineri (1968).

調不同社會的變遷之間的相互關連。舉例來說，一如我們所知（頁170），華勒斯坦所研究的不是歐洲個別國家或經濟的崛起，而是世界經濟，換言之，就是國際體系。他強調變遷的外生面相。[34]

第三，比起斯賓塞，馬克思更關切社會變遷的機制，尤其在封建社會向資本主義社會過渡這一例子上；其本質上是從辯證的角度審視變遷的。換言之，強調的重點是在衝突，以及不僅是出人意表的而且正與規劃和預期相反的後果。於是，一度讓生產力獲得解放的社會形構，後來「變成了其桎梏」，而資產階級則催生了無產階級，也為他們自己挖掘了墳墓。[35]

在「直線 vs 多線」發展的問題上，馬克思主義者的意見並不一致。「部落社會—奴隸社會—封建社會—資本主義社會—社會主義社會」的綱要，顯而易見是直線式的。然而，馬克思本身認為，這一綱要只跟歐洲史有關。他並未預期印度甚或俄國會步上歐洲的後塵，也沒有釐清他預期它們會走什麼道路。在馬克思主義傳統內部相對晚近的兩種分析，是堅定的多線論。舉例來說，佩里・安德森（Perry Anderson）❿喜好選用「軌線」（trajectory）的彈道學隱喻甚

---

[34] Frank (1967); Wallerstein (1974).

[35] Marx and Engels (1848)；比較 Cohen (1978)。

❿ 譯註：1938-，英國社會理論家和歷史學家。

於「演化」的隱喻，而且描述從古代到封建主義的「轉變」
（passages），以及絕對主義國家的「世系」（lineages），以強調
通往現代性有多樣的可能道路。[36] 再者，巴林頓・摩爾區分
出三種通往現代世界的主要歷史路線：以英國、法國和美國
爲例，有資產階級革命的「古典」路線；以俄國和中國爲
例，有農民（而非普羅大眾）的革命路線；以普魯士和日本
爲例，則有保守革命或由上而下之革命的路線。[37]

　　與斯賓塞模式作對照，對於革命的強調（參見前文討
論，頁85-86）當然是馬克思模式的一個顯著特徵。一方，
變遷是順暢的、漸進的和自發的，而且結構好像是自己演化
的，而另一方，變遷則是出其不意的，而且舊結構在一序列
戲劇性事件的過程中瓦解了。舉例來說，法國大革命時期，
君主制和封建體系的廢除、徵收教會和貴族的土地、用行政
區取代省分，諸如此類，所有這一切都發生在相對短暫的時
間裡。

　　在馬克思主義體系裡，經濟決定論與革命的集體意志論
之間的緊張關係——姑且不說「矛盾」——經常受到評論，
不同詮釋的學派之間也爲此發生論戰。馬克思模式從而提出
了（雖說至今尚未解決的）政治事件與社會變遷之間的關係

---

[36] Anderson (1974a, b)；比較 Fulbrook and Skocpol (1984)。

[37] Moore (1966)；比較 Smith (1984)。

的問題,還有可概括爲這句名言的人之能動性的問題:「人類創造了歷史,不過,不是在他們自己選擇的環境裡。」馬克思的追隨者對這句雋語有不同詮釋,因而可分成「經濟的」、「政治的」、以及「文化的」馬克思主義者。

儘管——或者說,因爲——有這些緊張關係,不過,馬克思模式看起來比斯賓塞模式更能應付歷史學家的批評。這一點也不會讓人意外,因爲歷史學家相當熟悉此一模式,而且他們之中也有人對它做了修改。要想像利用斯賓塞作架構能對社會史有什麼重大貢獻是很困難的(歷史社會學則不然)。另一方面,若干經典論著則運用了馬克思模式,諸如,湯普森著名的《英國工人階級的形成》(1963),莫希斯・阿居隆(Maurice Agulhon)❶研究19世紀上半葉東普羅旺斯的《村莊共和國》(*The Republic in the Village,* 1970),或者,埃米利奧・塞雷尼(Emilio Sereni)處理1860年統一後一世代的義大利的《鄉村裡的資本主義》(*Capitalism in the Countryside,* 1947)。

這三部著作及其他提過的著作,都處理了馬克思身處的世紀,也處理了他所熟悉且竭力分析的「過渡」,亦即資本主義的崛起;這大概不是巧合。馬克思模式作爲前工業社會的舊制度的詮釋,是相當不能讓人滿意的。它未能處理人口

---

❶ 譯註:1926-,年鑑學派歷史學家。

因素，而這或許一直是這些社會裡最重要的變遷動力（詳後，頁295-296）；在分析這些社會裡的社會衝突時，它能提供的也不多。實際上，研究舊制度的馬克思主義歷史學家在運用經過修正的模式時，卻運用了有缺點的模式。舉例來說，17世紀法國的社會衝突，一直被描述成19世紀社會衝突的預兆（見前，頁137）。直到最近，馬克思主義歷史學家才嚴肅地看待社會連帶而非階級。而湯普森一篇文章的題名〈沒有階級的階級鬥爭〉（"Class Struggle without Class"），不僅闡明了作者對弔詭的喜愛，而且也闡明了找尋可替換的概念化的困難之處。[38]

第三條路？

倘若有兩種社會變遷的模式，而且各有其優缺點，那可真值得探究兩者可不可能綜合。這看起來或許有點像是一種煉金術般的結合，換句話說，一種對立物的聯合。然而，至少在某些方面，馬克思和斯賓塞是互補而非矛盾的。

舉例來說，亞歷克西・德・托克維爾有關法國大革命的著名說明，便將它描述為舊制度時期就已開始發生的變遷催化劑（見前，頁44），這或可說是在演化的變遷模式與革命

---

[38] Hobsbawn (1971); Thompson (1978a).

的變遷模式之間所作的調和。再者，有關法國大革命時期的
政治俱樂部——尤其是雅各賓俱樂部——所扮演之重要角色
的考察，間接表明對自發性協會之角色的強調跟對不連續之
變遷的強調，是完全相容的。

　　即使湯普森的《英國工人階級的形成》一開場便抨擊社
會學、尤其是結構分化，該書的內容還是包含了引人入勝的
陳述，說明19世紀早期英國各種工會和互助會的地位，麥
芽酒製造販賣者兄弟會（Brotherhood of Maltsters）的「互助
儀式」（rituals of mutuality）、「和諧協會」（Unanimous
Society），諸如此類，從而給予了它要破壞的現代化理論以
一種經驗支撐。[39]

　　至少，1960年代以降，這兩種模式還有其他的匯流跡
象。舉例來說，于爾根・哈伯瑪斯汲取了馬克思和韋伯這兩
者的模式。巴林頓・摩爾所說明的現代世界之形成，基本上
是馬克思主義取向的，不過，結合了現代化理論的洞見，而
摩爾以前的學生查爾斯・提利是能夠回應馬克思主義對此一
研究取向所作的若干批評的一位「現代化論者」。而華勒斯
坦則將基本上是馬克思主義的研究取向，跟他過去所學之演
化論——他尤其強調國家間為利益和霸權而競逐的重要性
——裡的要素作了結合。

---

[39] E. P. Thompson (1963), 418-29.

　　然而，即使馬克思和斯賓塞有可能作綜合，也無法解決前幾頁提出的所有反對理由。這兩種模式在視角上都有嚴重的局限：兩者都是爲了說明工業化及其後果而逐漸形成的，而且它們所說明的18世紀中期以前之變遷，皆遠遠不盡人意。舉例來說，斯賓塞的「傳統社會」和馬克思的「封建社會」本質上都是剩餘範疇，亦即完全顚倒的世界，其中將「現代」社會或「資本主義」社會的基本特徵作了簡單的顚倒。諸如「前工業」、「前政治」、甚至「前邏輯」（見前，頁192-193）之類的術語的運用，便是這方面的極端顯現。這類顚倒並無助於現實的分析。

　　有沒有第三條路，亦即能超越馬克思和斯賓塞的一種社會變遷模式或理論呢？1980年代歷史社會學的復興，其中便包括了安東尼・紀登斯、麥可・曼和查爾斯・提利在這方面所作的許多嘗試。[40] 這三人的模式有若干重要的共同特徵，尤其是他們對於政治和戰爭的強調。舉例來說，紀登斯在《國族國家和暴力》（*The Nation-State and Violence*）[12] 開場裡批判了社會演化理論，正因它強調經濟因素（「配置性資源」[allocative resources]）而犧牲了政治因素。[41] 就像厄尼斯

---

[40] Giddens (1985); Mann (1986); Tilly (1990).

[12] 譯註：中譯本參見胡宗澤、趙力濤譯，《民族—國家與暴力》，（北京：三聯書店，1998）。

[41] Giddens (1985), 8-9.

特‧蓋爾納那樣，曼對於人類歷史上生產、強制（coercion）和認知之間的相互作用特別感到興趣，不過，卻專注於這些因素中的最後一個。他提出了一部他所謂的「權力的歷史」，其中指出：「以財政來衡量現代國家的成長，根本上是從國內角度而非暴力的地緣政治關係之角度在作解釋。」[42]提利則關切他所謂的「資本」和「強制」，不過，他認為自己會因為「直接將強制組織和戰爭準備置於分析的中間」而超過了他的前輩。[43]

在這方面，這三位社會學家不僅彼此匯流（也跟安德森匯流，其《絕對主義國家的系譜》[*Lineages of the Absolutist States*]❸亦關切戰爭的影響），而且也跟研究近代歐洲的歷史學家匯流。有一段時間，歷史學家爭辯說，16世紀和17世紀哈布斯堡王朝和波旁王朝時代的政治集權，只是戰爭需要下的副產品，藉以闡明20世紀初期德國歷史學家熱衷的一種一般理論，也即「外交政策的優先性」。

其論證大體推衍如下。16和17世紀是軍隊規模變得愈來愈大的「軍事革命」時代。為了負擔這些軍隊，統治者勢

---

[42] Mann (1986), 490；比較 Gellner (1988)。

[43] Tilly (1990), 14.

❸ 譯註：中譯本參見劉北成、龔曉莊譯，《絕對主義國家的系譜》，（上海：上海人民出版社，2001）。

必向臣民壓榨更多稅金；反過來，軍隊又有助於稅金的徵
收，從而建立起薩繆爾・芬納（Samuel Finer）所謂的「榨取
—強制的循環」（extraction-coercion cycle）。[44] 中央集權國家
的崛起，與其說是某一計畫或理論（諸如「絕對主義」）的
結果，不如說是國際間權力競逐的意外後果。

　　歷史社會學家一直關注的另一個問題是「西方的崛
起」。它跟社會變遷理論有雙重的關聯，因為具有挑戰性之
處不只在於解釋歐洲人怎樣（何時）領先其經濟和軍事的競
爭者，也在於解釋歐洲霸權的建立對於世界其他地區所帶來
的後果。馬克斯・韋伯大部分的研究生涯都在跟這一問題搏
鬥。像華勒斯坦之類的馬克思主義者亦復如此。經濟史學家
艾瑞克・瓊斯（Eric Jones）和社會學家約翰・霍爾晚近以不
同的方式發展出替代性的解釋。

　　儘管援借了指出大國擁有「規模經濟」的公司理論，詳
細地討論了政治，不過，瓊斯本質上關切的是歐洲長時期以
來的經濟變遷。將歐洲跟中國和印度作比較和對照後，他爭
辯說，工業化是「深植於過去的一種生長過程」。他主要解
釋說歐洲的「地質、氣候、以及地形上的多樣性」，造成各
種資源的分散，因而受自然災害的危害也較小。[45]

---

[44] McNeill (1983); Parker (1988); Finer (1975), 96.

[45] Jones (1981)；比較 Baechler et al. (1988)。

　　至於約翰・霍爾則強調政治；他指出，在中華帝國這類所謂的「頂部」（capstone）國家裡，資本主義是不可能發展起來的，因政府控制各個社會組織，而且將它們之間的連結，包括經濟連結，視作對其權力的威脅。中國的國家組織太強大，而伊斯蘭世界的國家組織又太小——政府太弱或太短命，無以提供商業社會所需要的協助。倘若亞當・斯密是正確的話，意即指出「最大限度之富裕」所需的政治條件，不過是「和平、低稅率、以及尚可的司法管理」，那麼歐洲便是中道的範例。歐洲的教會和帝國相互牽制，從而讓相互競爭之國家的「多極體系」（multipolar system）——向商人提供協助而又不會太過干預他們的貿易——得以出現。[46]

　　歷史社會學家確實已經開始對前工業世界的歷史，尤其是歐洲近代史發生興趣。在本書的第一版中，我認為社會學家有關社會變遷的爭論大抵以19世紀和20世紀的個案為基礎，因此研究歐洲近代史的歷史學家也許可以提供一些事物。下面這一節將考察六個近代社會變遷的個案研究。可能有人認為，在1980年代歷史學氣候的變遷已經使這一節變得過時。本書之所以保留它們，是因為這六部專著表明，除了馬克思和斯賓塞的方法外，還有其他的方法。

---

[46] Hall (1985, 1988)；Smith 引自 Hall (1986), 154。

尋求一種理論的六部專著

不曾有過讓歷史學家完全滿意的社會變遷模式，因爲他們的專業興趣在於多樣性和差異。因此，一如隆納德‧多爾（Ronald Dore）過去所言：「要做社會學的煎蛋捲，得先打破一些歷史學的蛋。」傑克‧赫克斯特抨擊馬克思主義是一種「社會變遷組合式理論」，其實是抨擊了所有的模式和所有的理論。[47] 其他的歷史學家雖承認有模式的需求，卻不滿於當前風行的所有模式，於是轉而自己組裝。舉例來說，葛雷思‧斯特德曼‧瓊斯（Gareth Stedman Jones）指責「抄捷徑在社會學裡尋求理論的救贖，」因爲「歷史學裡的理論工作太過重要，而不能假手他人。」[48]

既不需否定社會學家的工作，也不需期待歷史學家提出他們自己的理論——還不用到這種地步。我想討論從現有的專著加以發揮的可能性。以下選了六部專著，會以較詳細的方式加以討論。其作者都對理論和歷史學感興趣，而且不讓人意外的是，這群人包括了一位社會學家（艾里亞斯）、一位人類學家（沙林斯）、以及一位哲學家（傅柯），另外還有

---

[47] Hexer (1961), 14-25.

[48] Jones (1976).

三位都來自所謂「年鑑學派」的歷史學家，因跨學科研究取向已經變成該學派的一個傳統。

一、已故的諾伯特‧艾里亞斯有關「文明的過程」的專論，是一本有不尋常命運的書籍。[49] 它最初於1939年在德國發行，事實上受忽略了幾十年，直到1970年代（在英語世界則是1980年代），這部專論才得到社會學家和歷史學家應有的嚴肅對待。當然，稱艾里亞斯的書爲一部「專著」是有點奇怪。它打算對社會學理論有所貢獻。就像塔爾科特‧帕森思那樣，而且幾乎就跟帕森思同時，艾里亞斯想要對韋伯、佛洛伊德、以及涂爾幹的理念作一種綜合。[50]

比起帕森思，艾里亞斯對於歷史還要來得更有興趣，而且他的作品在具體細節上也相應地豐富。他的著作專注於西歐，尤其是中世紀後期某些面相的社會生活，就此層面而言它是一部專著。的確，艾里亞斯的第二章是再具體不過了；它分成討論「餐桌上的行爲」、「擤鼻涕」、「吐痰」等等小節，並且說明行爲在文藝復興時期的重要變遷狀況。那時像手帕和叉子之類的新物品開始使用了，而艾里亞斯爭辯說，這些物品便是他所謂的「文明」的工具，因他將文明界定爲

---

[49] Elias (1939), 1, 51-217.

[50] Niestroj (1989).

他所謂的困窘和羞愧的門檻或「邊界」的改變。在物質文化史和身體史被當成是新發現的時刻，值得自我提醒的是，艾里亞斯討論這一主題的篇幅寫於1930年代。

有關中古貴族用袖子擦鼻子，把痰吐到地板上等等的生動描述，並非看在這類行為的份上而被提及；15和16世紀討論禮儀的論文裡對這類行為的指責，應當闡明了艾里亞斯所謂的「西方文明的社會起源」。它也支持一般的變遷理論；而此一理論或可被視為現代化模式的一個變體，不過，卻不易遭致前文討論過的那些反對理由。

首先，這種理論是多線式的。艾里亞斯區分出他所謂的「社會結構變遷的兩個主要方向，……即朝向漸次分化和整合的變遷，以及朝向降低分化和整合的變遷。」因此，將羅馬帝國的衰落置入這種模式，在原則上並沒有問題，不過，艾里亞斯大概會進一步論及傳統的「文明化」行為在歐洲史上的某些時期所受到的刻意排除。舉例來說，文藝復興時期匈牙利的貴族熱切地藉由跟其他貴族作比較，以界定他們的身分，而且熱切地證實他們是「蠻族」匈奴人後代的主張。[51]

其次，艾里亞斯極為關切變遷的機制，即「如何」與「為何」。他的著作最具原創的章節不在於有關餐桌禮儀變遷的生動描述，而那類描述或許會吸引到讀者不成比例的目

---

[51] Klaniczay (1990a).

光。相反地，艾里亞斯自己的貢獻在於第二卷裡的論證，即從政治角度解釋自我控制（更普遍來說，是社會整合）之崛起的效果，它是跟中央集權國家有關的暴力壟斷的一種始料未及之後果。反過來，艾里亞斯將中央集權國家或「絕對主義」國家——她將貴族從騎士變成朝臣——的崛起，解釋成中世紀小國間權力競逐的一種始料未及之後果。

　　艾里亞斯的作品近幾年來在歷史學和社會學圈子裡愈來愈有影響力。然而，它亦遭受到某些批評。不像韋伯那樣，艾里亞斯只根據歐洲史來闡明他的理論，因而讓讀者懷疑其普遍性。我們懷疑，在中國或印度（在其歷史上的某些時期，兩者都是小國逐鹿中原）是否能確認出類似的文明過程。

　　對艾里亞斯更嚴重的批評是，他的核心概念「文明」有疑義。倘若僅從是否有羞恥和自我控制的角度界定文明，那麼很難找到任何不文明的社會。的確，很難證明，中古的騎士，或所謂的「原始」社會的住民，比起西方人較不會感受到羞恥或困窘，而不是在不同情況下呈現這些特質。[52] 反過來說，倘若更精確地界定文明，那麼便會出現另一種難題。倘若文明的標準本身與時變化，那麼我們怎能勾勒歐洲文明的崛起呢？儘管有這些想法分歧，艾里亞斯的論著持續跟社

---

[52] Duerr (1988-90).

會變遷理論有關聯性，還是顯而易見的。

　　二、米歇‧傅柯的《規訓與懲罰》（*Discipline and Punish*, 1975）❶是另一部有強烈理論意涵的專著。就像該作者早期的專論《古典時代瘋狂史》（*Madness and Cilvilization*, 1961）❶那樣，它關切1650到1800年這段時期的西歐。傅柯敘述了此一情況，即懲罰理論裡從懲戒到威攝的重大轉變，以及在懲罰實務上從「公開展示」（spectacle）到「監視」（surveillance）的重大轉變。作者否定從人道主義角度對廢除公開處決所作的解釋，一如他否定了對精神病院之崛起所作的那類解釋。相反地，他強調他所謂的「規訓社會」（disciplinary society）的崛起，因為自17世紀後期以降，在兵營、工廠、以及學校，還有在監獄裡，這種社會漸次可見。他挑選邊沁著名的「環形監獄」（Panopticon）方案作為這一新型社會的生動實例；它是一種理想的監獄，一個警衛就能目視全局而其他人卻還看不到他。有時，傅柯似乎倒轉了現代化理論，描寫規

---

❶ 譯註：中譯本參見劉北成、楊遠嬰譯，《規訓與懲罰：監獄的誕生》，臺北：桂冠圖書公司，1994。

❶ 譯註：中譯本參見劉北成、楊遠嬰譯，《瘋顛與文明》，臺北：桂冠圖書公司，1992；孫淑強、金筑雲譯，《顛狂與文明》，臺北：淑馨出版社，1994；林志明譯，《古典時代瘋狂史》，臺北：時報文化出版公司，1998。

訓的崛起而非自由的崛起。他對鎮壓性官僚社會的洞察力，跟馬克斯・韋伯還是有一些重要的共同之處。[53]

在傅柯有關社會變遷的敘述裡，顯然沒有「文明過程」的位置。一切的變化都在鎮壓的模式——先是舊制度的肉體鎮壓，後來是心理鎮壓。「置換」（displacement）這一更冷靜、更帶臨床色彩的術語，替代了傳統的「進步」理念。

傅柯的作品經常受到歷史學家的批評，有的公平，有的則不公平。文學史家不滿他將文學當作心態史之史料的舉動，藝術史家不滿他對藝術的運用，而傳統的歷史學家則根據原理，反對非官方「文獻」的史料。至於《規訓與懲罰》，其結論被說成是「沒有檔案研究的基礎」。[54] 歷史學家對傅柯的另一種批評，集中在他對各地的變異無動於衷，傾向於用法國的範例來闡明對歐洲的概括論斷，宛如不同地區沒有自己的時間基準似的。

倘若我們認為傅柯提供了一種單純的變遷模式而非描述整個狀況的話，那麼這些批評實際上就變得無關緊要了。然而，重新界定作者的目的，並未解決對他的作品所作的第三種有殺傷力的批評，即其作品未能討論變遷的機制。身為宣布「人死了」或者至少是「去主體中心」之運動的一位領導

---

[53] O'Neill (1986).

[54] Spierenburg (1984), 108.

人，傅柯似乎猶豫於考察懲罰方式之改革者的意圖以檢測此一理論，猶豫於證明，從這些意圖產生的的新制度，跟這些意圖毫無瓜葛，而且也猶豫於揭露實際是什麼產生了新制度。當然，這是極難駕馭的苦差事，不過，倘若有人號稱自己在清理傳統的歷史解釋，那麼期待那個人履行此一苦差事並非不合理的。

　　依我的觀點，一般說來，在傅柯的作品，尤其是《規訓與懲罰》裡，最有價值的事物是在否定面而非肯定面。在他對傳統的學問作了破壞性的批評之後，有關監禁、性意識等等的歷史，將不復原本的面貌了，而社會變遷理論亦然，因為傅柯已經揭示了它跟他竭力破壞的進步信念有關。那些否定他的答案的人也不能夠迴避他的問題。

　　三、不像諾伯特‧艾里亞斯那樣，已故的費爾南‧布勞岱還等不到一半的時間就獲得了賞識。他有關西班牙菲利普二世時代地中海世界的專論，於1949年發行時就讓他在法國聲名大噪。雖說布勞岱很久以前就跟社會學家喬治‧古爾維奇（Georges Gurvitch）⓰有過論戰，然而，直到相對較近的時候，至少在法國以外，他的作品跟社會理論家的相關性才受到注意。55 不過，布勞岱在其部幅甚厚的專著裡最想強

⓰ 譯註：1894-1965，法國社會學家。

55 Braudel (1949).

調的重點,並非有關菲利普二世、甚或地中海世界的一種論證,而是有關社會變遷的一個命題,或者,如同作者自己所言,是有關時間類型的一個命題。或許正是這一原因,保爾・里科爾(Paul Ricoeur)⓱將布勞岱的著作描述爲一部敘事之作,雖說其作者對事件持非議之論。[56]

布勞岱的核心理念是,歷史變遷以不同的速度發生。他將這類速度作了三種區分,每一種在書中各佔一節。首先是「地理史」(geohistory)的時間,它是人類與其環境之間的關係,「一種幾乎無以察覺其演變的歷史,……一種永恆不變之重複、不斷循環的歷史。」(布勞岱稱此爲「結構的歷史」[histoire structurale])。其次是「經濟體系、國家、社會以及文明」的時間,它有「緩慢但可察覺的節奏」(「局勢的歷史」[histoire conjoncturelle])。第三,事件和個人——即傳統敘事歷史(「以事件爲中心的歷史」)的主體——快速進行的時間,布勞岱視之爲微不足道的,唯有它揭示出隱藏於其底下的力量時才會對它感到興趣。

該書的第一部分,亦即地理史部分最具革命性,不過,與此最相關的是第二部分,因其關切經濟、政治和社會結構中的變遷。舉例來說,布勞岱爭辯道,16世紀後半期地中

⓱ 譯註:1913-,法國哲學家。

[56] Ricoeur (1983-5), 1, 138ff.

海的西半部（基督教世界）和東半部（穆斯林世界），富人
與窮人之間的社會差距都不斷擴大。「社會有兩極化的傾
向；一方是富裕而又有活力的貴族階層，其被重新納入擁有
龐大資產的強力王朝，而另一方則是眾多且人數不斷增加的
喪失權利窮人。」

　　最後一段令人想起馬克思，而布勞岱亦時常向他致意。
然而，在這一點上有必要強調他們之間對於近代歐洲在看法
上的一個主要差別。資產階級的崛起是馬克思說明這段時期
的核心；相反地，布勞岱關切的則是他所謂的資產階級的
「變節」或他們的「破產」（faillite de la bourgeoisie）。至少在
地中海世界裡，這段時期的商人經常捨棄經商、謀取土地，
舉止像貴族那般，有時甚至還購買頭銜。換句話說——對於
現代化理論的支持者而言是個弔詭——這段時期相較於以前
還要更不現代。實際上，布勞岱傾向於從循環——即一種擴
張階段和收縮階段（用法國經濟學家法蘭索瓦·西米昂的話
來說，「A階段」和「B階段」）的遞嬗——而不是進步的角
度來作思考。倘若《地中海》闡明了任何的社會學變遷理
論，那麼它當然是巴烈圖的理論，因其「菁英循環」理論含
有「投機者」（speculators）和「食利者」（rentiers）的遞嬗。

　　對歷史學家而言，關於社會學的變遷模式，最顯而易
見、同時也最根本的批評之一是，它們太膚淺，將大部分重
心放在相對的短時期上，即一個世代，或僅僅三十年左右。

儘管將焦點放在菲利普二世的在位期間（1556至1598年），不過，布勞岱的作品是相當重要，也是唯一聚焦於這段時間另一面向的著作。他在一篇著名的文章裡，更明確地說明他的長時期（la longue durée）觀點，而且也嘗試跟社會科學作對話（法國社會學家喬治・古爾維奇作了回應）。[57] 基於許多原因，布勞岱的歷史觀是需要加以批評的。他輕視事件、輕視它們顛覆結構的能力，他在這方面是太過頭了。他的決定論也有點過頭；他視個人為命運的囚徒，而他們想影響事件進展的企圖，終究是徒勞的。他既激勵了他的繼承者，也引起他們反對他的社會變遷模式。

四、在這些繼承者中相當出色的埃曼紐・勒華拉杜里，在研究地中海地區超過兩個世紀之變遷的大部頭專著裡，聚焦於朗格多克（Languedoc）[18] 農民。就像布勞岱那樣，勒華拉杜里著迷於地理特性——他寫過氣候史。[58] 然而，他討論朗格多克的書籍，較為接近所謂的「生態史」（ecohistory）而非布勞岱的「地理史」，因為其核心關懷乃是社會團體與其自然環境之間的關係。相較於布勞岱，勒華拉杜里更強調人口學。他的模式有受惠於馬爾薩斯和李嘉圖（Ricardo）之

---

[57] Braudel (1958); Gurvitch (1957, 1964).

[18] 譯註：位於法國南部。

[58] Le Roy Ladurie (1966).

處，有受惠於20世紀經濟學（尤其是康朵鐵夫的「長波」理論）之處，也有受惠於當代社會人類學之處，而在這個模式裡，社會變遷的真正動力則是人口。

　　勒華拉杜里有關朗格多克的論著，聚焦於其所謂的「自15世紀末期持續至18世紀初期的農業大周期」。這段時期基本上是增長導致衰退（然後再導致復原）的模式。（回歸到西米昂的公式）在A階段，即擴張的階段，發生了人口爆炸，隨即而來的是土地開墾、農場分割、價格上揚、以及勒華拉杜里所謂的「犧牲租金和工資」以獲取利潤的勝利，即靠利潤營生的階級（企業家）的勝利。然而，農業生產力在17世紀達到頂點，於是所有主要的經濟和社會趨勢便反轉過來了；即B階段的一種典型範例。當人口開始對生存手段構成壓力時，它便因飢荒、瘟疫、移民、以及晚婚而停止增長（且在本世紀後期減少了）。利潤被租金擊敗，亦即投機者——回到巴烈圖的用語——被食利者擊敗了；零散的資產又再度聚攏起來了。勒華拉杜里提出說，整體地看待1500至1700年這段時期，則這一地區的機能就像「一個內部平衡的生態體系」（homeostatic ecosystem）。

　　儘管它基本上是生態學和人口學的變遷模式，不過，其中也為文化留了一個位置。一如作者所解釋的：「最初使擴張轉向，接著抑制它，最後停止它的不僅是狹義的經濟力量，而且也是廣義的文化力量」，而廣義的「文化」則包括

了「習俗、生活方式、以及人們的心態」。舉繼承習俗作例子吧。朗格多克的農民行「遺產分割制」，換言之，將地產分割給所有子女，於是人口成長助長了地產的零碎化。至於心態，勒華拉杜里則討論了馬克斯・韋伯關於新教與資本主義相互依賴的著名命題，即讀寫能力和喀爾文教派在朗格多克的散播。

　　此一模式也為布勞岱輕視的事件史留了一個位置。勒華拉杜里為讀者提供了有關社會衝突和社會抗議的生動短文，以便說明當代人怎樣察覺社會變遷，還有他們怎樣反應。舉例來說，在A階段，我們得知，1580年多菲內（Dauphiné）❶天主教徒的狂歡節期間，工匠和農民聲稱說，鎮上的菁英「以窮人為代價來增長財富」（作者後來讓這一戲劇性事件成為一本書篇幅之微觀史學專論的焦點59）。在B階段，即收縮階段，勒華拉杜里討論了1670年在傳統口號「國王萬歲，打倒收稅官」下的維瓦瑞人（Vivarais）反叛，以作為「對於農村危機的本能反應多於理性反應」的一則範例。不論他們對社會的重新結構化有多大影響，這些社會能動者皆跟此一過程有著深刻的關連。

　　倘若要從這本有關朗格多克的著作裡得出一個普遍教

---

❶ 譯註：法國東南部一地區，昔為一省。

59 Le Roy Ladurie (1979).

訓,那麼便是在前工業社會裡,社會變遷的最重要因素在於人口的增長或衰減。已故的麥可‧波斯坦(Michael Postan)在大量探討黑死病後果的中古英國專論裡,也提出了類似的論證。這一馬爾薩斯模式(或者,勒華拉杜里偏好的稱呼,「新馬爾薩斯模式」)一直受到某些歷史學家,尤其是馬克思主義歷史學家的批評,因馬克思主義歷史學家爭辯說,波斯坦和勒華拉杜里都低估了階級衝突在他們所研究的社會中的重要性。然而,其他的馬克思主義歷史學家,尤其在法國,則修正了他們自己的模式,更加斟酌起人口統計學。[60]

　　五、在有關西班牙征服下之秘魯的專論裡,另一位法國歷史學家納坦‧瓦克泰爾(Nathan Wachtel)亦關切人口統計學在社會變遷中的地位。然而,在這一點上轉向其專著的主要原因是,它處理了外部對某一特定社會所造成的變遷。瓦克泰爾的主題是「因征服而導致的危機」。他用來說明有關1530至1580年之間社會與文化變遷的關鍵術語是「解構化」(destructuration)(他挪用自義大利社會學家維托里奧‧蘭透納利[Vittorio Lanternari]的一個術語)和「涵化」(一如我們所知,取自美國人類學的一個術語)。[61]

---

[60] Postan (1972); Aston and Philpin (1985); Bois (1976).

[61] Wachtel (1971a);比較 Wachtel (1974);Lanternari (1966);Dupront (1965)。

　　所謂的「解構化」（古爾維奇也運用的一個術語），瓦克泰爾意指傳統社會體系的不同部分之間的連結斷裂了。經過征服，傳統的制度和習俗雖倖存下來，不過，舊有的結構卻解體了。舉例來說，原爲構成國家組織舊有分配體系一部分的納貢倖存下來了，不過，此一體系卻不復存在了。地方首領亦倖存下來了，不過，他們跟中央政府的關係已不復印加時代的狀況。傳統宗教倖存下來了，不過，如今是非官方的、實際的秘密宗派，而西班牙傳教士則視之爲「偶像崇拜」，竭盡所能地想根絕它。精於布赫迪厄所謂的「象徵暴力」（見前，頁182）的專家，即西班牙神職人員，實際上是社會文化之變遷或重構過程的宣傳者。

　　除了結構之外，瓦克泰爾大量論及了能動性。他從「涵化」的角度討論印第安人對社會裡所發生之變遷的回應；而「涵化」這一術語他則借助蘭透納利和葛蘭西，將其重新界定爲一種文化支配另一種文化之情勢下的文化接觸。有一些印第安人接受了征服者的價值，而另一些印第安人則作了抵拒，像塔基安戈（Taqui Ongo）保衛傳統神只的千禧年運動的參與者。有些人爲了保持現狀而作改變，像阿勞干人（Araucans）[20] 接納了馬匹，以便更能抵抗將這種動物引入美洲的西班牙人。有時，對西班牙文化的表面接受，掩飾了傳

---

[20] 譯註：智利中部和南部的印地安人。

統心態的有意識或無意識的持續性。舉例來說，編年史家古曼‧波馬‧德‧阿亞拉（Guaman Poma de Ayala）將大量來自西方史料裡的訊息寫入了他的秘魯史，不過，他的思維的基本範疇，諸如他們時空之類的概念仍然是原生的。[62]

瓦克泰爾所謂的涵化，其重要特徵是，它不僅關切「客觀的」文化接觸，而且也關切他所謂的「被征服者的觀點」，換言之，即支配性文化在從屬者眼中的意象。換句話說，他不是無知的傳播論者。他對文化接觸之政治脈絡的關切，以及對兩種文化之成員看待對方之方式的興趣，給舊的涵化模式帶來一種新的、明確的刺激，讓它兼具解釋性和描述性。

研究西方社會的歷史學家有時也使用這種模式。美國人奧斯卡‧漢德林（Oscar Handlin）是這方面的開拓者。他討論波士頓移民、副題為「對涵化之研究」的著作，早在1941年之前就開始著手了。[63] 類似地，勒華拉杜里將18世紀初期色芬山地（Cévennes）的新教徒反叛（對路易十四查禁新教的反動），描述成對於「文化剝奪」（deculuration）的抗議。

再者，羅伯特‧馬沁布萊德（Robert Muchembled）也討

---

[62] Wachtel (1971b).

[63] Handlin (1941).

論過16世紀末法國東北部的「農村世界的涵化」。他指出巫術審判跟反宗教改革運動對「偶像崇拜」的抨擊以及讀寫能力的散布同步增加。核心（或神職人員）試圖改變邊陲（或俗人）的價值。在這方面，康布雷西斯（Cambrésis）的社會文化變遷是跟秘魯相似的。

另一方面，值得一提的是，「涵化」理論以爲神職人員和信衆分屬不同的文化；而這種預設當然是誇大了。在共同的參考架構下，他們或許分屬不同的「次文化」（見前，頁246）。當更大比例的神職人員在天主教神學院受教育時，這兩者之間的文化差距或許會擴大，不過，這種差距不像西班牙神職人員與他們想使之皈依的印第安人之間的差距來得鉅大。就這層意義而言，歐洲史家誤用了「涵化」這一術語。因此，或許最好將信仰改變的問題，視爲前文討論過的（頁182-183）各群體間意義的「協商」（negotiation）的一個個案。[64]

六、另外一個涵化模式的巧妙變體，是由芝加哥大學人類學家馬歇爾・沙林斯在某一記述裡提出的，而該記述從1779年庫克船長（Captain Cook）抵達夏威夷開始談起。他的記述從敘事到詮釋和分析，再到一般理論，可分類爲四個

---

[64] Muchembled (1978, 1984); Burke (1982); Wirth (1984).

部分或階段。

㈠大約有數千的民眾，乘著獨木舟來會見庫克，熱誠地歡迎他的夏威夷之行。他被護送到一座廟裡，參加了一個崇敬他的儀式。幾周之後，他又回到這座個島嶼，受到的接待卻比較冷清。夏威夷人不斷有偷竊行為，而庫克在制止他們的過程中被殺害了。然而，若干年後，新的酋長卡米哈米哈（Kamehameha）決定跟英國建立友好、商務關係的政策。

㈡沙林斯以此一假設——即夏威夷人視庫克為他們的神只洛諾（Lono）的化身，因為他在他們期盼該神只降臨之時刻到達——詮釋庫克受到的接待（或更精確地說，對這些偶發事件的個別記述）。他繼續提出說，殺害庫克和崇敬庫克的，都是同一套儀式行為，亦即弒神。他將親英的政策詮釋為，卡米哈米哈對於繼承自庫克的卡里斯瑪——即威信（mana）㉑——所作的挪用。[65]

㈢沙林斯利用此一詮釋，以更一般的方式提出了兩個互補的觀點，評論他所謂的體系與事件之間的互動。首先，事件之所以發生是受到「文化的安排」。夏威夷人通過他們自己的文化傳統的透鏡來看待庫克，而且據此採取行動，從而賦予事件以一種獨特的文化「記號」（signature）。在這方面，沙林斯對於事件的看法跟布勞岱接近。另一方面，與布

㉑ 譯註：大洋洲土著信仰的事物（或人）所表現出的超自然力量。

[65] Sahlins (1985), 104-35.

勞岱不同的是，他繼續提出說，在理解這些事件的過程，亦即「以自己的意象再生產那一文化接觸」的過程裡，夏威夷文化有了「徹底而又決定性的改變」。舉例來說，酋長與平民之間的緊張關係加劇了，因為歐洲人與夏威夷人之間的差異，蓋過了這兩種集團間的差異。酋長的回應是採用諸如「喬治國王」或「比利・彼特」（Billy Pitt）之類的英文名字，宛如強調說酋長之於平民，就像歐洲人之於夏威夷人──換言之，在相互關係中居於支配地位。

㈣最後，沙林斯進而對社會變遷或歷史變遷作了一般性討論，指出所有有意阻止甚或順應變遷的努力，都會導致一連串其他的變遷，而且總結說，所有的文化再生產都包含著變更；而運用文化範疇來詮釋世界，總是會有風險的。[66]

此一有關波里尼西亞島嶼的歷史人類學，跟晚近有關歐洲島嶼的歷史人類學專論，即柯兒絲登・哈斯楚普（Kirsten Hastrup）有關冰島的論著之間，有若干有趣的相似處。哈斯楚普也運用個案研究來提出有關結構與變遷的一般性論點，而且強調想要限制變遷的「順應性戰略」促進了變遷過程，於是「引起瓦解的發展的社會反應本身又促進了瓦解。」[67]不論在社會範疇、社會自身，還是在兩者之間的關係上，她

---

[66] Sahlins (1981; 1985, vii-xvii, 136-56).

[67] Hastrup (1985), 230.

的分析大量運用了「矛盾」這個有多種解釋的概念。

　　將這部兩個島嶼的論著並置，會促使讀者用其中一部作品提出之問題，質疑另一位作者；舉例來說，會促使讀者更仔細地看待夏威夷文化裡的矛盾。這也促使讀者質疑，根據些島嶼的範例能夠作出多大程度的概括論斷。夏威夷是文化接觸的特有範例，還是古怪範例呢？沙林斯有關結構與事件之間的關係的概括論斷，在跟他的「田野」鮮有關連的脈絡裡，如日耳曼宗教改革或法國大革命，那還會有效嗎？

結論

　　這六種個案研究對於有關社會變遷的研究，顯然有很多的意涵。我想藉由結論，集中在三種錯誤的二分法，即連續性與變遷、內部因素與外部因素、以及結構與事件之間的典型二元對立，以評論其中的若干意涵。

　　一、變遷的概念包含連續性的概念。我們通常從負面的角度將連續性描述為「惰性」，不過，前述的那些個案研究提出了描述其特徵的更正面的方式。舉例來說，艾里亞斯所關切的餐桌禮節，包含著幼童教育作為文明過程的一部分的重要性。為了讓文化「再生產」成為可能，幼童教育是必要的（見前，頁248），而且它也可能是變遷的一種有效手段。

　　或許，這裡是一個引進「世代」（generation）理念的最佳之處，這一理念長久以來既讓歷史學家著迷，也讓社會學家著迷。讓人著迷的一個理由是，這個概念似乎反映了我們自己成長的經驗，以及從集體層面界定我們自身跟較年長者顯然有別的經驗。另一個理由是，它用對於某一特定年齡群的歸屬感，將事件跟結構中的變遷作了連結；舉例來說，1789世代的人（「活在那樣的黎明是天賜的福氣／而年輕就像在天國那般」），或者，西班牙1898世代的人（他們經歷了帝國的終結）。在與「世代」理論有關的說明中，已經有若干有趣的討論，尤其是卡爾‧曼海姆，他強調「在社會和歷史過程中」創造一種特定世界觀或心態時的「共同定位」。[68]

　　然而，這個理論不常被付諸實行，而且為數不多的個案研究主要關切的是藝術史和文學史。[69] 一個有趣的例外是完成於1960年代的一部有關一個亞拉岡（Aragon）[㉒]的小鎮的人類學論著。它根據人們對於隨著西班牙內戰而變化的──姑且不說是創傷的──事件的反應，劃分出三群體：「衰退的」一代、「掌權的」一代、以及「新生的」一代。第一群人的見解在內戰以前已經形成了，第二群人經歷了戰爭，而第三群人則因太過年幼對於內戰沒什麼印象。儘管這些對照

[68] Mannheim (1952), 276-320.

[69] Pinder (1926); Peyre (1948); Burke (1972), 230-236; Ramsden (1974).

㉒ 譯註：位於西班牙東北部。

結論

遠遠超出了政治領域，不過，還是讓人想從政治角度來解釋它們。問題在於，想要評估1936至1939年的事件在分割世代上的重要性，我們還需看一看沒有經歷過內戰的類似小鎮。[70]

勒華拉杜里對於連續性概念重新提出了另外一種有系統的陳述，其討論他所謂的「不動的歷史」（histoire immobile），換言之，在一個給定的「內部平衡體系」裡的經濟或人口的周期運動。在這一點上，顯而易見地，要問是什麼事物打破了這一周期呢？在許多情況下，它是由於外部因素的侵入。

二、這種由外而內的侵入，在瓦克泰爾和沙林斯討論的個案裡尤其明顯。然而，一如我們所知，他們並非只從外部的角度提出對秘魯和夏威夷變遷的解釋。相反地，這兩位作者用類似於前文討論過（頁199-200）的接受理論的方式，強調內生和外生因素之間的關係或「適應」。我們企盼，未來的社會變遷模式會討論，什麼因素使得一些社會相對上對外來的影響較為開放（或者說，較容易受到影響），而另一些社會較能抵拒這些影響——的確，不會有別的情況了。儘管布勞岱的《地中海》用一些篇幅在這個問題上，不過，他也僅止於作了此一對比性的概括論斷，意即「強有力的文明

---

[70] Lisón-Tolosana (1966), 190-201；比較 Spitz(1967)。

不僅有能力給予貢獻，而且也能接受和援借，」而「拒絕援借的文明也能被認可為偉大的文明。」不過，對於外來侵略者、外來技術、外來理念的接納或拒絕之間，決定「選擇」（還有那是誰的選擇呢？）的是什麼呢？

　　非洲文化研究者在解釋為何一些民族──例如伊布族（Ibo）㉓──對於變遷表現出明顯的容受性（receptivity），而另一些民族，像帕寇特族（Pakot），表現出相當明顯的抗拒時，有點過了頭。他們是將傾向於封閉的高度整合文化，跟另一些較開放的低度整合文化作比較。[71]

　　一種對外來影響的容受性傳統，似乎也可隨著時間而發展。舉例來說，日本人早在與西方相遇以前，就習慣於採納中國人的理念、習俗、以及制度。但在沒有探究各個社會之間、或者說實際上是各個文化畛域之間的差異，就從日本人性格這一角度解釋這種革新傳統，或許是不智的。

　　「文化失調」（cultural lag）㉔這個社會學概念已幾乎不用了，它被非難為描述性而非解釋性的。[72] 它的確還是有益的，能提醒使用者不同的社會集團（市民和農民、都市人和

㉓ 譯註：奈及利亞的黑人種族。

[71] Braudel (1949), 2, 764; Ottenberg (1959); Schneider (1959).

㉔ 譯註：一種假說，認為社會問題和衝突是由於社會制度趕不上科技變化的結果，亦稱文化滯後。

[72] Ogburn (1923).

鄉巴佬，諸如此類）或文化的不同範圍或畛域（像宗教、政治、經濟），不必然是同時變遷的。

三、在晚近的社會理論裡，尤其在安東尼・紀登斯有關「結構化」的討論裡，事件與結構之間的關係已經受到重視。[73] 前述之個案研究的作者，看待這種關係的方式各有不同。對布勞岱而言，事件不過是瑣碎、騷動，它受到深層結構中之變遷的影響，但反過來對變遷卻很少有或根本沒有影響。相較於布勞岱，勒華拉杜里更帶著興致和同情心在描述農民對經濟「局勢」的反應。騷亂和反叛──「回應型的」（reactive）社會運動的典型範例（見前，頁188）──在他的書中佔有重要的部分。然而，他也以為，事件只反映了結構，而非改變了結構。

瓦克泰爾和沙林斯的作品更強調事件的破壞性和創造性功能。類似地，勒華拉杜里針對一部有關法國大革命時代農民的專論所作的一篇書評裡，提出了事件扮演著「催化劑」或「溫牀」（événement-matrice）的可能性。然這種隱喻上的混合似乎還是流露出作者在這方面的某種猶豫。[74]

兩位考察第一次世界大戰交戰雙方的歷史學家，相當詳細地探索了這一看法，意即諸如戰爭和革命這類的危機，扮

---

[73] Giddens (1979, 1984); Thompson (1984), 148-172; Bryant and Jary (1991).

[74] Le Roy Ladurie (1972).

演著催化劑或加速器的角色，他們加速而非啟動了社會變遷。亞瑟·馬維克（Arthur Marwick）間接表明，1914至1918年的事件助長了英國的社會差別的「模糊化」，而于爾根·柯卡（Jürgen Kocka）則爭辯說，「同樣的」事件讓德國的社會差別變得更尖銳。[75] 兩個社會以相反的方式回應了這場戰爭，因為它們戰前的結構原本就相當不同。類似地，路易十四時代，英法之間的持久戰帶給雙方的財政問題，似乎讓兩國間原有的差異更為明顯；法國君主制更「專制」，而英王的權力卻削弱了。[76]

前述的六項個案研究，幾乎都未提及個人或集團在事件發展的過程中可扮演的角色。舉例來說，儘管沙林斯讓我們隱約記得，卡米哈米哈是一個有相當能力的領導者，不過，他並未討論夏威夷酋長在種種結構之間有多大的揮灑空間。在這方面，布勞岱的態度是最明確，也最具否定的特色。他書中的「英雄」菲利普二世，更是一個無力改變歷史過程的「反英雄」（anti-hero）。然而，假定布勞岱選擇以列寧時代的俄國來作研究，那他會覺得可如此輕易地貶抑個人在歷史中的角色嗎？社會變遷的理論當然需跟這種問題搏鬥，也需要討論個人和小集團的決定影響社會發展的方式。

---

[75] Marwick (1965); Kocka (1973).

[76] Mousnier (1951).

　　兩個日本史上成對比的例證，大概有助於闡明這一問題。統治者顯然不能阻礙社會變遷，猶如喀奴特（Canute）無法阻擋海浪（這位國王將他的朝臣帶到海邊，正是想實現這一念頭）。然統治者還是想要這麼做。舉例來說，日本在17世紀時，城鎮發展，貿易擴張，德川幕府想用一條法令來固定社會結構，也就是四個主要的社會集團，應該按照士、農、工、商的次序排序。一如我們可料想到的那樣，這一法令無法阻止富商獲得一種比許多武士更高的非官方社會地位。

　　另一方面，1868年取代德川幕府的明治政權，其廢止武士的法令對社會則有重要的影響。舉例來說，許多先前的武士跨入了商業界，而這原是他們不許介入的行業。[77] 何以明治政權成功，而德川幕府失敗呢？顯而易見的答案是，一個政權想抵拒變遷，而另一個政權則順應變遷。然而，這一可能性值得探索，即明治政權不只是順應不可避免的變遷；其關切所謂的對社會變遷的「管理」——不是對浪潮發號施令，而是因勢利導。

　　在朱塞佩‧德‧蘭帕杜沙（Giuseppe de Lampedusa）以19世紀中葉西西里為背景的傑出歷史小說《豹》（*The Leopard*, 1958）裡，一個貴族向另一個貴族講述說：「為了

---

[77] Moore (1966), 275-290.

維持一切的原狀，我們必須改變一切。」一些貴族（尤其英國貴族）便為家族或階級的長期倖存的策略而作犧牲或戰略性妥協，他們似乎有這種適應新環境的天賦。這類的行為在任何一般性的社會變遷理論裡，當然該有一個位置。

我們可能也企盼，這種理論也會具體說明這種策略在哪類的形勢下有成功的機會。兩部相互無關、依次涉及19世紀英國和20世紀拉賈斯坦（Rajasthan）的貴族行為的論著，對於這一類形勢提出了相當類似的說明。兩部論著都描述了一個分裂的統治階級，其上層集團較贊成變遷，而下層集團會因變遷而喪失較多。然而，在這兩個個案裡，下層集團傳統上都依賴於上層集團的領導。在這種形勢下，泰半會喪失的集團想組織起來抵拒變遷是相當困難的。因此，整個統治階級遵從了其領導人的「適應」政策，在沒有暴力的情況下，社會變遷就發生了。[78]

倘若個人、集團、以及事件在社會變遷的過程中佔有一種重要的位置，那麼（不論社會史家、社會學家或社會人類學家提出的）形式分析和內容分析，大概同樣都需要修正了。實際上，敘事的轉向（或回歸）已是這三門學科晚近討論相當多的對象。問題可用一種兩難的形式提出。結構分析太過靜態，無法讓作者或讀者充分意識到變遷。反過來說，

---

[78] F. M. L. Thompson (1963); Rudolph and Rudolph (1966).

傳統的歷史敘事完全無法裝載這些結構。因此，有關一種適合社會史的新敘事形式的尋求正在進行中。

我們或可稱此爲一種「編辮子」（braided）敘事的尋求，因爲它將分析跟敘述交織在一起。[79] 換個方式說，我們或可紀爾茲的「深描」（thick description）模式，陳述「深厚的」敘事，因爲新的形式需要被建構得比舊的形式（它向來是關切廣爲人知之個人的行爲）還能承受更重的解釋。新的形式──無論如何，對歷史學家而言是新的──包括從多種觀點呈現相同事件的敘述（頁253-254），或者，以所謂的「微觀敘事」（micronarratives），處理地方層次之凡夫俗子的經歷。[80]

前面的章節（見前，頁99）討論過微觀史學的轉向。有時，它採取一種描述的方式，就像勒華拉杜里有關蒙大猶社群的專論，不過，它也能夠採取故事的形式。其中最具戲劇性的故事之一是馬丹・蓋赫（Martin Guerre）的故事。馬丹是法國西南部的一位農民，他離開家族農莊，在幾次戰役中爲西班牙效力，返鄉時卻發現他的位置已被一位自稱是他的闖入者佔據了。歷史學家娜塔莉・澤蒙・戴維斯會重述這個故事，不僅是因爲這故事具有戲劇特質，而且也藉此闡明社

---

[79] Fischer (1976).

[80] Burke (1991).

會結構，其中包括家庭結構，以及人們在日常生活中體驗這些結構的方式。在她的記述裡，核心人物與其說是馬丹，不如說是他的妻子——貝彤黛・德・荷爾（Bertrande de Rols）。她因遭丈夫遺棄，既非人妻，亦非孀婦。戴維斯間接表明，不論基於什麼理由，貝彤黛作出將闖入者認作是久無音訊之丈夫的決定，對她來說，乃是擺脫此一難堪處境的唯一正當的方式。[81]

此一方法在研究社會和文化結構上的潛力，才剛開始進行，因此，這裡還不是討論終止的時刻，也不是對這一實驗作出最後判決的時刻。就像在此探索的許多議題那樣，敘事的問題仍舊有待解決。

就像其1981年版的前身那樣，本書依然有意識地想在休謨所謂的「熱忱」與「盲目崇拜」——也就是對於新研究取向完全不加以批判，以及對於傳統實作的盲目熱愛——之間，抱持一種中間立場。我希望，它能說服歷史學家，比當前的許多歷史學家還要更嚴肅地採納社會理論，而且也能說服社會理論家對歷史有更大的興趣。

倘若一開始還不太明顯，那麼如今應該很清楚的是，經

---

[81] Davis (1983).

驗論者和理論家不是兩個緊密結合的集團，而是位於一個光譜的兩端。概念的援借往往取自理論性那頭的鄰近學科。於是，歷史學家可向人類學家援借概念，人類學家向語言學家援借，語言學家向數學家援借。

　　反過來，就像民族誌學者那樣，歷史學家提示了人類經驗和制度的複雜性和多樣性，因理論不可避免地將其簡化。這種多樣性並非暗示，理論家作簡化是錯誤的。一如我在前文（頁81-82）所爭辯的，簡化是他們的職責，也是他們對於研究取向與學科之間的分工的特殊貢獻。然而，這種多樣性的確間接表明，理論從來不能「應用」於過去。

　　另一方面，理論所能做的乃是提醒歷史學家向「他們的」時期提出新的問題，或者，對於熟悉的問題提出新的答案。理論的演變幾乎有無限的多樣性，而這也給想要使用的人帶來了問題。首先，在相互競爭的理論之間存在著一個抉擇的問題，因為一般理論與特殊問題之間，一般說來，或多或少有親疏的適應性。理論及其意涵如何跟援借者的整個概念工具協調，也存在著問題。對於若干相當具有哲學性的讀者而言，本書看起來就是一份折衷主義的辯護；而這種指控（有時也是公正的）經常針對那些在自己的作品裡挪用其他人之概念和理論的歷史學家。然而，就本書而言，無論如何，倘若折衷主義被界定為試圖同時表達矛盾命題的話，那麼我拒絕接受這種指控。另一方面，倘若這一術語僅僅意謂著在不

同的地方找尋理念，那麼我倒是樂於坦承自己是個折衷主義者。無論新理念來自何方，對其採取開放態度，而且能夠讓它為自己所用，又能夠找出檢測其有效性的方式，或可說是優秀歷史學家的標誌，同樣也是優秀理論家的標誌。

參考書目

Abercrombie, N., Hill, S. and Turner, B.S. (1980) *The Dominant Ideology Thesis,* London.

Abrams, P.(1980) 'History, Sociology, Historical Sociology', *Past and Present,* 87, 3-16.

Abrams, P.(1982) *Historical Sociology,* Shepton Mallett.

Adorno, T., Frenkel-Brunswick, E. and Levinson, D.J.(1950) *The Authoritarian Personality,* New York.

Agar, M.(1990) 'Text and Fieldwork', *Journal of Contemporary Ethnography,* 19, 73-88.

Allport, G. and Postman, L.(1945) 'The Basic Psychology of Rumour'; rpr. in W. Schramm(ed.), *The Process and Effect of Mass Communication,* Urbana, Ill., 1961, 141-55.

Almond, G. A. and Verba, S.(1963) *The Civic Culture,* Princeton, NJ：馬殿君等譯，《公民文化：五國的政治態度和民主》，杭州：浙江人民出版社，1989；張明澍譯，《公民文化》，臺北：五南圖書公司，1996。

Althusser, L.(1970) 'Ideology and Ideological State Apparatuses'; English trans. In his *Lenin and Philosophy*, London, 1971, 121-73；杜章智譯，《列寧與哲學》，臺北：遠流出版社，1991。

Anderson, B. (1983) *Imagined Communities*, rev. edn London, 1991；吳叡人譯，《想像的共同體：民族主義的起源與散布》，臺北：時報文化出版公司，1999。

Anderson, B. (1990) *Language and Power*, Ithaca, NY.

Anderson, P. (1974a) *Passages from Antiquity to Feudalism*, London；郭方、劉健譯，《從古代到封建主義的過渡》，上海：上海人民出版社，2001。

Anderson, P. (1974b) *Lineages of the Absolutist State*, London；劉北成、龔曉莊譯，《絕對主義國家的系譜》，上海：上海人民出版社，2001。

Anderson, P.(1990) 'A Culture in Contraflow', *New Left Review*, 180, 41-80.

Ardener, E. (1975) 'Belief and the Problem of Women', in S. Ardener(ed.), *Perceiving Women*, London, 1-27.

Ariès, P.(1960) *Centuries of Childhood*, English trans. New York, 1962.

Arnheim, R.(1962) review of Gombrich (1960), *Art Bulletin*, 44, 75-9.

Aron, R.(1965) *Main Currents in Sociological Thought*, 2nd edn. Harmondsworth, 1968；葛智強、胡秉誠、王滬寧譯，《社會學主要思潮》，上海：上海譯文出版社，1988。

Arriaza, A.(1980) 'Mousnier, Barber and the "Society of Orders"', *Past and Present*, 89, 39-57.

Aston, T. H. and Philpin, C. H. E. (eds) (1985) *The Brenner Debate:*

Agrarian Class Structure and Economic Development in Preindustrial Europe, Cambridge.

Atkinson, P. (1990) *The Ethnographic Imagination: Textual Constructions of Reality*, London.

Atsma, H and Burguière, A. (eds) (1990) *Marc Bloch aujourd'hui*, Paris.

Attridge, D. (1987) *Post-Structuralism and Question of History*, Cambridge.

Avineri, S.(1968) *Karl Marx on Colonialism*, New York.

Aya, R. (1990) *Rethinking Revolution and Collective Violence*, Amsterdam.

Bachrach, P. and Bratz, M. S. (1962) 'The Two Faces of Power', *American Political Science Review*, 56, 947-52.

Baechler, J., Hall, J. and Mann, M.(eds) (1988) *Europe and the Rise of Capitalism*, Oxford.

Bailey, P. (1978) 'Will the Real Bill Banks Please Stand Up? Towards a Role Analysis of Mid-Victorian Working-Class Respectability', *Journal of Social History*, 12, 336-53.

Baker, A. R. H. and Gregory, D (eds) (1984) *Explorations in Historical Geography*, Cambridge.

Baker, K.M. (ed.) (1987) *The Political Culture of the Old Regime*, Oxford.

Bakhtin, M.(1952-3) ' The Problem of Speech Genres'; in *Speech Genres and Other Late Essays* (ed. C. Emerson and M. Holquist), Austin, Texas, 1986, 60-102.

Bakhtin, M. (1981) *The Dialogic Imagination*, Manchester.

Baran, P. (1957) *The Political Economy of Growth*, London.

Barber, B. (1957) *Social Stratification*, New York.

Barnes, J.(1947) 'The Collection of Genealogies', *Rhodes-Livingstone Journal*, 5, 48-55.

Barth F.(1959) *Political Leadership among the Swat Pathans*, London.

Barthes, R. (1967) 'Historical Discourse', in Lane (1970), 145-55；李幼蒸譯，〈歷史的話語〉，收入《寫作的零度：結構主義文學理論文選》，臺北：時報文化出版公司，1991，頁168-183。

Bartlett, F.(1986) *Trial by Fire and Water*, Oxford.

Bell, D. (1967) The *Cultural Contradictions of Capitalism*, London；趙一凡、蒲隆、任曉晉譯，《資本主義的文化矛盾》，臺北：久大出版社，1989。

Bellah, R.J.(1957) *Tokugawa Religion*, Glencoe, Ill；王曉山、戴茸譯，《德川宗教：現代日本的文化淵源》，香港：牛津大學出版社，1994。

Bellah, R.J.(1959) 'Durkheim and History', *American Sociological Review*, 24; rpr. in R. A. Nisbet (ed.), *Emile Durkheim*, Englewood Cliffs, NJ, 1965, 153-76.

Bendix, R.(1960) *Max Weber, an Intellectual Portrait*, New York；劉北成等譯，《韋伯：思想與學說》，臺北：桂冠圖書公司，1998。

Bendix, R.(1967) 'The Comparative Analysis of Historical Change'; rpr.

in R. Bendix and G. Roth, *Scholarship and Partisanship*, Berkeley, Ca, 1971, 207-24.

Benedict, R. (1934) *Patterns of Culture*, Boston, Mass；黃道琳譯，《文化模式》，臺北：巨流圖書公司，1987。

Bennett, W. L.(1983) 'Culture, Communication and Political Control', in M. J. Aronoff (ed.), *Culture and Political Change*, New Brunswick and London, ch. 3.

Bercé, Y. (1974) *History of Peasant Revolts*; abbr. trans. Cambridge, 1990.

Berger, P. and Luckmann, T.(1966) *The Social Construction of Reality*, New York；鄒理民譯，《知識社會學：社會實體的建構》，臺北：巨流圖書公司，1991。

Beteille, A. (1991) *Some Observations on the Comparative Method*, Amsterdam.

Bloch, M. (1924) *The Royal Touch*; English trans. London, 1973.

Bloch, M.(1928) 'A Contribution Towards Comparative History of European Societies'; rpr. in his *Land and Work in Medieval Europe*, London, 1967, 44-76.

Bloch, M.(1939-40) *Feudal Society*; English trans. London, 1961；談谷錚譯，《封建社會》，臺北：桂冠圖書公司，1995。

Block, F. and Somers, M.A.(1984) 'Beyond the Economistic Fallacy', in Skocpol (1984), 47-84.

Boas, F.(1966) *Kwakiutl Ethnography* (ed. H. Codere), Chicago and London.

Bogucka, M. (1989) 'Le bourgeois et les investissements culturels', in A. Guarducci, (ed.) *Investimenti e civiltà urbana*, Florence, 571-84.

Bois, G. (1976) *The Crisis of Feudalism*; English trans. Cambridge, 1984.

Bourdieu, P.(1972) *Outlines of a Theory of Practice*; English trans. Cambridge, 1977.

Bourdieu, P.(1979) *Distinction*; English trans. Cambridge, Mass., 1984.

Bourdieu, P.(1984) 'Social Space and the Genesis of Classes', English trans. in his *Language and Symbolic Power*, Cambridge, 1991.

Bourdieu, P. and Passeron, J.-C.(1970) *Reproduction in Education Society and Culture*, London and Beverly Hills, Ca.

Boureau, A. (1984) *La légende dorée: le système narratif de Jacqes de Vorgaine*, Paris.

Braudel, F.(1949) *The Mediterranean and the Mediterranean World in the Age of Philip II*; 2ⁿᵈ edn 1966; English trans. London, 1972-3；唐家龍、曾培耿等譯，《菲利普二世時代的地中海和地中海世界》，北京：商務印書館，1996。

Braudel, F.(1958) 'History and Sociology'; English trans. in his *On History*, Chicago, 1980, 64-82；劉北成譯，〈歷史學與社會學〉，《論歷史》，臺北：五南圖書公司，1988。

Braudel, F.(1979) *Civilization and Capitalism*, 3 vols; English trans. London, 1980-2；顧良, 施康強譯，《15至18世紀的物質文明、經濟和資本主義》，北京：三聯書局，1992-1993。

Bridenthal, R. and Koonz, C.(eds) (1977) *Becoming Visible: Women in*

European History, Boston, Mass.

Brigden, S. (1982) 'Youth and the English Reformation', *Past and Present*, 95, 37-67.

Briggs, A.(1960) 'The Language of Class'; rpr. in his *Collected Essays*, 2 vols, Brighton, 1985, vol. 1, 3-33.

Brown, P. (1971) *The World of Late Antiquity*, London.

Brown, P. (1975) 'Society and the Supernatural', *Daedalus*, 104, 133-47.

Brown, R.(1977) *A Poetic for Sociology*, Cambridge.

Bryant, C. G. A. and Jary, D. (1991) *Giddens' Theory of Structuration: a Critical Appreciation*, London and New York.

Buhler, A.(1965) *Kirche und Staat bei Rudolph Sohm*, Winterthur.

Bulhof, I. N.(1975) 'Johan Huizinga, Ethnographer of the Past', *Clio*, 4, 201-24.

Burckhardt, J.(1860) *Civilisation of the Renaissance in Italy*; English trans. 1875, new edn Harmondsworth, 1990；何新譯，《義大利文藝復興時期的文化》，北京：商務印書館，1979。

Burke, P. (1972) *Culture and Society in Renaissance Italy*; 3rd edn *The Italian Renaissiance: Culture and Society*, Cambridge, 1987.

Burke, P. (1973) 'L'histoire sociale des rêves', *Annales E. S.C.*, 28, 239-42.

Burke, P. (1974) *Venice and Amsterdam: a Study of Seventeenth-Century Elites*, London.

Burke, P.(1978) *Popular Culture in Early Modern Europe*, London.

Burke, P. (1982) 'A Question of Acculturation?', in P. Zambelli (ed.)

Scienze, credenze occulte, livelli di cultura, Florence, 197-204.

Burke, P. (1986a) 'City-States', in Hall (1986), 137-53.

Burke, P.(1986b) 'Strengths and Weaknesses of the History of Mentalities', *History of European Ideas*, 7, 439-51.

Burke, P.(1987) *Historical Anthropology of Early Modern Italy*, Cambridge.

Burke, P. (1988) 'Ranke the Reactionary', *Syracuse Scholar*, 9, 25-30.

Burke, P. (1990) *The French Historical Revolution: The Annales School 1929-89*, Cambridge；江政寬譯，《法國史學革命：年鑑學派，1929-89》，臺北：麥田出版，1997。

Burke, P. (1991) 'The History of Events and the Revival of Narrative', in P. Burke (ed.), *New Perspectives on Historical Writing*, Cambridge, 223-48.

Burke, P. (1992a) 'The Language of Orders', in Bush (1992), 1-12.

Burke, P.(1992b) *The Fabrication of Louis XIV*, New Haven, Conn., and London：許綏南譯，《製作路易十四》，臺北：麥田出版，1997。

Burke, P. and Porter, R. (eds) (1987) *The Social History of Language*, Cambridge.

Burke, P. and Porter, R. (eds) (1991) *Language, Self and Society*, Cambridge.

Burrow, J. W. (1965) *Evolution and Society*, Cambridge.

Burrow, J. W. (1981) *A Liberal Descent*, Cambridge.

Bush, M. (ed.) (1992) *Social Orders and Social Classes*, Manchester.

Butterfield, H. (1931) *The Whig Interpretation of History*, London.

Buttimer, A.(1969) 'Social Space in Interdisciplinary Perspective', *Geographical Review*, 59, 417-26.

Bynum, C. W.(1982) *Jesus as Mother*, Berkeley, Ca.

Campbell, C.(1987) *The Romantic Ethic and the Spirit of Modern Consumerism*, Oxford.

Campbell, C.(1990) 'Character and Consumption', *Culture and History*, 7, 37-48.

Carney, T.(1972) *Content Analysis*, London.

Carneiro da Cunha, M (1986) *Negros, estrangeiros*, São Paulo.

Casey, J. (1989) *The History of the Family*, Oxford.

Castelnuovo, E. and Ginzburg, C. (1979) 'Centre and Periphery'; English trans. in *History of Italian Art*, Cambridge, 1994.

Castoriadis, C. (1975) *The Imaginary Institution of Society*; English trans. Cambridge, 1987.

Certeau, M. de, Revel, J. and Julia, D. (1976) *Une politique de la langue*, Paris.

Certeau, M. de(1980) *The Practice of Everyday Life*; English trans. Berkeley, Ca, 1984.

Chapin, F. S.(1935) *Contemporary American Institutions*, New York.

Charle, C.(1990) *Naissance des 'intellectuels'* 1880-1900, Paris.

Chartier, R. (1987) *The Cultural Uses of Print in Early Modern France*; English trans. Princeton, NJ, 1988.

Chartier, R.(1989) 'From the Social History of Culture to the Cultural

History of Society', unpublished paper.

Chartier, R.(1991) *The Cultural Origins of the French Revolution*, Princeton, NJ.

Chayanov, A. V.(1925) *The Theory of the Peasant Economy* (ed. D. Thorner, B. Kerblay and R. E. F. Smith); rpr. Manchester, 1986.

Christaller, W. (1933) *Central Places in Southern Germany*, English trans. Englewood Cliffs, NJ, 1966.

Clarke, D. L.(1968) *Analytical Archaeology*, London.

Clarke, M.(1974) 'On the Concept of Sub-Culture', *British Journal of Sociology*, 25, 428-41.

Clifford, J.(1981) 'On Ethnographic Surrealism'; rpr. in his *The Predicament of Culture*, Cambridge, Mass., 1988, 92-113.

Clifford, J. (1986) 'On Ethnographic Self-Fashioning: Conrad and Malinowski', rpr. in his *The Predicament of Culture*, Cambridge, Mass., 1988, 117-51.

Clifford, J. and Marcus, G. (eds) (1986) *Writing Culture*, Berkeley, Ca.

Codere, H. (1950) *Fighting with Property: a Study of Kwakiutl Potlatching and Warfare*, New York.

Cohen, A. P.(1985) *The Symbolic Construction of Community*, Chichester.

Cohen, G.(1978) *Karl Marx's Theory of History*, Oxford；岳長齡譯，《卡爾‧馬克思的歷史理論：一個辯護》，重慶：重慶出版社，1989。

Cohen, P. S.(1969) 'Theories of Myth', *Man*, 4, 337-53.

Cohn, B. S.(1962) 'An Anthropologist among the Historians'; rpr. in *An Anthropologist among the Historians*, Delhi, 1987, 1-17.

Cohn, N. (1970) 'The Myth of Satan and his Human Servants', in M. Douglas (ed.), *Witchcraft: Confessions and Accusations*, London, 3-16.

Collingwood, R. G.(1935) 'The Historical Imagination'; rpr. in his *The Idea of History*, Oxford, 1946, 231-48；黃超民譯，《史意》，臺北：正文出版社，1969；陳明福譯，《歷史的理念》，臺北：桂冠圖書公司，1981；黃宣範譯，《歷史的理念》，臺北：聯經出版公司，1981；何兆武、張文杰譯，《歷史的觀念》，北京：中國社會科學出版社，1986。

Comte, A.(1864) *Cours de philosophie positive*, vol. 5, Paris.

Corfield, P. (ed.) (1991) *Language, History and Class*, Oxford.

Coser, L.(1956) *The Functions of Social Conflict*, London；孫立平等譯，《社會衝突的功能》，北京：華夏出版社，1989。

Coser, L.(1974) *Greedy Institutions*, New York.

Crosby, A. W. (1986) *Ecological Imperialism: the Biological Expansion of Europe 900-1900*, Cambridge.

Crow, T. (1985) *Painters and Public Life in Eighteen-Century Paris*, New Haven, Conn., and London.

Culler, J.(1976) *Saussure*, London；張景智譯，《索緒爾》，臺北：桂冠圖書公司，1992。

Culler, J.(1980) *The Pursuit of Sign*, London.

Culler, J.(1983) *On Deconstruction*, London；陸揚譯，《論解構》，

北京：中國社會科學出版社，1998。

Cunha, E. da (1902) *Rebellion in the Backlands*; English trans. Chicago, 1944.

Dahl, R. A.(1958) 'A Critique of the Ruling Elite Model', *American Political Science Review*, 52, 463-9.

Dahrendorf, R.(1957) *Class and Class Conflict in Industrial Society*; English trans. London, 1959.

Dahrendorf, R. (1964) 'Homo sociologicus', in his *Essays in the Theory of Society*, London, 19-87.

Darnton, R. (1984) *The Great Cat Massacre*, New York。

Darnton, R. (1991) 'History of Reading', in Burke (1991), 140-67.

Davis, K.(1959) 'The Myth of Functional Analysis as a Special Method in Sociology and Anthropology', *American Sociological Review*, 24, 757-72.

Davis, N. Z.(1971) 'The Reason of Misrule', *Past and Present*, 50, 41-75; rpr. in her *Society and Culture in Early Modern France*, Stanford, Ca, and London, 1975, 97-123.

Davis, N. Z. (1979) 'Les conteurs de Montaillou', *Annales E. S. C.*, 34, 61-73.

Davis, N. Z. (1983) *The Return of Martin Guerre*, Cambridge, Mass；江政寬譯，《馬丹・蓋赫返鄉記》，臺北：聯經出版公司，2000。

Davis, N. Z.(1987) *Fiction in the Archives*, Cambridge；楊逸鴻譯，《檔案中的虛構：十六世紀法國司法檔案中的赦罪故事及故

事的敘述者》，臺北：麥田出版，2001。

Dekker, R. and Pol, L. van de(1989) *The Tradition of Female Transvestism in Early Modern Europe*, London.

Dening, G. (1971-3) 'History as a Social System', *Historical Studies*, 15, 673-85

Derrida, J.(1967) *Of Grammatology*, English trans. Baltimore, Md, 1977；汪堂家譯，《論文字學》，上海：上海譯文出版社，1999。

Derrida. J. (1972) *Disseminations*, English trans. Chicago, 1981.

Devereux, G.(1959) 'Two Types of Modal Personality Model'; rpr. in N. J. Smelser and W. T. Smelser (eds), *Psychology and the Social Sciences*, New York, 1963, 22-32.

Devyver, A. (1973) *Le sang épuré: les préjugés de race chez les gentilshommes français de l'ancien régime*, Brussels.

Dews, P.(1987) *Logics of Distintegration*, London.

Dias, M.-O. Leite da Silva (1983) *Daily Life and Power in São Paulo in the Nineteenth Century*, English trans. Cambridge, 1992.

Dibble, V. K. (1960-1) 'The Comparative Study of Social Mobility', *Comparative Studies in Society and History*, 3, 315-19.

Dilthey, W.(1883) *Einleitung in der Geisteswissensachaften*, Leipzig.

Dodds, E. R. (1951) *The Greeks and the Irrational*, Berkeley, Ca.

Dollimore, J.(1991) *Sexual Dissidence*, Oxford.

Donajgrodzki, A. D.(ed.) (1977) *Social Control in Nineteenth-Century Britain*, London.

Dooley, B.(1990) 'Form Literary Criticism to Systems Theory in Early Modern Journalism History', *Journal of the History of Ideas*, 51, 461-86.

Douglas, M.(1966) *Purity and Danger*, London.

Douglas, M.(ed.) (1987) *Constructive Drinking*, Cambridge/Paris.

Duby, G.(1968) 'The Diffusion of Cultural Patterns in Feudal Society', *Past and Present*, 39, 1-10.

Duby, G. (1973) *The Early Growth of the European Economy*, English trans. London, 1974.

Duby, G. (1978) *The Three Orders*, English trans. Chicago, 1980.

Duerr, H.-P. (1988-90) *Der Mythos von der Zivilisationsprozess*, Frankfurt.

Dumont, L.(1966) *Homo Hierarchicus*, English trans. London, 1972；王志明譯，《階序人：卡斯特體系及其衍生現象》，臺北：遠流出版社，1980。

Dumont, L. (1977) *From Mandeville to Marx*, Chicago.

Dupront, A. (1965) 'De l'acculturation', 12th International Congress of Historical Sciences, Rapports, 1, 7-36; revised and enlarged as *L'acculturazione*, Turin, 1966.

Durkhiem, E.(1893) *The Divison of Labour in Society*, English trans. 1933, rpr. Glencoc, Ill., 1964；王了一譯，《社會分工論》，臺北：臺灣商務印書館，1966；渠東譯，《社會分工論》，北京：三聯書店，2000。

Durkhiem, E.(1895) *Suicide*, English trans., London；鍾旭輝、馬

磊、林慶新譯，《自殺論》，杭州：浙江人民出版，1988；
馮韻文譯，《自殺論：社會學研究》，北京：商務印書館，
1996。

Durkheim, E.(1912) *Elementary Forms of the Religious Life*; English trans. 1915, rpr. New York, 1961；芮傳明、趙學元譯，《宗教生活的基本形式》，臺北：桂冠圖書公司，1992；林宗錦、彭守義譯，《宗教生活的初級形式》，北京：中央民族大學出版社，1999。

Easton, D.(1965) *A System Analysis of Political Life*, New York.

Edelman, M.(1971) *Politics as Symbolic Action*, Chicago.

Eisenstadt, S. N.(1973) *Tradition, Change and Modernity*, New York.

Eisenstein, E. (1979) *The Printing Press as an Agent of Change*, Cambridge.

Elias, N.(1939) *The Civilizing Process*; English trans., 2 vols, Oxford, 1981-2；王佩莉譯，《文明的進程：文明的社會起源與心理起源的研究》（Ⅰ），北京：三聯書店，1998；袁志英譯，《文明的進程：文明的社會起源與心理起源的研究》（Ⅱ），北京：三聯書店，1999。

Elias, N.(1987) 'The Retreat of Sociology into the Present', *Theory, Culture and Society*, 4, 223-47.

Elton, G. (1967) *The Practice of History*, London.

Erikson, E.(1958) *Young Man Luther*, New York；康綠島譯，《青年路德》，臺北：遠流出版社，1989。

Erikson, E.(1968) 'On the Nature of Psychohistorical Evidence',

Daedalus, 695-730.

Erikson, E.(1970) *Gandhi's Truth*, London.

Erikson, K.(1970) 'Sociology and the Historical Perspective', *The American Sociologist*, 5.

Erikson, K. (1989) 'Sociological Prose', *Yale Review*, 78, 525-38.

Evans-Pritchard (1937) *Witchcraft, Oracles and Magic among the Azande*, Oxford.

Farge, A. and Revel, J.(1988) *The Rules of Rebellion*; English trans. Cambridge, 1991.

Femia, J. V.(1981) *Gramsci's Political Thought*, Oxford.

Finer, S. (1975) 'State- and Nation-Building in Europe: the Role of the Military', in Tilly(1975), 84-163.

Finnegan, R. (1973) 'Literacy versus Non-Literacy: the Great Divide', in R. Horton and R. Finnegan (eds), London, *Modes of Thought*, 112-44.

Firth, R.(ed.) (1967) *Themes in Economic Anthropology*, London.

Fischer, D. H. (1976) 'The Braided Narrative: Substance and Form in Social History', in A. Fletcher (ed.), *The Literature of Fact*, New York, 109-34.

Fishman, J. (1965) 'Who Speaks What Language to Whom and When', *La Linguistique*, 2, 67-88.

Fiske, J.(1989) *Understanding Popular Culture*, London；陳正國譯，《瞭解庶民文化》，臺北：萬象圖書公司，1993；王曉玨、宋偉傑譯，《理解大眾文化》，北京：中央編譯出版社，

2001。

Foster, G.(1960) *Culture and Conquest*, Chicago.

Foucault, M.(1961) *Madness and Civilization*, abbr. English trans. New York, 1965；英語節譯本：劉北成、楊遠嬰譯，《瘋顛與文明》，臺北：桂冠圖書公司，1992；孫淑強、金筑雲譯，《顛狂與文明》，臺北：淑馨出版社，1994；法文全譯本：林志明譯，《古典時代瘋狂史》，臺北：時報文化出版公司，1998。

Foucault, M. (1966) *The Order of Thing; English trans.* London, 1970.

Foucault, M.(1971) *L'ordre du discours*, Paris；蕭濤譯，〈話語的秩序〉，收入許寶強、袁偉編，《語言與翻譯的政治》，香港：牛津大學出版社，2000，頁1-30。

Foucault, M.(1975) *Discipline and Punish*; English trans. Harmondsworth, 1979；劉北成、楊遠嬰譯，《規訓與懲罰：監獄的誕生》，臺北：桂冠圖書公司，1994。

Foucault, M.(1976-84) *History of Sexuality*; English trans. Harmondsworth, 1984-8；尚衡譯，《性意識史》，臺北：桂冠圖書公司，1990；余碧平譯，《性經驗史》，上海：上海人民出版社，2000。

Foucault, M. (1980) *Power/Knowledge*; (ed. C. Gordon), London.

Fox-Genovese, E.(1988) *Within the Plantation Household*, Chapel Hill, NC.

Frank, A. Gunder (1967) *Capitalism and Underdevelopment in Latin America*, revised edn, Harmondsworth.

Freedberg, D. (1989) *The Power of Images*, Chicago.

Freyre, G.(1959) *Order and Progress*, English trans. New York, 1970.

Fromm, E. (1942) *The Fear of Freedom*, New York；莫迺滇譯，《逃避自由》，臺北：志文出版社，1978。

Frye, N.(1960) 'New Directions for Old'; rpr. in his *Fables of Identity*, New York, 1963, 52-66.

Fulbrook, M. and Skocpol, T.(1984) 'Destined Pathways: the Historical Sociology of Perry Anderson', in Skocpol (1984), 170-210.

Furet, F. and Ozouf, J.(1977) *Reading and Writing: Literacy in France from Calvin to Jules Ferry*, English trans. Cambridge, 1982.

Fussell, P. (1975) *The Great War and Modern Memory*, Oxford.

Gans, H.(1962) *The Urban Villagers: Group and Class in the Life of Italo-Americans*, New York.

Gay, P.(1985) *Freud for Historians*, New York.

Gearhart, S. (1984) *The Open Boundary of History and Fiction*, Princeton, NJ.

Geertz, C. (1973) *The Interpretation of Cultures*, New York；納日碧力戈等譯，《文化的解釋》，上海：上海人民出版社，1999；韓莉譯，《文化的解釋》，南京：譯林出版社，1999。

Geertz, C.(1980) *Negara*, Princeton, NJ；趙丙祥譯，《尼加拉：十九世紀巴厘劇場國家》，上海：上海人民出版社，1999。

Geertz, C.(1983) *Local Knowledge*, New York；王海龍、張家瑄譯，《地方性知識：闡釋人類學論文集》，北京：中央編譯出版社，2000。

Geertz, H.(1975) 'An Anthropology of Religion and Magic', *Journal of Interdisciplinary History*, 6, 71-89.

Gellner, E.(1968) 'Time and Theory in Social Anthropology'; rpr. in his *Cause and Meaning in the Social Sciences*, London, 1973, 88-106.

Gellner, E.(1974) *Legitimation of Belief*, Cambridge.

Gellner, E.(1981) *Muslim Society*, Cambridge.

Gellner, E. (1983) *Nations and Nationalism*, London.

Gellner, E. (1988) *Plough, Sword and Book*, London.

Gellner, E. and Waterbury, J. (eds) (1977) *Patrons and Clients in Mediterranean Societies*, London.

Gershenkron, A. (1962) *Economic Backwardness in Historical Perspective*, Cambridge, Mass.

Geuss, R. (1981) *The Idea of a Critical Theory*, Cambridge.

Giddens, A.(1979) *Central Problems in Social Theory*, London.

Giddens, A. (1984) *The Constitution of Society*, Cambridge；李康、李猛譯，《社會的構成：結構化理論大綱》，北京：三聯書店，1998。

Giddens, A. (1985) *The Nation-State and Violence*, Cambridge；胡宗澤、趙力濤譯，《民族－國家與暴力》，北京：三聯書店，1998。

Giglioi, P. P.(ed.) (1972) *Language in Social Context*, Harmondsworth.

Gilbert, F. (1965) 'The Professionalization of History in the Nineteenth Century', and 'The Professional Historian in Twentieth-Century Industrial Society', in J. Higham, L. Krieger and F. Gilbert (eds),

History, Englewood Cliffs, NJ, 320-58.

Gilbert, F. (1975) 'Introduction' to Hintze (1975), 3-30.

Gilsenan, M.(1977) 'Against Patron-Client Relations', in Gellner and Waterbury (1977), 167-83.

Ginzburg, C. (1976) *Cheese and Worms*, English trans. London, 1980.

Ginzburg, C. (1984) 'Prove e possibilità', conclusion to the Italian translation of Davis (1983), 131-54.

Glick, T. F. and Pi-Sunyer, O. (1969) 'Acculturation as an Explanatory Concept in Spanish History', *Comparative Studies in Society and History*, 11, 136-54.

Gluckman, M.(1955) *Customs and Conflict in Africa*, Oxford.

Godelier, M.(1984) *The Mental and the Material*, English trans. London, 1986.

Goffman, E. (1958) *The Presentation of Self in Everyday Life*, New York；徐江敏、姚軍譯，《日常生活中的自我表演》，臺北：桂冠圖書公司，1992。

Gombrich, E. H.(1953) 'The Social History of Art'; rpr. in his *Meditations on a Hobby Horse*, London, 1963, 86-94.

Gombrich, E. H. (1960) *Art and Illusion*, London；林夕、李本正、范景中譯，《藝術與錯覺：圖畫再現的心理學研究》，長沙：湖南科學技術出版社，2000。

Gombrich, E. H. (1969) *In Search of Cultural History*, Oxford.

Goode, W. J.(1963) *World Revolution and Family Patterns*, Glencoe, Ill.

Goody, J. (1969) 'Economy and Feudalism in Africa', *Economic History*

Review, 22, 393-405.

Goody, J. (1977) *The Domestication of the Savage Mind*, Cambridge.

Goody, J. (1983) *The Development of the Family and Marriage in Europe*, Cambridge.

Goody, J. (1987) *The Interface between the Written and the Oral*, Cambridge.

Gray, R. Q.(1976) *The Labour Aristocracy in Victorian Edinburgh*, Oxford.

Greenblatt, S.(1988) *Shakespearian Negotiations*, Berkeley, Ca.

Greven, P. (1977) *The Protestant Temperament*, New York.

Grew, R. (1990) 'On the Current State of Comparative Studies', in Atsma and Burguiere (1990), 323-34.

Grillo, R.(1989) *Dominant Languages*, Cambridge.

Guha, R.(1983) *Elementary Aspects of Peasant Insurgency*, Delhi.

Guha, R. and Spivak, G. C. (eds) (1988) *Slected Subaltern Studies*, New York.

Gurevich, A. Y.(1968) 'Wealth and Gift-Bestowal among the Ancient Scandinavians', *Scandinavica*, 7, 126-38.

Gurevich, A. Y. (1972) *Categories of Medieval Culture*, English trans. London, 1980.

Gurr, T. R. (1970) *Why Men Rebel*, Princeton, NJ.

Gurvitch, G. (1957) 'Continuité et discontinuité en histoire et en sociologie', *Annales E. S. C.*, 16, 73-84.

Gurvitch, G. (1970) *The Spectrum of Social Time*, Dordrecht.

Habermas, J.(1962) *Strukturwandel der Öffentlichkeit*; English trans. *The Structural Transformation of the Public Sphere*, Cambridge, 1989；曹衛東等譯，《公共領域的結構轉型》，上海：學林出版社，1999。

Habermas, J.(1968) *Knowledge and Human Interests*; English trans. Boston, Mass, 1971；郭官義、李黎譯，《認識與興趣》，上海：學林出版社，1999。

Habermas, J.(1981) 'Modernity v Postmodernity'; rpr. in H. Foster (eds.), *Postmodern Culture*, New York, 1983；曾麗玲譯，〈現代與後現代之爭〉，吳潛誠總編校，《文化與社會》，臺北：立緒文化事業有限公司，1997，頁416-431。

Hagerstrand, T.(1953) *Innovation Diffusion as a Spatial Process*; English trans. Chicago, 1967.

Hajnal, J. (1965) 'European Marriage Patterns in Perspective', in D. V. Glass and D. C. E. Eversley (eds), *Population in History*, London, 101-43.

Hall, J. A. (1985) *Powers and Liberties*, Oxford.

Hall, J. A.(ed.) (1986) *States in History*, Oxford.

Hall, J. A. (1988) 'States and Societies: the Miracle in Comparative Perspective', in Baechler et al. (1988), 20-38.

Hall, S. (1981) 'Notes on Deconstructing the Popular', in R. Samuel and G. Stedman Jones (eds), *Culture, Ideology and Politics*, London, 227-40.

Hallpike, C. R.(1986) *The Principles of Social Evolution*, Oxford.

Hamilton, G. G. (1984) 'Configurations in History: the Historical Sociology of S. N. Eisenstadt', in Skocpol (1984), 85-128.

Hammel, E. A. (1972) 'The Zadruga as Process', in Laslett (1972), 335-74.

Handlin, O. (1941) *Boston's Immigrants: a Study in Acculturation*, Cambridge, Mass.

Hansen, B.(1952) *Österlen*, Stockholm.

Hannerz, B. (1986) 'Theory in Anthropology: Small is Beautiful?', *Comparative Studies in Society and History*, 28, 362-7.

Harland, R.(1987) *Superstructuralism*, London.

Harootunian, H. D.(1988) *Things Seen and Unseen: Discourse and Ideology in Tokugawa Nativism*, Chicago.

Hartog, F. (1980) *The Mirror of Herodotus*, English trans. Berkeley, Ca, 1988.

Harvey, D. (1990) *The Condition of Postmodernity*, Oxford.

Hastrup, K. (1985) *Culture and History in Medieval Iceland*, Oxford.

Hauser, A.(1951) *A Social History of Art*, 2 vols, London；邱彰譯，《西洋社會藝術進化史》，臺北：雄獅美術出版社，1977。

Hawthorn, G.(1976) *Enlightenment and Despair*, rev. edn Cambridge, 1987.

Heal, F. (1990) *Hospitality in Early Modern England*, Oxford.

Hebdige, M. (1979) *Sub-Culture: the Meaning of Style*, London；張儒林譯，《次文化》，臺北：駱駝出版社，1997。

Heberle, R.(1951) *Social Movement*, New York.

Heckscher, E.(1931) *Mercantilism*, English trans., 2 vols, London, 1935.

Heers, J.(1974) *Family Clans in the Middle Ages*, English trans., Amsterdam, 1977.

Henry, L.(1956) *Anciens familles genevoises*, Paris.

Hexter, J. H.(1961) *Reappraisals in History*, London.

Hexter, J. H.(1968) 'The Rhetoric of History', *International Encyclopaedia of the Social Sciences* (ed. D. Sills), New York, vol. 6, 368-93.

Hexter, J. H. (1979) *On Historians*, Cambridge, Mass.

Hicks, J.(1969) *Theory of Economic History*, Oxford.

Hilton, R. H.(ed.) (1976) *The Transition from Feudalism to Capitalism*, London.

Himmelfarb, G. (1987) *The New History and the Old*, Cambridge, Mass.

Hintze, O.(1975) *Historical Essays* (ed. F. Gilbert), New York.

Hirschman, A. (1970) *Exit, Voice and Loyalty*, Cambridge, Mass.

Ho, Ping-Ti. (1958-9) 'Aspects of Social Mobility in China', *Comparative Studies in Society and History*, 1, 330-59.

Hobsbawm, E.(1959) *Primitive Rebels*, 3rd edn Manchester, 1971；楊德睿譯，《原始的叛亂：十九至二十世紀社會運動的古樸形式》，臺北：麥田出版，1999。

Hobsbawm, E. (1971) 'Class Consciousness in History', in I. Mészaros (ed.), *Aspects of History and Class Consciousness*, London, 5-19.

Hobsbawm, E. J. (1990) *Nations and Nationalism since 1780*, Cambridge；李金梅譯，《民族與民族主義》，臺北：麥田出

版，1999。

Hobsbawm, E. and Ranger, T.(eds) (1983) *The Invention of Tradition*, Cambridge.

Hohendahl, P. (1982) *The Institution of Criticism*, Ithaca, NY.

Holub, R. C.(1984) *Reception Theory*, London.

Holy, L. and Stuchlik, M.(eds) (1981) *The Structure of Folk Models*, London.

Hopkins, K. (1978) *Conquerors and Slaves*, Cambridge.

Horton, R.(1967) 'African Traditional Thought and Western Science', *Africa*, 37, 50-71, 155-87.

Horton, R.(1982) 'Tradition and Modernity Revisited', in M. Hollis and S. Lukes (eds), *Rationality and Relativism*, Oxford, 201-60.

Hunt, L. (1984a) 'Charles Tilly's Collective Action', in Skocpol (1984), 244-75.

Hunt, L. (1984b) *Politics Culture and Class in the French Revolution*, Berkeley, Ca.

Hunt, L. (1989) 'History, Culture and Text', in L. Hunt (ed.), T*he New Culture History*, Berkeley and Los Angeles, Ca, 1-22；江政寬譯，《新文化史》，臺北：麥田出版，2002。

Hutcheon, L. (1989) *The Politics of Postmodernism*, London；劉自荃譯，《後現代主義的政治學》，臺北：駱駝出版社，1996。

Hymes, D.(1964) 'Toward Ethnographies of Communication'; rpr. in Giglioli(1972), 21-44.

Illyes, G.(1967) *People of the Puszta*, Budapest.

Inalcik, H. (1973) *The Ottoman Empire*, London.

Inden, R.(1990) *Imagining India*, Oxford.

Jarvie, I. C.(1964) *The Revolution in Anthropology*, London.

Jauss, H.-R. (1974) *Toward an Aesthetic of Reception*; English trans. Minneapolis, 1982.

Johnson, T. and Dandeker, C. (1989) 'Patronage: Relation and System', in A. Wallace-Hadrill (ed.), *Patronage in Ancient Society*, London, 219-42.

Jones, E. L. (1981) *The European Miracle: Environments, Economies and Geopolitics in the History of Europe and Asia*; rev. edn Cambridge, 1988.

Jones, G. S.(1976) 'From Historical Sociology to Theoretical History', *British Journal of Sociology*, 27, 295-305.

Jones, G. S.(1983) *Languages of Class*, Cambridge.

Jouanna, A.(1976) *L'Idée de race en France*, 3 vols, Lille-Paris.

Joyce, P.(1991) 'History and Post-Modernism', *Past and Present*, 133, 204-9.

Kagan, R. (1974) *Students and Society in Early Modern Spain*, Baltimore, Md.

Kaye, H. J. and McClelland, K. (1990) *E. P. Thompson: Critical Perspectives*, Cambridge.

Kelly, C.(1991) 'History and Post-Modernism', *Past and Present*, 133, 209-13.

Kelly, J. (1984) *Women, History and Theory*, Chicago.

Kemp, T.(1978) *Historical Patterns of Industrialisation*, London.

Kent, F. W. (1977) *Household and Lineage in Renaissance Florence*, Princeton, NJ.

Kerblay, B.(1970) 'Chayanov and Theory of Peasantry as a Special Type of Economy', in Shanin (1971), 150-9.

Kershaw, I.(1989) *The Hilter Myth*, Oxford.

Kertzer, D. I. (1988) *Ritual, Politics, and Power*, New Haven, Conn.

Kettering, S. (1986) *Patrons, Brokers and Clients in Seventeenth-Century France*, New York.

Kindleberger, C. P. (1990) *Historical Economics: Art or Science?* New York.

Klaniczay, G. (1990a) 'Daily Life and Elites in the Later Middle Ages', in F. Glatz(ed.), *Environment and Society in Hungary*, Budapest, 75-90.

Klaniczay, G.(1990b) *The Uses of Supernatural Power*, Cambridge.

Klaveren, J. van (1957) 'Fiscalism, Mercantilism and Corruption'; English trans. in D. C. Coleman (ed.), *Revisions in Mercantilism, London*, 140-61.

Knudsen, J. (1988) *Justus Möser and the German Enlightenment*, Cambridge.

Kocka, J.(1973) *Klassengesellschaft im Krieg*, Berlin.

Kocka, J.(1984) 'Historisch-Anthropologisch Fragestellungen - ein Defizit der Historische Sozialwissenschaft?', in H. S. Süssmuth(ed.), *Historiche Anthropologie*, Göttingen, 73-83.

Koenigsberger, H. G.(1974) review of Stone (1972), *Journal of Modern History*, 46, 99-106.

Kolakowski, L. (1986) 'Modernity on Endless Trial', *Encounter, March*, 8-12.

Koselleck, R.(1965) 'Modernity and the Planes of Historicity'; rpr. in *Futures Past*, Cambridge, Mass., 1985, 3-20.

Kosminsk, E. A.(1935) *Studies in the Agrarian History of England*; English trans. Oxford, 1956.

Kroeber, A. L. and Kluckhohn, C.(1952) *Culture: a Critical Review of Concepts and Definitions*; rpr. New York, 1963.

Kula, W. (1962) *Economic Theory of the Feudal System*; English trans. London. 1976.

LaCapra, D.(1985) *History and Criticism*, Ithaca, NY, and London.

Landes, J. B. (1988) *Women and the Public Sphere in the Age of the French Revolution*, Ithaca, NY.

Lane, F. C. (1976) 'Economic Growth in Wallerstein's Social Systems', *Comparative Studies in Society and History*, 18, 517-32.

Lane, M.(ed.) (1970) *Structuralism*, London.

Langer, W. L. (1958) 'The Next Assignment', *American Historical Review*, 63, 283-304.

Lanternari , V. (1966) 'Désintégration culturelle et processus d'acculturation', *Cahiers Internationaux de Sociologie*, 41, 117-32.

Laslett, P. (ed.) (1972) *Household and Family in Past Time*, Cambridge.

Lasswell, H. (1936) *Politics: Who Gets What, When, How*; rpr. New

York, 1958.

Leach, E. (1954) *Political Systems of Highland Burma*, London.

Leach, E. (1965) 'Frazer and Malinowski', *Encounter*, September, 24-36.

Lears, T. J. (1985) 'The Concept of Cultural Hegemony: Problems and Possibilities', *American Historical Review*, 90, 567-93.

Le Bras, G.(1955-6) *Etudes de sociologie religieuse*, 2 vols, Paris.

Lee, J. J.(1973) *The Modernisation of Irish Society*, 1848-1918, Dublin.

Lefebvre, G.(1932) *La grande peur de 1789*, Paris.

Le Goff, J.(1974) 'Les mentalités', in J. Le Goff and P. Nora (eds), *Faire de l'histoire*, 3 vols, Paris, vol. 3, 76-90.

Lemarchand, R. (1981) 'Comparative Political Clientelism', in S. N. Eisenstadt and R. Lemarchand (eds), *Political Clientelism, Patronage and Development*, Beverly Hills, Ca, 7-32.

Lerner, D. (1958) *The Passing of Traditional Society: Modernizing the Middle East*, Glencoe, Ill.

Le Roy Ladurie, E.(1966) *The Peasants of Languedoc*, abbr. English trans. Urbana, Ill, 1974.

Le Roy Ladurie, E.(1972) 'The Event and the Long Term in Social History'; rpr. in *The Territory of the Historian*, English trans. Hassocks, 1979, 111-32.

Le Roy Ladurie, E.(1975) *Montaillou*, English trans. Harmondsworth, 1980；許明龍譯，《蒙大猶：1294-1324年奧克西坦尼的一個山村》，臺北：麥田出版，2001。

Le Roy Ladurie, E.(1979) *Carnival*, English trans. London, 1980.

Levack, B. P.(1987) *The Witch-Hunt in Early Modern Europe*, London.

Levi, G.(1985) *Inheriting Power*, English trans. Chicago, 1988.

Levi, G. (1991) 'Microhistory', in P. Burke (ed.), *New Perspectives in Historical Writing*, Cambridge, 93-113.

Lévi-Strauss, C. (1949) *Elementary Structures of Kinship*, English trans. London, 1969.

Lévi-Strauss, C.(1958) *Structural Anthropology*, English trans. London, 1968；謝維揚、俞宣孟譯，《結構人類學》，上海：上海譯文出版社，1995。

Lévi-Strauss, C.(1964-72) *Mythologiques*, 4 vols Paris; English trans. of vols 1-2 as Introduction to a *Science of Mythology*, London, 1969-73；周昌忠譯，《神話學：生食和熟食》，臺北：時報文化出版公司，1992；周昌忠譯，《神話學：從蜂蜜到煙灰》，臺北：時報文化出版公司，1994；周昌忠譯，《神話學：餐桌禮儀的起源》，臺北：時報文化出版公司，1998；周昌忠譯，《神話學：裸人》，臺北：時報文化出版公司，2000。

Lévi-Strauss, C. (1983) 'Histoire et ethnologie', *Annales E. S. C.*, 38, 1217-31.

Lewenhak, S.(1980) *Women and Work*, London.

Leys, C.(1959) 'Models, Theories and the Theory of Political Parties', *Political Studies*, 7, 127-46.

Lipset, S. M. and Bendix, R. (1959) *Social Mobility in Industrial Society*, Berkeley, Ca.

Lison-Tolosana, C.(1966) *Belmonte de los Caballeros*, rpr. Princeton, NJ, 1983.

Litchfield, R. B. (1986) *Emergence of a Bureaucracy: the Florentine Patricians 1530-1790*, Princeton, NJ.

Lloyd, G. E. R.(1990) *Demystifying Mentalities*, Cambridge.

Lloyd, P. C.(1968) 'Conflict Theory and Yoruba Kingdoms', in I. M. Lewis (ed.), *History and Social Anthropology*, 25-58.

Lord, A. B. (1960) *The Singer of Tales*, Cambridge, Mass.

Lotman, J. (1984) 'The Poetics of Everyday Behaviour in Russian Eighteenth-Century Culture', in Lotman and Uspenskii(1984), 231-56.

Lotman, J. and Uspenskii, B. A. (1984) *The Semiotics of Russian Culture* (ed. A. Shukman), Ann Arbor, Mich.

Lukács, G.(1923) *History and Class Consciousness*, English trans. London, 1971；杜章智、任立、燕宏遠譯，《歷史與階級意識：關於馬克思主義辯證法的研究》，北京：商務印書館，1992。

Lukes, S. (1973) *Emile Durkheim*, London.

Lukes, S. (1974) *Power: a Radical View*, London.

Lukes, S.(1977) 'Political Ritual and Social Integration', in his *Essays in Social Theory*, London.

Macfarlane, A. D.(1970) *Witchcraft in Tudor and Stuart England*, London.

Macfarlane, A. D.(1979) *Origins of English Individualism*, Oxford.

Macfarlane, A. D. (1986) *Marriage and Love in England*, Oxford.

Macfarlane, A. D. (1987) *The Culture of Capitalism*, Oxford.

McKenzie, N.(1977) 'Centre and Periphery', *Acta Sociologica*, 20, 55-74.

McNeill, W. H.(1964) *Europe's Steppe Frontier*, Chicago.

McNeill, W. H.(1976) *Plagues and Peoples*, London；楊玉齡譯，《瘟疫與人：傳染病對人類歷史的衝擊》，臺北：天下遠見出版社，1998。

McNeill, W. H.(1983) *The Great Frontier*, Princeton, NJ.

Maitland, F. W. (1897) *Domesday Book and Beyond*, London.

Malinowski, B.(1922) *Argonauts of the Western Pacific*, London；梁永佳、李紹明譯，《西太平洋的航海者》，北京：華夏出版社，2002。

Malinowski, B.(1926) 'Myth in Primitive Psychology'; rpr. in his *Magic Science and Religion*, New York, 1954, 93-148；朱岑樓譯，《巫術、科學與宗教》，臺北：協志工業叢書，1989。

Malinowski, B. (1945) *The Dynamics of Culture Change*, New Haven, Conn.

Man, P. de (1986) *The Resistance to Theory*, Manchester.

Mann, G.(1971) *Wallenstein*; English trans. London, 1976.

Mann, G. (1979) 'Plädoyer für die historische Erzählung', in J. Kocka and T. Nipperdey (eds), *Theorie und Erzählung in der Geschichte*, Munich, 40-56.

Mann, M.(1970) 'The Social Cohesion of Liberal Democracy', *American Sociological Review*, 35, 423-37.

Mann, M. (1986) *The Sources of Social Power*, Cambridge；《社會權力的來源：自源起到公元1760年的權力史》，臺北：桂冠圖書公司，1995。

Mannheim, K. (1936) *Ideology and Utopia*, London；黎鳴、李書崇譯，《意識形態與烏托邦》，北京：商務印書館，2000。

Mannheim, K. (1952) 'The Problem of Generation', in *Essays on the Sociology of Knowledge*, London, 276-30；李安宅譯，《知識社會學》，上海：中華書局，1964。

Marsh, R. M. (1961) *The Mandarins: the Circulation of Elites in China, 1600-1900*, Glencoe, Ill.

Marwick, A. (1965) *The Deluge: British Society and the First World War*, London.

Marx, K. and Engels, F.(1848) *The Communist Manifesto; English trans. London*, 1948；中共中央馬克思恩格斯列寧斯大林著作編譯局譯，《共產黨宣言》，北京：人民出版社，1997。

Mason, T. (1981) 'Intention and Explanation: a Current Controversy about the Interpretation of National Socialism', in G. Hirschfeld and L. Kettenacker (eds), *Der Führer-Staat*, Stugart, 23-40.

Matthews, F. H. (1977) *Quest for American Sociology: Robert Park and the Chicago School*, Montreal and London.

Mauss, M. (1925) *The Gift; English trans.* London, 1954；汪珍宜、何翠萍譯，《禮物：舊社會中交換的形式與功能》，臺北：遠流出版社，1989。

Medick, H.(1987) 'Missionaries in the Rowboat? Ethnological Ways of

Knowing as a Challenge to Social History', *Comparative Studies in Society and History*, 29, 76-98.

Meek, R.(1976) *Social Science and the Ignoble Savage*, Cambridge.

Megill, A. and McCloskey, D. N. (1987) 'The Rhetoric of History', in J. S. Nelson, A. Megill and D. N. McCloskey (eds), *The Rhetoric of the Human Sciences, Madison*, Wis., 221-38.

Merton, R.(1948) 'Manifest and Latent Functions'; rpr. in his *Social Theory and Social Structure*, New York, 1968, 19-82.

Milo, D. S.(1990) 'Pour une histoire expérimentale, ou la gaie histoire', *Annales E. S. C.*, 717-34.

Mitchell, T.(1988) *Colonising Egypt*, Cambridge.

Miyazaki, I.(1963) *China's Examination Hell; English trans*. New York and Tokyo, 1976.

Moi, T. (ed.) (1987) *French Feminist Thought*, Oxford.

Momigliano, A.(1970) 'The Ancient City'; rpr. in his *Essays on Ancient and Modern Historiography*, Oxford, 1977, 325-40.

Mommsen, W. J.(1974) *The Age of Bureaucracy*, Oxford.

Moore, B. (1966) *Social Origins of Dictatorship and Democracy*, Boston, Mass；拓夫等譯，《民主與獨裁的社會起源：現代世界誕生時的貴族與農民》，臺北：久大出版社，1991。

Morris, C. (1975) 'Judicium Dei', in D. Baker (ed.), *Church, Society and Politics*, Oxford, 95-111.

Moses, J. A. (1975) *The Politics of Illusion: the Fischer Controversy in Modern German Historiography*, Santa Lucia, Ca.

Mousnier, R. (1951) 'L'évolution des finances publiques en France et en Angleterre', *Revue Historique*, 205, 1-23.

Mousnier, R.(1967) *Peasant Uprisings*, English trans. London. 1971.

Muchembled, R. (1978) *Elite Culture and Popular Culture in Early Modern France*, English trans. Baton Rouge, La, 1985.

Muchembled, R. (1984) 'Lay Judges and the Acculturation of the Masses', in K. von Greyerz (ed.), *Religion and Society in Early Modern Europe*, London, 56-65.

Muir, E.(1981) *Civic Ritual in Renaissance Venice*, Princeton, NJ.

Mukhia, H. (1980-1) 'Was there Feudalism in India History?', *Journal of Peasant Studies*, 8, 273-93.

Namier, L.(1928) *The Structure of Politics at the Accession of George III*, London.

Neale, J. E.(1948) 'The Elizabethan Political Scene'; rpr. in his *Essays in Elizabethan History*, London, 1958, 59-84.

Neale, W. C.(1957) 'Reciprocity and Redistribution in the Indian Village', in Polanyi (1944), 218-35.

Needham, R. (1975) 'Polythetic Classification', *Man*, 10, 349-69.

Niestroj, B. (1989) 'Norbert Elias', *Journal of Historical Sociology*, 2, 136-60.

Nipperdey, T.(1972) 'Verein als soziale Struktur in Deutschland'; rpr. in his *Gesellschaft, Kultur, Theorie*, Göttingen, 1976, 174-205.

Nisbet, R. (1966) *The Sociological Tradition*, New York.

Nisbet, R.(1969) *Social Change and History*, New York.

Nora, P.(ed.) (1984-7) *Les Lieux de mémoire*, 4 vols, Paris.

Norris, C. (1982) *Deconstruction: Theory and Practice*, London：劉自荃譯，《解構批評理論與應用》，板橋：駱駝出版社，1995。

Ogburn, W.(1923) 'Cultural Lag'; rpr. in his *On Culture and Social Change*, Chicago, 1964.

Ohnuki-Tierney, E.(ed.) (1990) *Culture through Time*, Stanford, Ca.

O'Neill, J. (1986) 'The Disciplinary Society', *British Journal of Sociology*, 37, 42-60.

Ong, W.(1982) *Orality and Literacy*, London.

Ortner, S. and Whitehead, H. (eds) (1981) *Sexual Meanings*, Cambridge.

Ossowski, S.(1957) *Class Structure in the Social Consciousness; English trans.* London, 1963.

Ottenberg, H. (1959) 'Ibo Receptivity to Change' in W. R. Bascom and M. J. Herskovits (eds), *Continuity and Change in African Cultures*, Chicago, 130-43.

Ozouf, M.(1976) *Festivals and the French Revolution*; English trans. Cambridge, Mass., 1988.

Pareto, V. (1916) *The Mind and Society*; English trans. London, 1935.

Park, R. E.(1916) 'The City'; rpr. in *Human Communications*, Glencoe, Ill., 1952, 13-51.

Park, G. (1988) *The Military Revolution*, Cambridge.

Parkin, F.(1971) *Class Inequality and Political Order*, London.

Parry, V. J. (1969) 'Elite Elements in the Ottoman Empire', in R. Wilkinson (ed.), *Governing Elites*, New York, 59-73.

Parsons, T.(1966) *Societies*, Englewood Cliffs, NJ.

Passerini, L. (1990) 'Mythbiography in Oral History', in Samuel and Thompson (1990), 49-60.

Peck, L. (1990) *Court Patronage and Corruption in Early Stuart England*, Boston, Mass.

Peel, J. D. Y. (1971) *Herbert Spencer: the Evolution of a Sociologist*, London.

Perkin, H. (1953-4) 'What is Social History?', *Bulletin of the John Rylands Library*, 36, 56-74.

Peyre, H. (1948) *Les générations littéraires*, Paris.

Phelan, J. L.(1967) *The Kingdom of Quito in the Seventeenth Century*, Madison, Wis.

Pillorget, R. (1975) *Les Mouvements Insurrectionels de Provence entre 1596 et 1715*, Paris.

Pinder, W.(1926) *Das Problem der Generation in der Kunstgeschichte Europas*, Berlin.

Pintner, W. M. and Rowney, D. K. (eds) (1980) *Russian Officialdom*, Chapel Hill, NC.

Pitt-Rivers, E. (1954) *The People of the Sierra*, London.

Pocock. J. G. A.(1981) 'Gibbon and the Shepherds', *History of European Ideas*, 2, 193-202.

Polanyi, K.(1944) *The Great Transformation*; rev. edn, Boston, 1957.

Pollock, F. and Maitland, F. W.(1985) *History of English Law Before the Time of Edward I*, 2 vols, London.

Pollock, L.(1983) *Forgotten Children*, Cambridge.

Porshnev, B. (1948) *Les soulèvements populaires en France 1623-48*; French trans. Paris, 1963.

Postan, M. M.(1972) *The Medieval Economy and Society*, London.

Poulantzas, N. (1968) *Classes in Contemporary Capitalism*; English trans. London, 1975.

Prest, W.(ed.) (1987) *The Professions in Early Modern England*, London.

Price, R.(1990) *Alabi's World*, Baltimore, Md.

Propp, V.(1928) *Morphology of the Folktale*; English trans., 2nd edn, Austin, Tex., 1968.

Radding, C. M.(1979) 'Superstition to Science', *American Historical Review*, 84, 945-69.

Ragin, C. and Chirot, D. (1984) 'The World System of Immanuel Wallerstein', in Skocpol (1984), 276-312.

Ramsden, H. (1974) *The 1898 Movement in Spain*, Manchester.

Ranum, O. (1963) *Richelieu and the Councillors of Louis XIII*, Oxford.

Reddy, W.(1987) *Money and Liberty in Modern Europe*, Cambridge.

Rhodes, R. C.(1978) 'Emile Durkheim and the Historical Thought of Marc Bloch', *Theory and Society*, 5, 45-73.

Ricoeur, P.(1983-5) *Time and Narrative; English trans.* New York, 1984-8.

Rigby, S. H.(1987) *Marxism and History*, Manchester.

Riggs, F. (1959) 'Agraria and Industria: toward a Typology of Comparative Administration', in W. J. Siffin (ed.), *Toward the Comparative Study of Public Administration*, Bloomington, Ind., 23-110.

Robin, R. (1970) *La société française en 1789: Semur-en-Auxois*, Paris.

Robinson, J. H.(1912) *The New History*, New York；齊思和等譯，《新史學》，北京：商務印書館，1964。

Röhl, J. C. G. (1982) 'Introduction', to J. C. G. Röhl and N. Sombart(eds), *Kaiser Wilhelm II*, Cambridge.

Rogers, S. (1975) 'The Myth of Male Dominance', *American Ethnologist*, 2, 727-57.

Rokkan, S. (1975) 'Dimensions of State Formation and Nation-Building', in Tilly (1975), 562-600.

Romein, J. (1937) 'De dialektiek van de vooruitgang', in *Het onvoltooid verleden, Amsterdam*, 9-64.

Rorty, R. (1980) *Philosophy and the Mirror of Nature*, Princeton, NJ；李幼蒸譯，《哲學和自然之鏡》，臺北：桂冠圖書公司，1994。

Rosaldo, R.(1986) 'From the Door of his Tent', in Clifford and Marcus (1986), 77-97.

Rosaldo, R.(1987) 'Where Objectivity Lies: the Rhetoric of Anthropology', in J. S. Nelson, A. Megill and D. McCloskey (eds), *The Rhetoric of the Human Sciences*, Madison, Wis., 87-110.

Rosethal, J. (1967) 'The King's Wicked Advisers', *Political Science*

Quarterly, 82, 595-618.

Ross, A. S. C.(1954) 'Linguistic Class-Indicators in Present-Day English', *Neuphilologische Mitteilungen*, 55, 20-56.

Ross, E. A. (1901) *Social Control*, New York.

Rostow, W. W. (1958) *The Stages of Economic Growth*, Cambridge；楊志希譯，《經濟起飛論》，臺北：聯合書局，1961；饒餘慶譯，《經濟發展史觀》，香港：今日世界社，1965。

Roth, G.(1976) 'History and Sociology in the Work of Max Weber', *British Journal of Sociology*, 27, 306-16.

Rudolph, L. I. and Rudolph, S. H. (1966) 'The Political Modernization of an Indian Feudal Order', *Journal of Social Issues*, 4, 93-126.

Runciman, W. G. (1969) 'What is Structuralism?', *British Journal of Sociology*, 20, 253-64.

Runciman, W. G.(1980) 'Comparative Sociology or Narrative History? A Note on the Methodology of Perry *Anderson*', *Archives europeennes de sociologie*, 21, 162-78.

Runciman, W. G.(1983-9) *A Treatise on Social Theory*, 2 vols, Cambridge.

Sack, R. D. (1986) *Human Territoriality: Its Theory and History*, Cambridge.

Sahlins, M.(1981) *Historical Metaphors and Mythical Realities*, Ann Arbor, Mich.

Sahlins, M.(1988) *Islands of History*, Chicago；《歷史之島》，上海：上海人民出版社，2002。

Sahlins, M.(1985) 'Cosmologies of Capitalism', *Proceedings of the British Academy*, 74, 1-52.

Sahlins, P. (1989) *Boundaries: the Making of France and Spain in the Pyrenees*, Berkeley and Los Angeles, Ca.

Samuel, R. (1991) 'Reading the Signs', *History Workshop*, 32, 88-101.

Samuel, R. and Thompson, P. (eds) (1990) *The Myths We Live By*, London.

Sanderson, S. K. (1990) *Social Evolutionism: a Critical History*, Oxford.

Schama, S. (1987) *The Embarrassment of Riches*, London.

Schneider, H. K. (1959) 'Pakot Resistance to Change', in W. R. Bascom and M. J. Herskovits (eds), *Continuity and Change in African Cultures*, Chicago, 144-67.

Schochet, G.(1975) *Patriarchalism in Political Thought*, Oxford.

Schofield, R. S. (1968) 'The Measurement of Literacy in Preindustrial England', in J. Goody (ed.), *Literacy in Traditional Societies*, Cambridge.

Scott, J. C. (1969) 'The Analysis of Corruption in Developing Nations', *Comparatives Studies in Society and History*, 11, 315-41.

Scott, J. C. (1969) *The Moral Economy of the Peasant*, New Haven, Conn；程立顯、劉建等譯，《農民的道義經濟學：東南亞的反叛與生存》，南京：譯林出版社，2001。

Scott, J. C. (1969) *Domination and the Arts of Resistance: Hidden Transcripts*, New Haven, Conn. and London.

Scott, J. W. (1988) *Gender and the Politics of History*, New York, 1988.

Scott, J. W. (1979) 'Women's History', in Burke (1991), 42-66.

Scribner (1979) 'The Reformation as a Social Movement', in W. J. Mommsen (ed.), *Stadtbürgertum und Adel in der Reformation, Stuttgart,* 49-79.

Segalen, M.(1980) *Love and Power in the Peasant Family,* English trans. Cambridge, 1983.

Sewell, W. H.(1967) 'Marc Bloch and the Logic of Comparative History', *History and Theory,* 6, 208-18.

Sewell, W. H.(1974) 'Etat, Corps and Ordre', in Wehler (1987), 49-66.

Shanin, T.(ed.) (1971) *Peasants and Peasant Societies,* Harmondsworth.

Shils, E. (1975) *Center and Periphery,* Chicago/London.

Sider, G.(1986) *Culture and Class in Anthropology and History,* Cambridge.

Siebenschuh, W. R.(1983) *Fictional Techniques and Factual Works,* Athens, Ga.

Siegfried, A.(1913) *Tableau politique de la France de l'Ouest sous la troisieme république,* Paris.

Silverman, S. (1977) 'Patronage as Myth', in Gellner and Waterbury (1977), 7-19.

Simiand, F. (1903) 'Méthode historique et science sociale'; English trans. *Review,* 9 (1985-6), 163-213.

Simmel, G. (1903) 'The Metropolis and Mental Life'; trans. in P. K. Hatt and A. J. Reiss (eds.), *Cities and Society,* Glencoe, Ill., 1957, 635-46.

Skocpol, T.(1977) review of Wallerstein (1974), *American Journal of Sociology*, 82, 1075-90.

Skocpol, T.(1979) *States and Social Revolutions*, Cambridge；劉北成譯，《國家與社會革命》，臺北：桂冠圖書公司，1998。

Skocpol, T.(ed.) (1984) *Vision and Method in Historical Sociology*, Cambridge.

Smelser, N. J.(1959) *Social Change in the Industrial Revolution*, London.

Smith, D. (1984) 'Discovering Facts and Values: the Historical Sociology of Barrington Moore', in Skocpol (1984), 313-55.

Smith, D. (1991) *The Rise of Historical Sociology*, Cambridge；周輝榮、井建斌等譯，《歷史社會學的興起》，上海：上海人民出版社，2000。

Sombart, W. (1906) *Warum gibt es in den Vereinigten Staaten keinen Sozialismus?* Tübingen.

Sombart, W.(1929) 'Economic Theory and Economic History', *Economic History Review*, 1-19.

Soriano, M. (1968) *Les contes de Perrault: culture savante et traditions populaires*, Paris.

Southall, A. W. (1970) 'The Illusion of Tribe', in P. W. Gutkind (ed.), *The Passing of Tribal Man in Africa*, Leiden, 28-50.

Spencer, H.(1876-85) *The Principles of Sociology*, 4 vols, London；嚴復譯，《群學肄言》，臺北：臺灣商務印書館，1965。

Spencer, H. (1904) *An Autobiography*, London.

Spierenburg, P. (1984) *The Spectacle of Suffering*, Cambridge.

Spitz, L. W. (1967) 'The Third Generation of German Renaissance Humanists', in A. R. Lewis (ed.), *Aspects of the Renaissance*, Austin, Tex., 105-21.

Spivak, G. C.(1985) 'Deconstructing Historiography'; rpr. in R. Guha (ed.), *Selected Subaltern Studies*, New York, 1988, 3-32.

Sprenkel, O. van der(1958) *The Chinese Civil Service*, Canberra.

Spufford, M. (1974) *Contrasting Communities: English Villagers in the Sixteenth and Seventeenth Centuries*, Cambridge.

Srinivas, M. N.(1966) *Social Change in Modern India*, Berkeley and Los Angeles, Ca.

Stallybrass, P. and White, A.(1986) *The Politics and Poetics of Transgression*, London.

Steinberg, H.-J. (1971) 'Karl Lamprecht', in H.-U. Wehler (ed.), *Deutsche Historiker*, 1, Göttingen, 58-68.

Stevenson, J. (1985) 'The Moral Economy of the English Crowd: Myth and Reality', in A. Fletcher and J. Stevenson (eds), *Order and Disorder in Early Modern England*, Cambridge.

Stocking, G. (1983) 'The Ethnographer's Magic: Fieldwork in British Anthropology from Tylor to Malinowski', in G. Stocking (ed.), *Observers Observed*, Madison, Wis., 70-120.

Stone, L. (1965) *The Crisis of the English Aristocracy, 1558-1641*, Oxford.

Stone, L.(1971) 'Prosopography', Daedalus, 46-73; rpr. in *The Past and the Present Revisited*, London, 1987.

Stone, L. (1972) *The Causes of the English Revolution*, London.

Stone, L.(1977) *The Family, Sex and Marriage in England 1500-1800*, London；刁筱華譯，《英國十六至十八世紀的家庭、性與婚姻》，臺北：麥田出版，2000。

Strauss, A.(1978) *Negotiations*, San Francisco, Ca.

Street, B. S. (1984) *Literacy in Theory and Practice*, Cambridge.

Suttles, G. D. (1972) *The Social Construction of Communities*, Chicago.

Tawney, R. H.(1941) 'The Rise of the Gentry', *Economic History Review*, 11, 1-38.

Temin, P. (ed.) (1972) *The New Economic History*, Harmondsworth.

Theweleit, C.(1977) *Male Fantasies; English trans.*, 2 vols, Cambridge, 1987-8.

Thomas, K.V. (1971) *Religion and the Decline of Magic*, London；節譯本，芮傳明譯，《巫術的興衰》，上海：上海人民出版社，1992。

Thompson, E. P.(1963) *The Making of the English Working Class*, London；錢乘旦等譯，《英國工人階級的形成》，南京：譯林出版社，2001；賈士蘅譯，《英國工人階級的形成》，臺北：麥田出版，2001。

Thompson, E. P.(1971) 'The Moral Economy of the Crowd', *Past and Present*, 50, 76-136.

Thompson, E. P. (1972) 'Rough Music', *Annales E. S. C.*, 27, 285-310.

Thompson, E. P. (1978a) 'Class Struggle without Class', *Journal of Social History*, 3, 133-65.

Thompson, E. P.(1978b) *The Poverty of Theory*, London.

Thompson, F. (1948) *The Myth of Magna Carta*, New York.

Thompson, F. M. L.(1963) *English Landed Society in the Nineteenth Century*, London.

Thompson, J. B.(1948) *Studies in the Theory of Ideology*, Cambridge.

Thompson, J. B. (1990) *Ideology and Modern Culture*, Cambridge.

Thompson, P. (1975) *The Edwardians*, London.

Thorner, D. (1956) 'Feudalism in India', in R. Coulborn (ed.), *Feudalism in History*, Princeton, NJ, 133-50.

Tilly, C. (1964) *The Vendée*, London.

Tilly, C. (ed.) (1975) *The Formation of National States in Western Europe*, Princeton, NJ.

Tilly, C. (1990) *Coercion, Capital and European States 990-1990*, Oxford.

Tilly, L. and Scott, J. W.(1978) *Women, Work and Family*, New York.

Tipps, D. C. (1973) 'Modernisation Theory and the Comparative Study of Societies', *Comparative Studies in Society and History*, 15, 199-224.

Tirosh-Rothschild, H.(1990) 'Jewish Culture in Renaissance Italy', *Italia*, 9, 63-96.

Tonkin, E.(1990) 'History and the Myth of Realism', in Samuel and Thompson (1990), 25-35.

Touraine, A. (1984) *The Return to the Actor*, English trans. Minneapolis, 1988.

Toynbee, A.(1935-61) *A Study of History*, 13 vols, London。按：中譯本皆根據精簡本譯出。曹未風等譯，《歷史研究》，上海：上海人民出版社，1964；陳曉林譯，《歷史研究》，臺北：桂冠圖書公司，1978；林綠譯，《歷史研究》，臺北：源成出版社，1978。

Trevelyan, G. M.(1942) *English Social History*, London.

Trimberger, E. K.(1984) 'Edward Thompson', in Skocopl (1984), 211-43.

Tucker, R. C.(1968) 'The Theory of Charismatic Leadership', *Daedalus*, 731-56.

Turner, F. J.(1893) 'The Significance of the Frontier in American History'; rpr. in *The Frontier in American History*, rpr. Huntington, W. Va, 1976, 1-38.

Turner, V. (1969) *The Ritual Process*, London.

Turner, V. (1974) *Dramas, Fields and Metaphors*, Ithaca, NY.

Underdown, D.(1979) 'The Chalk and the Cheese', *Past and Present*, 85, 25-48.

Vansina, J.(1961) *Oral Tradition*; English trans. London, 1965.

Vansina, J.(1985) *Oral Tradition as History*, Madison, Wis.

Vargas Llosa, M. (1984) *The Real Life of Alejandro Mayta*; English trans. London, 1987.

Veblen, T.(1899) *Theory of the Leisure Class*, New York；胡伊默譯，《有閑階級論：社會制度之經濟學的研究》，上海：中華書局，1936；蔡受百譯，《有閑階級論：關于制度的經濟研

究》，北京：商務印書館，1964；趙秋嚴譯，《有閑階級
論：各種制度之經濟的研究》，臺北：臺灣銀行，1969。

Veblen, T.(1915) *Imperial Germany and the Industrial Revolution*; new
edn London, 1939.

Vernant. J.-P. (1966) *Myth and Thought among the Greeks*; English trans.
London, 1983.

Veyne, P.(1976) *Bread and Circuses*; abridged English trans. 1990.

Viala, A. (1985) *Naissance de l'écrivain: sociologie de la litterature a l'âge
classique*, Paris.

Vinogradoff, P.(1892) *Villeinage in England*, Oxford.

Völger, G. and Welck, K. von (eds) (1990) *Männerbande, Mannerbunde*,
Cologne.

Vovelle, M. (1973) *Piété baroque et déchristianisation en Provence*, Paris.

Vovelle, M. (1982) *Ideologies and Mentalities*; English trans. Cambridge,
1991.

Wachtel, N.(1971a) *The Vision of the Vanquished*; English trans.
Hassocks, 1977.

Wachtel, N. (1971b) 'Pensée sauvage et acculturation', *Annales E. S. C.*,
26, 793-840.

Wachtel, N. (1974) 'L'acculuration', in J. Le Goff and P. Nora (eds)
Faire de l'historie, vol. 1, Paris, 124-46.

Wachter, K. W., Hammel, E. A. and Laslett, P.(eds) (1978) *Statistical
Studies of Historical Social Structure*, Cambridge.

Wanger, R.(1975) *The Invention of Culture*; rev. edn, Chicago, 1981.

Waite, R. G. L. (1977) *The Psychopathic God: Adolf Hitler*, New York.

Wallerstein, I.(1974) *The Modern World-System*, New York；郭方、劉新城、張文剛譯，《近代世界體系：十六世紀的資本主義農業和歐洲世界經濟的起源》，臺北：桂冠圖書公司，1998；尤來寅等譯，《現代世界體系》，北京：高等教育出版社，1998。

Walters, R. G. (1980) 'Signs of the Times: Clifford Geertz and Historians', *Social Research*, 47, 537-56.

Waquet, J.-C. (1984) *Corruption*; English trans. Cambridge, 1991.

Weber, M.(1920) *Economy and Society*; English trans., 3 vols, New York, 1968；林榮遠譯，《經濟與社會》，北京：商務印書館，1997。

Weber, M. (1948) *From Max Weber* (ed. H. Gerth), London.

Weber, M. (1964) *The Religion of China*, English trans. London and New York；簡惠美譯，《中國的宗教：儒教與道教》，臺北：遠流出版社，1989；洪天富譯，《儒教與道教》，南京：江蘇人民出版社，1993。

Weber, R. (1980) *The Literature of Fact: Literary Nonfiction in American Writing*, Athens, Ohio.

Wehler, H.-U. (1987) *Deutsche Gesellschaftsgeschihte*, vol. 1 (1700-1815), Munich.

Weissman, R. F. E. (1985) 'Reconstructing Renaissance Sociology: the Chicago School and the Study of Renaissance Society', in R. C. Trexler (ed.), *Persons in Groups*, Binghamton, NY, 39-46.

Wertheim, W. F.(1974) *Evolution and Revolution*, Harmondsworth.

White, H. V.(1966) 'The Burden of History'; rpr. in his *Tropics of Discourse*, Baltimore, Md, 1978, 27-50.

White, H. V.(1973) *Metahistory*, Baltimore, Md；劉世安譯，《史元：十九世紀歐洲的歷史意象》，臺北：麥田出版，1999。

White, H. V.(1976) 'The Fictions of Factual Representation'; rpr. in his *Tropics of Discourse*, Baltimore, Md, 1978, 121-34.

White, L. (1962) *Medieval Technology and Social Change*, Oxford.

Wiener, M.(1981) *English Culture and the Decline of the Industrial Spirit*, Cambridge.

Wiener, M.(1989) 'Guilds, Male Bonding and Women's Work in Early Modern Germany', *Gender and History*, 1, 125-37.

Wilkinson, R. (1964) *The Prefects: British Leadership and the Public School Tradition*, London.

Wilkinson, R. G. (1973) *Poverty and Progress: an Ecological Model of Economic Development*, London.

Williams, R. (1958) *Culture and Society*, London；彭淮棟譯，《文化與社會：1780至1950年英國文化觀念之發展》，臺北：聯經，1985；張文定譯，《文化與社會》，北京：北京大學出版社，1991。

Williams, R.(1962) *Communications*, Harmondsworth.

Willis, P. (1977) *Learning to Labour*, London.

Windelband, W.(1894) *Geschichte und Naturwissenschaft*, Berlin.

Winkler, J. J. (1990) *The Constraints of Desire: the Anthropology of Sex and Gender in Ancient Greece*, London.

Wirth, L.(1938) 'Urbanism as a Way of Life'; rpr. in P. K. Hatt and A. J. Reiss(eds), *Cities and Society*, Glencoe, Ill., 1957, 46-63.

Wirth, J. (1984) 'Against the Acculuration Thesis', in K. von Greyerz (ed.) *Religion and Society in Early Modern Europe*, London, 66-78.

Wolf, E.(1956) 'Aspects of Group Relations in a Complex Society'; rpr. in Shanin (1971), 50-66.

Wolf, E. (1969) *Peasant Wars of the Twentieth Century*, London.

Wolf, E. (1982) *Europe and the People without History*, Berkeley, Ca；賈士蘅譯，《歐洲與沒有歷史的人》，臺北：麥田出版，2002。

Wolfenstein, E. V. (1967) *The Revolutionary Personality: Lenin, Trotsky, Gandhi*, Princeton, NJ.

Wootton, B. (1959) *Social Science and Social Pathology*, London.

Woude, A. M. van der (1972) 'The Household in the United Provinces', in Laslett (1972), 299-318.

Wrigley, E. A.(1972-3) 'The Process of Modernization and the Industrial Revolution in England', *Journal of Interdisciplinary History*, 3, 225-59.

Wuthnow, R., Hunter, J. P. and Bergeson, A. (1984) *Cultural Analysis*, London.

Wyatt-Brown, B. (1982) *Southern Honor*, New York.

Yeo, E. and Yeo, S.(eds) (1981) *Popular Culture and Class Conflict 1590-1914*, Brighton, 128-54.

Yinger, J. M.(1960) 'Contra-Culture and Sub-Culture', *American Sociological Review*, 25, 625-35.

Young, M. and Willmott, P.(1957) *Family and Kinship in East London*, London.

索引

M

國家圖書館出版品預行編目資料

歷史學與社會理論 / 彼得·柏克（Peter Burke）
著；江政寬譯. -- 初版. -- 臺北市：麥田
出版：城邦文化發行, 2002[民91]
　　面；　公分. --（歷史與文化叢書；19）
參考書目：面
譯自：History and Social Theory
ISBN　986-7895-88-6（平裝）

1. 社會學　2. 歷史學

540　　　　　　　　　　　　　91013492

| 廣　告　回　郵 |
| 北區郵政管理局登記證 |
| 北台字第１０１５８號 |
| 免　貼　郵　票 |

城邦文化事業(股)公司

100 台北市信義路二段 213 號 11 樓

請沿虛線摺下裝訂，謝謝！

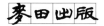

文 學 · 歷 史 · 人 文 · 軍 事 · 生 活

編號：RH5019　　書名：歷史學與社會理論

讀者回函卡

謝謝您購買我們出版的書。請將讀者回函卡填好寄回,我們將不定期寄上城邦集團最新的出版資訊。

姓名:＿＿＿＿＿＿＿＿＿＿　　電子信箱:＿＿＿＿＿＿＿

聯絡地址:□□□＿＿＿＿＿＿＿＿＿＿＿＿＿＿＿＿＿＿＿

＿＿＿＿＿＿＿＿＿＿＿＿＿＿＿＿＿＿＿＿＿＿＿＿＿＿＿

電話:(公)＿＿＿＿＿＿＿＿＿　(宅)＿＿＿＿＿＿＿＿＿

身分證字號:＿＿＿＿＿＿＿＿＿＿(此即您的讀者編號)

生日:＿＿年＿＿月＿＿日　性別:　□男　□女

職業:□軍警　□公教　□學生　□傳播業

　　　□製造業　□金融業　□資訊業　□銷售業

　　　□其他＿＿＿＿＿＿

教育程度:□碩士及以上　□大學　□專科　□高中

　　　　　□國中及以下

購買方式:□書店　□郵購　□其他＿＿＿＿＿＿

喜歡閱讀的種類:□文學　□商業　□軍事　□歷史

　　　　□旅遊　□藝術　□科學　□推理　□傳記

　　　　□生活、勵志　□教育、心理

　　　　□其他＿＿＿＿＿

您從何處得知本書的消息?(可複選)

　　　　□書店　□報章雜誌　□廣播　□電視

　　　　□書訊　□親友　□其他＿＿＿＿＿＿

本書優點:□內容符合期待　□文筆流暢　□具實用性

(可複選)□版面、圖片、字體安排適當　□其他＿＿＿＿＿

本書缺點:□內容不符合期待　□文筆欠佳　□內容平平

(可複選)□觀念保守　□版面、圖片、字體安排不易閱讀

　　　　□價格偏高　□其他＿＿＿＿＿＿

您對我們的建議:

＿＿＿＿＿＿＿＿＿＿＿＿＿＿＿＿＿＿＿＿＿＿＿＿＿＿＿